KB068080

우리의 인생 여정의 중간에서,
나는 캄캄한 숲에 부닥쳤네.
올바른 길을 잃고서.

단테의 지옥 여행기

1판 1쇄 발행 2015년 7월 20일

원 작 | 단테《신곡》
그 림 | 구스타프 도레
편저자 | 최승
펴낸이 | 최윤하
펴낸곳 | 정민미디어
주 소 | (151-834) 서울시 관악구 행운동 1666-45, F
전 화 | 02-888-0991
팩 스 | 02-871-0995
이메일 | pceo@daum.net
편 집 | 정광희
디자인 | 서진원

ⓒ 정민미디어

ISBN 979-11-86276-13-6 (03800)

DANTE
LA DIVINA
COMMEDIA

단테의 지옥 여행기

구스타프 도레 그림 | 최승 편저

정민
미디어

책을 펴내며

인류의 가장 큰 소망은 평화와 행복이라고 생각합니다. 그 참다운 소망을 위하여 '마음의 양식'이 될 세계 문학의 최고봉인 단테의《신곡》을 국내는 물론 세계 최초의 소설로 발간합니다.

이 책은 신학, 철학, 신화, 우주관, 인간학, 자연학, 심리학, 신비설 등을 바탕으로 주석의 도움 없이도 읽을 수 있도록 오늘의 언어로 누구나 쉽게 정독할 수 있게 풀어 썼습니다. 인류의 본향本鄕을 배경으로 모든 구성에 있어서 치밀하고 완벽하게 표현함이 참으로 놀랍지 않을 수가 없습니다. 누가 감히《신곡》을 소설로 읽으리라 상상이나 했겠습니까?

단테의《신곡》은 윤리의 필요성, 선과 악의 개념, 신앙, 사랑, 인간 공동체의 연대, 영원한 생명과 기쁨, 독창성 등이 완벽하여 이탈리아어의 기초로까지 이어진 작품입니다.

저 또한 원저原著의 명성에 이끌려 읽어보려고 수차례 시도했었지만 제대로 이해하며 읽지 못하다가 우연히 소설화된 원고를 접하게 되었습니다. 순수한 독자의 입장에서 읽어내려 가다가 그 어떤 행위의 표현보다 작품의 위대함에 감사와 공경의 마음이 솟구쳐 발간을 결심하게 되었습니다.

인간은 만물의 영장이라는 자부심으로 교만하게 살아오다가 이 글을 읽으면서 의식하지 못하고 있던 죄를 구별할 수 있었고, 그 결과 불완전한 피조물임을 깨달아 영원한 생명의 구원을 위하여 종교적 신앙을 체험하기까지……《신곡》은 저를 이끈 위대한 문학이었습니다.

위대한 책은 위대한 생각과 문화를 잉태하듯이 단테의《신곡》이야말로 인류 문명사와 역사, 종교에 큰 영향을 끼쳤다고 생각합니다. 단테의《신곡》은 모든 학문이 집결된 만큼 일반인들이 읽기에 쉽지 않은 내용인데, 이해하기 쉽게 소설화되어 주저함 없이 발간을 결정했던 것입니다.

이 책의 발간을 결정하고 나서 어려움에 부딪친 것은 '동양 문화권에 젖은 우리 문화의 배경으로 단테의《신곡》을 제대로 이해할 수 있는가'와 이러한 문화적 배경임에도 불구하고 '편집 과정을 무사히 끝낼 수 있을까' 하는 것이었습니다. 그러나 그것은 기우에 불과했습니다. 오랜 시간 동안 해박한 지식과 철저한 검증을 통해서 개작 원고를 다시 원본과 대조해 가며 독자의 이해력에 초점을 맞춰 저술했기에, 작품 세계에 빨려 들어가다 보니 별 어려움 없이 빠르고 쉽게 편집 과정이 진척되었습니다. 이 자리를 빌려 최선의 노력을 다해주신 최승님께 다시금 깊은 감사를 드립니다.

현대사회를 살아감에 있어 가치관의 혼란과 미래의 불확실성을 겪으

며 인간의 가치를 잊고 사는 우리에게 어느 것이 참다운 길인가를 제시
해 주는 사랑의 메시지가 될 것을 믿어 의심치 않습니다.

끝으로 이 책을 선택해 주신 독자 여러분께도 머리 숙여 감사를 드립
니다.

펴낸이

지옥 여행기 地獄 旅行記

　1300년 부활 주일 전날 밤, 우리는 인생이라는 기나긴 여정에 지쳐 어느 언덕 기슭 캄캄한 숲 속에서 길을 잃고 헤매는 35살의 시인 단테를 발견하게 된다. 갑자기 그의 앞을 가로막고 나서는 세 마리의 짐승. 그것은 정욕이 만들어낸 표범, 교만이 만들어낸 사자, 탐욕이 만들어낸 암 늑대였다. 캄캄한 숲 속은 인생의 반 고비에 접어든 단테가 황제당과 교황당의 당쟁에 휘말려 고뇌, 번민하는 방황을 상징적으로 표현하고 있다.

　이윽고 단테를 바른 길로 인도할 시성 베르길리우스가 나타나 마음으로 만들어낸 세 마리의 상징적 짐승으로부터 구해준다. 베르길리우스는 로마 최고의 서사 시인으로서 베아트리체의 영혼으로부터 간청에 의해 기꺼이 단테를 구하려 왔음을 알린다. 여기에서 단테는 인류의 영원한 대표자로 상징되고 베르길리우스는 인간의 이성과 철학을 암시한다고 할 수 있다.

　드디어 단테와 베르길리우스는 시공을 초월한 스승과 제자가 되어 청동으로 된 지옥문 안으로 들어서게 되고 제3옥부터 본격적인 지옥 순례가 시작된다. 이 결과 이들은 성 금요일 저녁부터 토요일 해질녘까지 스물 네 시간 동안 지옥의 상황을 생생히 보게 된다.

지옥에는 과거 지상에서 지은 죄의 결과로 형벌 받고 있는 죄인들의 모습을 사실적으로 묘사하고 있다. 죄인들은 자신이 저지른 죄의 결과적 무게에 따라 분류된 여러 원과 동굴 속에서 신음하고 있었다. 천국에서 가장 선하며 한때는 천사의 장까지 지냈던 루치펠로가 자신이 하느님보다 더 권능한 자라고 으스대고 뽐내는 등 교만이 극치에 이르러 그 벌로 인해 가장 추악한 모습으로 땅에 추락한다. 이때 땅은 그자의 죄로 더럽혀짐을 피하기 위해 큰 동굴을 형성시킨다. 바로 그 동굴은 땅의 중심부를 향해 좁아지는 깔때기 모양의 지옥이다. 그곳에는 오직 어둠과 증오, 영원한 저주와 악만이 존재한다.

지옥에는 9개의 옥이 존재한다. 첫 번째는 '림보'로 두 종류의 영혼들이 모여 있다. 하나는 성자 예수 그리스도의 이름으로 세례를 받지 못하고 죽게 된 어린아이의 영혼과 그리스도 이전에 태어난 이들로, 살아생전에 선으로 덕을 쌓은 위대한 시인과 주 선행을 쌓은 소크라테스, 플라톤, 아리스토텔레스, 키케로 등 철학자의 영혼이었다. 제2옥의 문턱에는 미노스가 과거 애욕에 눈이 멀었던 영혼들을 오차 없이 심판하고, 지옥의 폭풍으로 고통을 주고 있었다. 제3옥에는 탐욕한 자들이 케르베로스에 의해 고통을 받았고, 제4옥에는 인색했던 자와 낭비를 일삼던 자들, 제5옥은 분노로 죄를 범한 자들이 스틱스 강 흙탕물에 잠겨 허우적거리고 있었다. 이처럼 제2옥부터 제5옥까지는 무절제력자의 영혼들이 형벌을 받고 있는 곳이었다. 제6옥은 스틱스 강과 플라제톤 강 사이에 있는 완충지대로 이교도들이 불에 그을린 관 속에 갇혀 고통받는 모습

도 보였다. 파리나타, 카발칸티 등이 이곳에서 신음하고 있었다. 아리스
토텔레스의 윤리학에 의한 죄의 제1부류와 제2부류 사이에 있는 일종
의 림보 같은 곳이었다.

한편 폭력을 사용하여 죄를 범한 영혼들이 미노타우로스의 감시를 받
으며 형벌을 받고 있는 제7옥이 있다. 이 옥에서는 폭력의 형태를 이웃
과 이웃의 소유물에 대한 폭력, 자신과 자신의 소유물에 대한 폭력(자살
과 낭비), 하느님에 대한 폭력(욕설을 퍼붓는 자), 자연에 대한 폭력(소돔의
인간들), 간교의 폭력(고리대금업) 등으로 구분 짓고 있다. 피에르델라 비
냐, 쟈코모 다 산토 안드레아, 카파네우스 등이 상상조차 할 수 없는 형
벌에 의해 자신의 죄에 대한 대가를 치르고 있다.

이외에도 사기와 기만으로 죄를 범한 영혼들이 지옥 하층부에서 두
부류로 나뉘어 벌을 받고 있는 장면도 있다. 제8옥에는 자신을 신뢰하
지 않았던 자들과 사기죄를 범한 자들의 영혼이 있다. 그곳에는 열 개의
동굴 속에 여성을 유혹한 자들, 포주들, 아첨꾼들, 고성죄를 범한 자들,
점성술사와 마술사들, 탐관오리들, 사기꾼들, 위선자들, 도둑들, 사기꾼
집정관들, 불화와 분열의 씨를 뿌린 자들, 위조범 등이 죄의 무게에 따
라 형벌을 받고 있었다. 베네디코 카치아네미코, 치암폴로, 반니 푸치,
구이도 다 몬테펠로 등이 그 대표적 인물로서 벌을 받고 있었다. 제9옥
에는 자신을 신뢰한 인물을 배반한 자들이 있었다. 친족, 조국과 조직,
초대 손님 혹은 친구, 은인, 하느님, 통치자, 스승 등을 배반한 자들이 지
옥의 가장 깊은 곳에서 형벌을 받고 있었다.

지옥의 생생한 형벌의 상징성을 나타내는 대미는 스승 예수 그리스도
를 배반한 가리옷 유다가 대마왕 루치펠로의 입 안에서 마치 삼이 찢기
듯 찢기고 짓이겨지는 형벌을 받고 있는 장면이었다.

　지옥 한가운데로서 지구의 중심부에는 대마왕 루치펠로가 세 개의 얼굴을 하고 있었다. 각각 얼굴에는 증오, 무력, 무지를 상징하며 증오는 사랑에, 무력은 권능에, 무지는 지혜에, 이는 상대적 삼위일체 대치를 뜻하고 있다.

　《지옥 여행기地獄 旅行記》가 하나의 조각품을 연상케 했다면《연옥 여행기煉獄 旅行記》는 회화를 감상하는 듯한 착각을 불러일으킨다. 그리고《천국 여행기天國 旅行記》에서는 완성된 음악을 듣고 있는 듯한 환희에 빠져들게 한다. 따라서 이 모두를 하나의 통일체로 볼 때 그것은 조화롭게 잘 짜여진 균형 잡힌 건축물에 비유할 수 있을 것이다.

DANTE
LA DIVINA
COMMEDIA

Contents

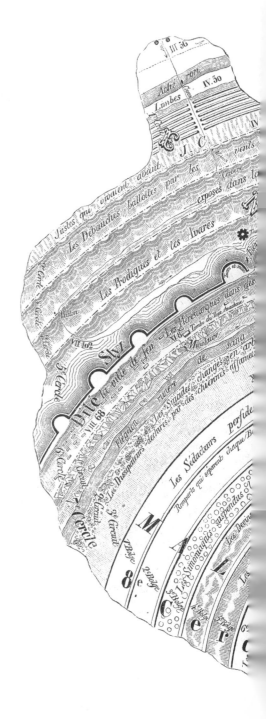

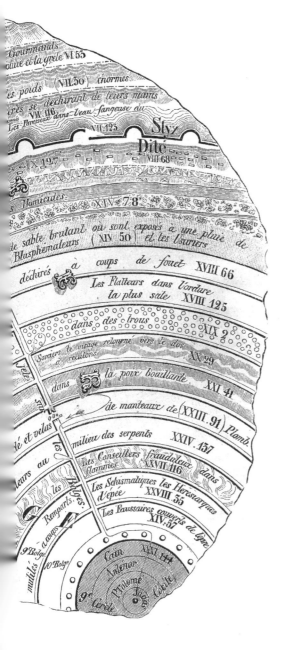

DANTE
LA DIVINA
COMMEDIA

육에서 나온 것은 육이요, 영혼에서 나온 것은 영이다.
어떻게 사는 삶이 가장 올바른 삶인가, 인간은 죽어서 어디로 가며
또 무엇을 버리고 무엇을 가지고 가야 하는가.

지옥 입성

주위가 온통 짙은 어둠과 칼날 같은 바람뿐이었다. 어둠 속에 선 누군가가 혀끝으로 입술을 쓸어 보았지만 오히려 씁쓸함만 잔뜩 묻어났다.

"여기가 어딜까?"

단테는 바위처럼 무겁게 느껴지는 눈꺼풀을 힘겹게 치켜떴다. 그러나 한동안 희뿌연 그림자가 눈앞을 가려 주위를 분간할 수가 없었다. 그는 손바닥을 두 눈에 대고 지그시 눌렀다가 다시 눈을 깜빡거리면서 어둠이 눈에 익을 때까지 기다렸다.

한참만에야 어렴풋이 그의 눈 안으로 들어온 주위는 빽빽이 둘러선 나무들의 그림자뿐이었다. 하늘을 가린 울창한 나무들이 잔가지와 잎사귀를 떨며 요란한 소리를 내고 있었다. 마치 영혼의 흐느낌 같기고 하고 고통에 겨운 발악 같기도 했다.

단테는 자신이 왜 이런 곳까지 와서 정신을 잃었는지 영문도 모른 채 어리둥절해하며 주위를 둘러보았다. 다음 순간, 자신이 살아왔던 지난

삼십오 년의 시간이 주마등처럼 눈앞을 스쳐 지나갔다.

단테는 그동안 허세와 현학에 젖어서 오만, 편견, 아집에 사로잡혀 하느님을 외면하고, 인생의 절반쯤 되는 그 긴 세월 동안 절대적 가치와 신념을 잃은 채 얼마나 방탕하게 살아왔는지를 후회했다. 그는 온몸이 물에 젖은 솜뭉치처럼 무겁게 느껴졌다. 마치 깊은 늪 속에 빠져드는 것처럼 꼼짝할 수가 없었다.

'이러다가 영영 이곳에 주저앉아 죽게 되는 것은 아닐까?'

갑작스런 공포가 목을 옥죄어 왔다.

단테는 충혈된 눈을 부릅뜨고서 한 손으로 바위를 짚고 힘겹게 몸을 일으켜 세웠다. 입 속에서는 흙먼지가 씹히고 콧속이며 귓속에서조차 굵은 먼지들이 서걱거렸다. 그동안 모진 바람이 서서히 그를 흙 속으로 묻어가고 있었던 모양이었다.

'도대체 어디로 가야 되는 걸까?'

단테는 너무도 오랫동안 지표를 잃고 어둠 속을 헤매고 있었기 때문에 섣불리 발길을 옮길 수가 없었다.

우선 이 숲 속을 빠져나가야겠다는 무의식 속 일념만이 언덕을 향해 그의 발길을 이끌고 있었다. 거대한 땅덩어리는 마치 그를 삼켜 버리기라도 하려는 듯 발을 붙잡고 놓아주질 않았다. 하지만 힘겹게 한 걸음 한 걸음 발끝을 끌며 겨우 언덕 기슭에까지 다다랐다.

그때 눈썹 사이로 살포시 빛이 스며들었다. 그는 비로소 안도감에 숨을 내쉬며 고개를 치켜들었다.

'아, 서서히 밝아오는 새벽의 여명黎明……'

그는 빛의 황홀경에 빠져 지금까지의 모든 힘겨움과 공포를 잊은 채 벅찬 감회에 젖어들었다.

결국 그는 빛을 따라 다시 오르막길을 향해 비틀거리며 필사적으로 걸음을 옮겼다. 그러나 다음 순간 그는 흠칫 놀라며 발길을 멈췄다. 온몸에 얼룩덜룩한 점이 번들거리는 표범 한 마리가 민첩하게 그의 앞을 가로막았기 때문이다.

표범, 정욕의 상징. 젊은 시절, 그는 저 표범과 한 몸이 되어 뒹굴었는가 하면 때로는 그 앞에서 무릎을 꿇은 채 애걸까지 했었다. 단테는 다시금 그때의 유혹을 느끼며 마음속에서 꿈틀대는 세속 욕망에 사로잡혔다. 문득 언덕 오르기를 포기하고 저 표범과 함께 다시 아래 세상으로 내려가 버리고 싶은 위험한 욕구가 머리를 스치고 지나갔다.

뒤를 돌아보니 지금까지 자신이 지나왔던 길이 어둠 속에 가려진 채 까마득하게 보였다. 그러나 앞으로 나아가 언덕을 오르려면 더 힘이 들 것만 같았다. 더구나 눈앞의 표범을 모른 체하고 지나치기란 여간 망설여지는 것이 아니었다. 순간 태양의 빛이 서서히 드러나자 신비스럽게도 그의 망설임과 공포가 어둠과 함께 조금씩 조금씩 스러져 갔다. 그러나 마음을 놓는 것도 잠시뿐, 이번에는 한 마리의 사자가 용맹함과 멋을 한껏 부린 갈기를 휘날리며 단테 앞에 나타났다.

폭력과 오만에 굶주린 사자는 눈을 번뜩이며 당장이라도 단테를 삼킬 듯 포효했다. 그 소리는 숲과 언덕과 대기마저도 두려움에 떨게 만들었다. 게다가 잇달아 나타난 늑대까지 탐욕스런 눈초리로 그를 노려보고 있었다. 먼지 뭉치처럼 잔뜩 말라비틀어진 늑대는 전에도 수많은 사람들을 비탄의 구렁텅이에 빠뜨렸다.

갖가지 짐승들이 앞을 가로막자 단테는 겁에 질린 나머지 털썩 주저앉고 말았다. 이 언덕을 끝까지 오르겠다는 희망은 도저히 불가능한 일인 것처럼 느껴졌고 이젠 아예 목숨을 부지하는 것조차 어려울 것 같았다. 겁에 질린 그는 바닥에 주저앉은 채 결국 조금씩 어둠의 골짜기 쪽으로 물러나고 있었다.

"무엇이 두려워 앞으로 더 나아가지 못하고 뒷걸음질 치고 있는가?"

느닷없이 귓전을 울리는 소리에 깜짝 놀란 단테는 본능적으로 뒤를 돌아봤다. 이런 곳에서 누군가를 만난다는 건 상상조차 못할 일이었다.

"누, 누구……?"

그는 너무나 오랫동안 말한 적이 없었던 터라 말이 그만 목에 걸리고 말았다. 하지만 자신을 이 위기 속에서 구해만 준다면 그가 누구든 상관없었다.

"저 좀 살려 주십시오! 당신이 사람이든, 귀신이든 아니 내 공포가 만들어낸 환상일지라도 상관없습니다. 아무래도 좋으니 제발, 제발 저 좀 구해 주십시오!"

대답이 들리기도 전에 단테는 마치 지푸라기라도 잡는 심정으로 그의 옷자락에 매달렸다.

"난 분명 사람은 아니지. 그러나 예전에는 자네와 똑같은 사람이었네! 부모님께서는 북부 이탈리아의 유서 깊은 도시에서 사셨지. 난 줄리어스 시저 시대에 태어나 아우구스투스 황제가 다스리던 로마에서 살았네. 하지만 불행히도 그때는 거짓 신들이 판을 치던 시대였으니……."

그는 온화한 눈빛으로 단테를 내려다보며 차분히 가라앉은 목소리로 말을 이었다.

"난 시인이었네. 거만했던 일리온이 트로이 전쟁에서

21

패했을 때 승자인 아이네이아스를 칭송하는 시를 쓰기도 했었지."

"그…… 그렇다면 당신은 바로 로마의 최고 시인 베르길리우스?"

"오, 자네가 날 알고 있단 말인가!"

"오, 베르길리우스님! 굽이치는 강물처럼 언어의 근원이 되신 분! 모든 시인들의 영예이며 빛이며 희망이신 시성詩聖! 저는 오래도록 당신을 흠앙欽仰해왔습니다. 당신은 진정 제 참스승이시요, 희망이셨습니다. 제가 자랑으로 삼고 있는 아름다운 저의 문체 또한 모두 당신으로부터 온 것들입니다."

단테는 눈앞에 서 있는 그가 평소 우러르며 사모하던 베르길리우스라는 사실에 너무나 반갑고 감격한 나머지 흥분을 가라앉히지 못함은 물론 믿기지 않아 공포감마저도 잊었다.

"단테, 자네는 왜 이런 곳에 주저앉아 뒷걸음질 치고 있는가? 기쁨의 출발점이요, 환희의 원천인 저 산을 눈앞에 두고 오르려는 노력은 하지도 않고 이렇게 쉽게 포기하다니……. 그렇다면 결국 아무것도 얻지 못한 채 다시 세속으로 돌아가겠다는 건가? 거짓과 죄악이 되풀이되고 쉼 없는 고통이 들끓는 그 세계로?"

단테는 그의 가르침이 있고서야 비로소 등 뒤에서 으르렁거리는 짐승들의 소리에 퍼뜩 정신이 들어 베르길리우스에게 바짝 다가가 매달렸다.

"보십시오, 저 짐승들을! 제가 이 산을 오르겠다는 신념을 결코 버린 것은 아닙니다. 하지만 저 짐승들과 맞닥뜨리게 되어 결국 궁지에 몰리고 말았습니다. 스승이시여, 제발 저 짐승들로부터 좀 구해 주십시오. 저들은 날카로운 발톱과 이빨로 위협하고 있습니다. 그 공포 때문에 핏줄이 끊어지는 듯하고 심장의 고동마저 멎을 듯합니다."

22

"단테, 자네는 진정 이 산에 오르기를 원하는가?"

단테는 베르길리우스의 말이 채 끝나기도 전에 고개를 끄덕이며 애원의 눈길을 보냈다.

"그렇다면 다른 길을 택해 가는 것이 더 나을 듯싶네. 저 짐승들은 여태껏 그 누구도 자신들 앞을 지나도록 그냥 내버려 둔 적이 없었네. 끈질기게 앞을 가로막고 지독한 학대 끝에 결국 잡아먹었지. 그 천성이 본래 흉악하고, 잔인하며 피에 굶주려 먹고 또 먹어도 만족을 모른다네. 먹기 전보다 먹고 난 뒤 오히려 더 허기져 날뛰는 놈들이지."

베르길리우스는 잠시 말을 끊었다가 단테를 향해 손을 뻗으며 부드럽게 말을 이었다.

"자네가 스스로를 구하고 싶다면 내 뒤를 따르게. 내 기꺼이 자네의 안내자가 되겠네. 이제부터 옥으로 안내하여 그곳의 참모습을 생생하게 보여주겠네. 자네는 그곳에서 절망의 처절한 외침을 들을 것이며 자네보다 앞서 살았던 자들의 망령이 고통 속에서 몸부림치다가 차라리 영혼마저도 소멸되는 두 번째 죽음을 애원하고 있는 광경까지 똑똑히 보게 될 걸세. 또한 연옥에서는 비록 불길 속이지만 행복해하는 영혼들의 모습을 보게 될 것이네. 그 영혼들은 때가 되면 천국으로 들어갈 수 있다는 희망이 있기 때문에 고통이 따르지만 그처럼 만족해하며 지내고 있는 것이지. 그곳을 지나고 나면 자네를 고결한 영혼 베아트리체에게 맡기겠네. 그녀가 자네를 천국으로 안내해 줄 걸세. 유감스럽게도 나는 하느님의 율법을 얻지 못한 운명으로 인하여 천국에 들어갈 수가 없다네. 자네를 끝까지 안내할 수 없다는 사실이 매우 안타깝군."

단테는 숨막히는 감동에 베르길리우스의 두 손을 꽉 붙잡았다.

"스승 베르길리우스님, 부탁드립니다. 이렇게 간절히 청하오니 이 재앙과 큰 고난으로부터 벗어날 수 있도록 저를 구해 주십시오. 또 방금 말씀하신 연옥과 지옥도 볼 수 있도록 안내해 주시고 아울러 천국의 열쇠까지 얻을 수 있도록 도와주십시오."

베르길리우스는 가볍게 미소 지으며 맞잡았던 손을 놓고 천천히 걷기 시작했다. 단테는 베르길리우스가 자신의 부탁을 승낙했음을 느낄 수 있었다. 이어서 무엇인가에 이끌리듯 자연스럽게 그의 뒤를 따랐다.

림보의 영혼들

저녁 안개가 자욱하게 내리며 서서히 해가 저물고 있었다. 단테는 몹시 지쳐 있었지만 묵묵히 베르길리우스의 뒤를 좇았다. 지상의 모든 생물들은 한낮의 수고로움을 벗은 채 어둠 속으로 깃들었지만 그는 고달픔과 애련哀憐의 고뇌에 맞서 싸울 준비를 갖추고 오직 베르길리우스의 뒤만 따라갔다.

한참을 걷다 보니 문득 자신이 걷고 있는 길에 대한 회의가 일어났다. 과연 자신에게 이 길을 갈 만한 자격이나 능력이 있는지에 대한 의심스러움이 점점 커져 갔다.

"스승님!"

걸음을 멈춘 베르길리우스는 천천히 뒤돌아서더니 그를 보았다.

"처음 스승님의 말씀을 들었을 때 저는 너무 기쁜 나머지 깊이 생각해 보지도 않고 스승님의 뒤만 따랐습니다. 그렇지만 이 험한 길에 들어서기에 앞서 곰곰 생각해 보니 제 자신이 그것을 감당해낼 수 있을지 의심스러

25

워집니다. 도대체 어떤 분이 제게 그럴 만한 능력을 허락하셨는지요? 저는 먼지처럼 가볍고 보잘것없는 존재입니다. 사람들은 아마 제가 갈 이 길을 믿지 않을 뿐더러 오히려 비웃음만 던지며 손가락질할 것입니다."

"자네의 생각에도 일리는 있군."

베르길리우스는 마치 단테의 마음을 꿰뚫어 보고나 있는 것처럼 고개를 끄덕이며 미소 지었다.

"자네의 말과 눈빛을 보니 지금 몹시 겁에 질려 있군 그래. 사람들은 때때로 처음 시도하는 모험에 대해 두려움을 느끼고 명예로운 일을 포기하는 경우가 종종 있지. 하지만 그것은 어둠 속에서 적의 그림자만 보고 미리 꼬리를 감추는 짐승과 다를 바 없네. 이제 자네가 이 공포에서 벗어날 수 있도록 진실을 말해줄 때가 온 것 같군."

베르길리우스는 조용히 고개를 들어 하늘을 우러러보며 말을 이었다.

"나는 예수 그리스도 이전 사람이라서 원죄를 씻지 못했다네. 그러나 다행히 그리스도의 은혜로움으로 림보라는 곳에 머물 수 있게 되었지."

"림보라고요? 도대체 그곳은 어떤 곳입니까? 그리고 어떤 사람들이 머무는 곳인가요?"

"차차 알게 될 걸세. 그곳은 세례를 받지 못하고 원죄 상태에서 죽은 어린아이들의 영혼과 나처럼 예수 그리스도 이전에 살았던 사람들 중에서 덕망 있는 영혼들이 머무는 곳이라네."

"그렇다면 저를 구하기 위해 일부러 이곳까지 오셨다는 말씀인가요?"

"얼마 전, 나는 고귀하고 아름다운 베아트리체의 분부를 받고 앞으로 나아갔지. 그녀의 눈동자는 별보다도 영롱하게 빛이 났고 그 목소리 또한 천사의 자장가처럼 감미로웠다네. 하지만 그녀의 표정만큼은 너무도 우울하고 근심이 서려 있어서 그걸 보는 내 가슴은 찢어질 듯 고통스러왔다네."

"그 괴로움은 어디서부터 비롯된 것이었습니까?"

"베아트리체는 나를 향해 또렷한 목소리로 말했네. '위대한 시인 베르길리우스님. 당신에게 어려운 부탁을 하기 위해 애써 이곳까지 찾아왔습니다. 저의 소중한 벗 하나가 운명적인 어둠을 만나 황량한 산기슭에서 헤매고 있습니다. 그 산을 올라야만 하는데 그는 표범과 사자와 늑대로 변한 악의 화신化身들에게 쫓겨 두려운 나머지 어둠의 골짜기로 다시 되돌아가려 하고 있습니다. 존경하는 베르길리우스님, 부탁컨대 저의 벗을 위기에서 구해 주시어 저에게 기쁨과 안도의 위안을 베풀어 주십시오' 그녀의 부탁에 난 무릎을 꿇고 '베아트리체, 내가 어떻게 당신의 부탁을 거절할 수 있겠소? 당신의 말씀을 들으니 오히려 가슴 가득 솟아오르는 벅찬 감동을 억누를 길이 없군요' 내가 대답하자 비로소 그녀의 얼굴에 화색이 돌기 시작하더군."

"베아트리체…… 결국 저를 구해준 사람이 바로 그녀였군요?"

"꼭 그렇다고만 할 수는 없네. 자네를 구한 건 예수님의 어머니이신 성모 마리아님이시지. 성모 마리아님께서는 위기에 직면한 자네를 발견하시고 성녀 루치아를 불러 지금 암흑 세계에서 방황하고 있는 한 영혼을 구하라고 말씀하셨다더군."

"그 영혼이 바로 저였군요?"

베르길리우스는 인자한 미소를 머금으며 고개를 끄덕였다.

"성녀 루치아께서는 성모 마리아님의 말씀을 듣고 즉시 베아트리체를 찾아가 '베아트리체, 그대가 그토록 사랑했던 사람이 위기에 빠져있는데도 어찌 한가롭단 말이오! 당신은 그가 지옥에서 신음하는 죄 많은 영혼들로부터 빠져나올 수 있도록 도움을 주어야 할 의무가 있잖소. 당신에게는 당신이 사랑하는 그의 고통스러운 신음소리가 들리지 않나요? 보세요, 난폭하고 잔악한 죄가 그에게 드리울 죽음의 그림자를……' 베아트리체는 그 말을 듣자마자 곧바로 나를 찾아왔고, 복된 천국의 자리에서 일어나 낯선 림보로까지…….”

단테는 고개를 숙인 채 숙연한 마음으로 그저 발끝만 내려다보고 있었다.

“단테, 난 그때 베아트리체의 눈에서 영롱히 반짝이는 눈물방울을 보았네. 그녀의 눈물에 감동한 나는 발걸음을 재촉하지 않을 수 없었고 결국 이곳으로 달려와 저 짐승의 무리로부터 그대를 구한 것이네. 그런데 무엇을 망설인단 말인가? 사랑의 빛이신 성모 마리아님과 믿음의 빛인 루치아님과 희망의 빛인 베아트리체가 천국에서 자네를 염려하고 나 또한 분명하게 자네의 앞날을 약속하지 않았는가?”

어느새 한밤이 지나가고 햇살이 비치고 있었다. 빛을 받은 작은 꽃들은 밤의 냉기를 떨치고 이슬을 머금은 채 반짝거렸다. 단테는 마음속 기운이 힘차게 꿈틀거리는 것을 느끼며 잔뜩 주눅 들어 있던 어깨를 쭉 폈다.

“감사합니다, 베르길리우스 스승님!”

그의 목소리는 흥분으로 몹시 떨리고 있었다.

“저를 위해 이 험한 길의 안내를 맡으셨으니 그 또한 얼마나 위대하고 큰 은혜입니까? 스승님의 말씀을 들으니 용기가 치솟고 의지가 새로워집니다. 자, 이제 여행을 떠날 준비가 다 되었습니다. 그 어떤 어려움이 닥칠지라도 끝까지 스승님의 뒤를 따르겠습니다.”

단테의 용기 있는 말에 베르길리우스는 흐뭇한 미소를 띠며 다시 돌아서서 걷기 시작했다.

DANTE LA DIVINA COMMEDIA 03

아케론 강의 사공 카론

베르길리우스와 단테는 드디어 지옥의 문 앞에 섰다. 문 양쪽 기둥에
는 돌로 깎은 괴물들의 모습이 고통스런 표정으로 서로 뒤엉켜 있었다.
지옥문은 끝없이 높고 넓어서 그 자체만으로도 거대한 성을 연상케 했
다. 지옥문의 눈높이쯤 이르는 곳에는 짙은 암갈색으로 글귀가 쓰여 있
었다.

비통의 도성 지옥으로 가려는 자, 나를 거쳐서 가거라.

영원한 고통을 책임지려는 자, 나를 거쳐서 가거라.

정의는 지존하신 하느님을 움직여 그분의 성스러운 기운과

최고의 지혜와 제일의 사랑으로 나를 만드셨노라.

나는 처음도 없고 끝도 없이 영원히 남을 것이다.

한 번 지옥에 들어온 너희들의 영혼은 영원히

다른 곳으로 빠져나갈 수 없으니 모든 희망을 버려라.

글을 읽는 순간, 단테는 섬뜩한 느낌에 저절로 걸음을 멈췄다.

"몹시 두렵고도 단호한 말이군요."

"그렇다네. 하지만 두려워하진 말게. 내가 곁에 있는 한 어떠한 악도 자네를 범하지는 못할 테니까."

베르길리우스는 온화한 표정으로 그의 손을 꽉 잡았다.

"단테, 이곳에선 티끌만큼의 의혹이나 두려움이 없어야만 하네. 우리가 이곳에 온 이유는 미덕을 잃은 비참한 사람들을 일깨워주기 위해서라는 사실을 명심하도록 하게."

베르길리우스의 말에 위안을 얻은 단테는 곧 그에게 이끌려 지옥문을 열고 신비한 세계에 발을 들여놓았다.

안은 마치 거대한 동굴처럼 느껴졌다. 주위에는 음산한 기운이 맴돌았고 곳곳에서 신음과 탄식하는 소리가 메아리쳤다. 서로 말이 통하지 않는 무리 속에서 제각기 고통에 짓눌려 지르는 신음 소리가 분노에 가득 찬 외침과 어우러지는가 싶더니 다시금 쉰 목소리로 내뱉는 욕설과 비명까지 뒤섞였다. 그 소리들은 밤낮을 구별할 수 없는 컴컴한 허공을 떠돌아다니면서 광란의 소용돌이를 일으키고 있었다.

한동안 망설이던 단테는 용기를 내어 떠듬떠듬 물었다.

"스승님, 제 귀에 들려오는 저 소리는 무슨 외침입니까? 그리고 저 사람들은 누구이기에 저토록 고통받고 있습니까?"

"저들은 명예도 얻지 못했고 다른 누구의 올바른 충고도 듣지 않았으며 의식적이거나 무의식적으로 악을 키워왔던 자들이라네. 더러는 오직 자신밖에 위할 줄 모르는 사악한 천사들의 무리까지도 섞여 있지."

"진정 천사들이 이곳에 있단 말씀입니까?"

"그들은 자신의 본분을 저버렸으므로 이미 사탄의 무리에 속해 있으니 천사라고는 할 수 없네. 하느님께서는 그런 자들로 인해 천국이 더럽혀질 것을 염려하여 내쫓으셨지. 하지만 그자들은 끝내 자신의 죄를 깨닫지 못하고 오히려 교만에 빠져 이곳에서조차 따돌림을 받고 있다네."

"그렇지만 스승님, 저렇게까지 탄식하며 울부짖을 만큼 저들의 죄가 무거운 것이었습니까?"

"저들이 울부짖는 이유가 고통 때문이라고 생각하는가? 물론 그들의 죄로 인한 형벌이 매우 고통스럽기도 하겠지만 정작 저들의 괴로움은 다른 데 있다네. 즉, 자신들에게는 죽음조차 허용되지 않기 때문에 죽고 싶어도 죽지 못한 채 영원히 죄의 대가를 치를 수밖에 없다는 것이지."

"그렇다면 저들이 죽은 게 아니란 말씀입니까?"

"물론 육신은 이미 죽은 상태지. 고통만이 존재하는 그들로서는 영원한 안식을 위해서라도 차라리 영혼마저 소멸되는 두 번째의 죽음을 얻어야 하는데 결코 쉽게 허용되지 않는다네."

"스승님, 저들이 고통스러워하는 걸 보니 제 가슴이 미어질 듯 아파옵니다."

"단테, 저들을 위해 눈물을 흘리거나 동정하지 말게. 자네가 할 수 있는 일이라곤 그저 묵묵히 바라보고 지나가는 것뿐일세"

단테는 입을 다문 채 물끄러미 그들을 바라보았다.

그때 그들의 주위를 빙글빙글 돌면서 끊임없이 펄럭이는 깃발 하나가 보였다. 그리고 그 뒤를 따라 죽은 이들의 영혼이 늘어서 있었다. 설마 죽음의 신이 그토록 많은 생명을 앗았으리라고는 도저히 믿기지 않을 정도였다.

"앗, 저 사람은 첼레스티노 5세(192대 교황, 1294년)!"

죽은 자들 무리 속에서 낯익은 얼굴을 발견한 단테는 자신도 모르게 소리쳤다.

"그렇다네. 그는 밤마다 교황청 창문 밖에서 들려오는 협박 소리에 두려움을 느낀 나머지 교황의 지위를 스스로 내던져 버렸다네. 믿음이 부족한 영혼이요, 의지 또한 잃어버린 가엾은 영혼이라 할 수 있지……."

"저 무리들이야말로 하느님의 은총도 잃고 사탄에게서조차 멸시받는 존재들이군요."

그들은 벌거벗긴 채, 주위를 맴도는 벌과 말파리에게 계속 물리거나 쏘이고 있었다. 피로 벌겋게 물들어 있던 그들의 얼굴에서 피가 눈물에 섞여 발밑으로 흘러 떨어지자 밑에서 꿈틀대던 수많은 벌레들이 그것을 빨아먹기 위해 아귀다툼을 벌였다.

단테가 그 장면을 애써 외면하며 눈을 들어 더 앞쪽을 보니 큰 강변에 사람들이 웅성거리며 서 있었다.

"스승님, 저 멀리 보이는 강의 이름이 무엇입니까?

"그 강이 바로 지옥을 가로질러 흐르는 아케론 강이네."

"그런데 저곳에서 무언가를 기다리며 모여 있는 자들은 도대체 누구입니까? 멀리서 보니 모두들 서둘러 강을 건너려는 것 같은데 무엇 때문에 저리 서두르는 것인가요?"

"단테, 너무 조급한 질문일세. 모든 것은 잠시 후 우리가 아케론의 슬픈 강가에 멈췄을 때 저절로 알게 될 테니까."

단테는 베르길리우스의 깨우침을 듣고서야 너무 조급하게 굴었던 자신을 발견하고서 부끄러움을 감출 수가 없었다.

'혹시 내 말이 스승님의 기분을 상하게 한 것이나 아닐까?'

단테는 강변에 이를 때까지 입을 꾹 다문 채 베르길리우스의 뒤를 따랐다. 강변에 다다르자 백발이 성성한 노인이 배를 저어 오면서 둘을 향해 소리쳤다.

"이 저주받은 영혼들아, 너희들에게 영원한 재앙이 있으리라. 너희들은 감히 하늘을 우러러볼 자격이 없을 뿐만 아니라 볼 수조차 없을 것이다. 나 카론은 강 건너 저쪽의 영원한 어둠 속으로, 오직 뜨거운 불길만이 이글거리는 곳으로 너희들을 끌고 가기 위해서 왔노라!"

강변에 배를 댄 카론은 공포에 질려 부들부들 떨고 있는 영혼들을 노려보았다. 그러고는 하나하나 배에 오르도록 명령했다. 어쩌다 주춤거리거나 뒷걸음질 치는 자가 있을 때에는 노를 들어 사정없이 후려쳤다.

드디어 단테의 차례가 되었다. 그는 스승 베르길리우스와 함께 나란히 뱃머리에 오르려던 참이었다.

"잠깐, 네 놈은 누구냐?"

단테가 아무 말도 못하고 우물거리자 카론은 눈을 부릅뜨며 벽력 같은 소리를 질렀다.

"너는 어찌하여 하늘의 섭리를 거역하고 이곳까지 왔느냐? 죽은 자의 영혼이 아니고서는 이 배에 탈 수가 없다. 또한 너는 죽어서도 이곳에 올 자가 아니니 냉큼 죽은 자들로부터 물러나거라!"

카론은 살아 있는 자에 대한 분노로 얼굴이 일그러졌다. 그때 베르길리우스가 단테의 앞을 막아서며 카론에게 말했다.

"아케론 강의 사공 카론이여, 성내지 마라. 이 사람은 하느님의 뜻을 받들어 따르려는 것이니 그대는 아무것도 묻지 말고 태우도록 하라."

순간 카론은 흠칫 놀라는 표정을 짓더니 입을 다물었다. 그러나 끝내 노여움을 삭이지 못하고 한껏 일그러진 표정으로 한 걸음 물러섰다. 단테와 베르길리우스가 배에 오르고 난 다음 드디어 배 안에 영혼들이 가득 차자 카론은 그 큰 배를 혼자서 저었다.

아케론 강물은 검붉은 빛이었고 썩어 가는 핏물처럼 고약한 악취를 풍겼다. 영혼들은 배 난간에 매달려 초점 잃은 눈으로 멍하니 강물만 바라보았다. 이윽고 어떤 자는 가슴을 치며 통곡했고 또 어떤 자는 강물을 향해 손을 뻗으며 무언가를 잡으려고 안간힘을 썼다.

"스승님, 제 눈에는 아무것도 보이지 않는데 저들은 마치 강물 속에서 무언가를 보고 있는 것처

럼 행동하는군요. 강물 속에 무엇이 있기에 영혼들이 저토록 안타까워
하는 것입니까?"

"세상을 떠나온 영혼들은 아케론 강에서 각자 자신들이 살아온 과거를
돌아볼 수 있게 되어 있다네. 강물은 마치 거울처럼 과거를 그대로 보여
주고 있지. 그래서 지금 저 영혼들은 자신의 삶을 좀 더 선하고 성실하
게 살지 못한 것에 대해 뼈저리게 후회하고 있는 것이라네. 그렇지만 그
것은 영혼들만이 볼 수 있는 것이지. 자네에게는 단지 썩고 냄새나는 강
물로만 보일 뿐이라네."

단테가 문득 고개를 돌려 떠나왔던 강변을 돌아보니 벌써 새로 도착
한 무리가 배를 기다리며 웅성거리고 있었다. 그 수가 헤아릴 수 없을
정도로 많음에 속으로 놀라고 있는데 베르길리우스가 그 무리를 바라
보며 물었다.

"단테, 저들이 무엇 때문에 자진하여 저곳에 모여 있다고 생각하는
가?"

"저는 그 이유를 모르겠습니다. 강을 건너면 끔찍한 지옥의 형벌이 기
다리고 있다는 사실만큼은 저들도 분명히 알고 있을 텐데요?"

"자네도 이미 봐서 알겠지만, 저 영혼들은 아직 두려움을 완전히 떨치
지 못하고 있다네. 그러나 자신들이 지은 죄가 얼마나 크고 무거운 것인
지를 깨닫고서 그 죄의 대가를 기꺼이 받고자 하는 것이지."

"그렇다면 죽은 자들은 모두 이 아케론 강을 반드시 건너게 되어 있습
니까?"

"꼭 그런 것만은 아니네. 지금껏 착하고 어진 영혼이 이 강을 건너간
적은 단 한 번도 없었으니까. 아케론 강의 사공 카론이 어째서 자네에게
그토록 화를 냈는지 이제 알겠는가?"

"만약 제가 죽게 되면 이후 이 강을 건너지 않아도 된단 말씀입니까?"

베르길리우스는 허공만 바라볼 뿐 아무 대답도 해주지 않았다.

어느새 배가 목적지에 다다르자 영혼들이 하나둘씩 내리기 시작했고 단테와 베르길리우스도 발을 내디뎠다. 순간 땅이 요동치는 것이 느껴졌다. 눈물 젖은 땅은 거대한 바람을 일으키며 세상을 온통 휘저었고 한 줄기 섬광이 눈앞에서 번쩍였다. 단테는 그만 정신을 잃고 지푸라기처럼 그 자리에 푹 쓰러지고 말았다.

DANTE LA DIVINA COMMEDIA 04

구원받은 영혼들

"우르릉… 쾅쾅!"

귀가 찢어질 듯한 천둥소리에 놀란 단테가 몸을 벌떡 일으켰다. 그러고는 천천히 눈을 움직여 자신이 있는 곳을 주의 깊게 살펴보았다. 분명 골짜기의 깊은 늪가였다. 주위에서는 비통함에 젖은 울부짖음이 한데 어우러져 천둥처럼 울려 퍼지고 있었다. 고개를 내밀어 골짜기 아래의 동정을 살펴보려고 했지만 어둡고 깊은데다 안개마저 워낙 짙게 깔려 있어서 아무것도 분별할 수 없었다.

"단테, 이제 저 아래 빛이 없는 세계로 내려가야 할 때가 된 것 같네."

"저곳은 어째서 저렇게 어둠에 휩싸여 있습니까?"

"저곳에는 물리적인 빛은 물론이요, 정신적인 빛마저도 비춰지지 않기 때문이지."

"정신적인 빛이라뇨?"

"그것은 희망의 빛. 이제부터 우리가 만나게 될 사람들은 하나같이 희

39

망이 없는 자들의 영혼뿐이라네. 그들은 지옥에 있으면서도 과거를 한탄하거나 현재 상황을 불만스럽게 생각하며 고통스러워할 따름이지."

"모두가 다 그렇다는 말씀입니까?"

"그렇지 않은 영혼들도 있기는 하네. 그들에게서는 연한 빛이 발산되기 때문에 한눈에 쉽게 다른 자들과 구별이 되지."

베르길리우스의 표정이 갑자기 굳어지더니 이내 얼굴이 파랗게 질렸다.

"자, 내가 앞장설 테니 자넨 어서 내 뒤를 따르게."

단테는 재빨리 베르길리우스의 신색을 알아차렸다.

"제가 두려움에 떨 때면 언제나 격려해 주시던 스승님께서 이처럼 두려움을 느끼시니 제가 어찌 이 길을 감히 따라나설 수 있겠습니까?"

"내 얼굴에 진정 두려움이 비춰졌단 말인가?"

"꼭 그렇단 말씀은 아니지만, 스승님의 안색이 몹시 안 좋아 보이시기에……."

"이 골짜기 아래에 있는 사람들의 고통을 생각하다 보니 치밀어 오르는 연민의 정 때문에 가슴이 아려올 정도라네. 그런데 자네의 눈에는 마치 두려움에 떨고 있는 것처럼 보였군 그래."

"죄송합니다, 스승님."

"아닐세. 그러나 자네의 가슴속에서 울려오는 소리에 가만히 귀 기울여 보게. 혹시 두려움에 떨고 있지는 않았었는지 말이야. 사람들은 가끔 자신의 가슴 깊숙이 숨겨둔 감정을 다른 사람에게 투영하는 버릇이 있거든."

"스승님 말씀을 듣고 보니 그랬던 것 같습니다. 두려움을 갖지 않으려고 아무리 애써 봐도 저 자신도 모르는 사이에 그런 마음이 생겨서 몸과 마음을 옭아매곤 합니다."

"자네의 심정을 충분히 이해할 수 있으니 부담스러워하지는 말게. 자, 갈 길이 머니 서둘러야겠네."

베르길리우스는 엷은 미소로 단테에게 위안을 준 다음 어둠에 싸여 있는 골짜기 깊은 곳으로 안내했다.

그곳에서는 절규나 통곡 소리 대신 곳곳에서 음산한 바람만 휘휘 몰아쳤다.

"스승님, 이곳은 어디입니까?"

"이곳이 바로 제1지옥(림보)이네."

"마치 소리마저 잠들어 버린 것처럼 주위가 너무 고요하군요. 고통스런 목소리로 살려달라고 애원하는 사람도, 비명을 지르거나 아귀다툼하는 사람도 없고요."

"그렇다네. 이곳은 슬픔은 있지만 고문이나 가책은 없는 곳이니까."

"그런데 계속 불어대는 바람소리만 마냥 듣고 있자니 온몸에서 힘이 다 빠져나가는 것 같습니다."

"그럴 만도 하지. 하지만 이것은 바람소리가 아니라네. 단지 이곳에 있는 영혼들의 한숨 소리가 너무 크고 깊다 보니 그렇게 들리는 것뿐이지."

"그랬군요. 그렇다면……."

"자네, 저들이 어떤 영혼들인지 알고 싶은 게로군?"

"네, 그렇습니다. 무슨 죄를 지었기에 저리 크게 한숨짓는 것입니까?"

"저들은 죄를 범한 자들은 아니네. 오히려 덕망 있고 선한 사람들이었을지도 모르지."

"그렇다면 연옥이나 천국으로 가지 못하고 왜 림보로 오게 되었습니까?"

"그것만으론 부족하기 때문일세. 제아무리 높고 귀한 명성을 얻거나 선행을 베풀었다 할지라도 세례를 받지 않았다면 아무 소용이 없다네. 세례는 하느님 나라로 들어가기 위한 가장 기본적인 열쇠이지. 그러나 생각해 보게. 예수 그리스도께서 이 땅에 오셔서 인간의 죄를 대속代贖하시기 전에 원죄를 씻지 못한 채 죽었던 사람들은 과연 어찌되었겠나? 불행히도 그들은 하느님께 원죄에 대한 씻음을 받지 못하고 또한 예수 그리스도를 섬기지도 못했기 때문에 결국 이곳으로 오게 됐다네. 실은 나도 그들과 마찬가지의 이유로 이곳 림보에 머물고 있지."

"아, 그래서 아까 안타까운 마음에 깊은 한숨을 내쉬고 계셨군요."

"림보에 있는 우리들은 하느님 나라에 오를 가망이 없다네. 하지만 언젠가는 그렇게 될지도 모른다는 실오라기 같은 희망만은 잃지 않고 있지."

단테는 스승의 말을 듣는 순간, 가슴 한구석에 찡한 슬픔이 전해졌다. 자신이 훌륭하다고 섬겼던 가치 있는 여러 사람들이 림보 속에서 한숨 짓고 있으리라는 걸 깨달았기 때문이다.

"스승님, 가르쳐 주십시오. 이곳에 있다가 자신의 공功과 덕망으로, 혹은 예수 그리스도의 은혜를 입어 하느님 나라로 올라가게 된 영혼은 여태껏 한 명도 없었습니까?"

"내가 림보로 온 지 얼마 되지 않았을 무렵, 가시 면류관을 쓰고 햇살보다 눈부신 후광을 뒤로한 전능하신 분께서 이곳에 오신 적이 있었네. 나는 그분을 처음 뵙는 순간 감동에 휩싸였고, 곧 그분이 하느님의 아드님이라는 사실을 알 수 있었지⋯⋯."

"그렇다면 예수 그리스도께서 직접 고난의 지옥까지 오셨단 말씀입니까?"

베르길리우스는 천천히 고개를 끄덕였다.

"그분께서는 인류의 조상 아담 그리고 그의 아들 아벨, 홍수로부터 구원 받았던 노아, 하느님으로부터 십계명을 받고 율법을 세워 창조주를 섬겼던 모세, 하느님과 축복의 계약을 맺은 아브라함과 다윗 왕, 요셉과 그의 형제들 그리고 이스라엘을 충실하게 섬긴 야곱, 그 밖의 몇몇 영혼들을 불러내어 축복해 주시며 천국의 문으로 인도하셨네. 나 또한 언젠가는 그분께 불려지기를 바라는 간절한 마음으로 멀찍이서 그분의 모습을 똑똑히 지켜볼 수 있었지."

"그러한 기대가 일말이라도 남아 있다면 적어도 완전히 절망적인 곳은 아니군요?"

"하지만 그것은 끝없이 펼쳐진 백사장에서 특별히 선택된 한 알의 모래이기를 바라는 것과 다름없지. 단테, 분명한 것은 그분께서 이곳에 오셨던 그날 이전이나 이후로는 두 번 다시 그런 일이 없었네. 즉, 인류의 역사가 시작된 이래 단 한 번의 구원만 있었다는 사실이지."

단테와 베르길리우스가 얘기를 나누며 계속 걷다 보니 어느덧 울창한 숲 속을 지나게 되었다. 그러나 자세히 살펴보니 그것은 나무들이 울창한 숲이 아니라 죽은 이들의 영혼이 마구 뒤엉킨 채 빽빽이 들어차 있어서 마치 숲처럼 보였던 것이다.

림보를 반쯤 지나쳐 왔을 무렵, 멀리서 서서히 빛이 스며드는 것이 보였다. 그 빛은 눈부실 정도는 아니었지만 신비로운 색채로 은은하게 비쳤고 주위엔 그윽한 향기마저 감도는 듯했다.

멀리서 보이는 몇몇 영혼들은 광채가 나는 흰옷을 입은 채 앉아 있거나 유유히 평화롭게 산책하고 있었다. 언뜻 보기에도 영예롭고 고결한 영혼들임을 알 수 있었다.

"이런 곳에서도 영광을 누리고 있는 저들은 도대체 누구입니까?"

"그들은 하늘의 은총으로 세상에서도 명성을 드높였음은 물론 육신과 영혼이 분리되어 죽은 이후에도 이곳에서조차 천상의 은혜를 입고서 특별한 지위에 오른 분들이지. 아마 저분들의 명성은 자네도 익히 들어 잘 알고 있을 것이네."

빛을 향해 점점 다가가고 있을 때 어디선가 경건한 목소리가 울려 퍼졌다.

"위대한 시인을 찬미할지니, 천상의 부름을 받고 잠시 이곳을 떠났던 그의 영혼이 돌아왔도다. 모두 경의를 표하라."

그 소리가 메아리치다 사라지자 주위는 다시 조용해졌다. 단테는 경외심敬畏心에 젖어 주위를 둘러보다가 곁으로 다가오는 네 명의 그림자를 발견했다. 그러나 그들의 얼굴은 밀랍처럼 굳어져 있어서 슬픔이나 기쁨 따위의 표정이 전혀 드러나지 않았다.

단테가 묻기도 전에 베르길리우스가 먼저 입을 열었다.

"잘 보게, 손에 칼을 들고 걸어오는 저 영혼을. 다른 세 영혼보다 앞서 위엄 있게 다가오는 저분을……."

"저분은 누구십니까?"

"'일리아드'와 '오디세이' 등의 서사시를 썼던 그리스 최고의 시인이요, 시인의 왕이신 호메로스이시지."

"과연, 시인의 왕이라 불릴 정도로 위풍당당하시군요."

"그 다음 분은 풍자 시인 호라티우스라네. 아우구스투스 황제께서 가장 뛰어난 시인에게 내리던 명예의 계관桂冠시인이란 칭호까지 얻었지. 세 번째 사람은 오비디우스라네."

"그분에 대해서는 저도 익히 잘 알고 있습니다. 로마 융성기 최고의

시인이요, 풍부한 기지로 인생의 즐거움과 사랑의 아름다움을 노래하여 가장 많은 사랑을 받았고 작품 또한 제일 많죠."

"잘 알고 있군. 그렇다면 맨 끝에 서 있는 저 분이 누군지도 알 수 있겠군?"

"한 번도 뵌 적은 없지만…… 혹시 시저와 폼페이우스의 싸움을 서사시로 읊었던 루카누스님이 아니십니까?"

"호오, 맞췄군. 루카누스는 한때 로마의 폭군이었던 네로의 총애를 한 몸에 받았으나 안타깝게도 피소의 음모에 가담했다가 자살하고 말았지."

"아, 모두 너무나 훌륭했던 시인들……!"

"그렇다네. 저분들이 나를 시인으로 인정하고 경의를 표해주고 있으니 이 얼마나 영광스러운 일인가."

단테는 평소 자신이 그토록 존경했던, 또 그렇게도 훌륭했던 서사시 시인들을 눈앞에서 직접 보게 되니 뭐라 표현할 수 없는 기쁨이 샘솟았다.

단테는 이렇게 시의 대가들을 만나는 영광을 누리게 되었다. 호메로스를 선두로 한 시인들과 스승 베르길리우스가 잠시 담소를 나누더니 그들은 단테 쪽을 돌아보며 정중하게 인사했다. 그는 당황하여 얼굴이 붉어진 채 넙죽 엎드려 인사를 받았고 그 모습을 지켜보던 베르길리우스가 만족스러운 듯 빙긋이 미소를 지었다. 이 현자賢者들은 단테를 여섯 번째 시인으로 자신들의 모임에 초대해 주었다. 그는 분에 넘치는 영광을 느꼈다.

베르길리우스와 단테는 시인들 틈에 끼어 많은 대화를 나누면서 다시금 빛을 향해 걸어갔다.

이윽고 그들 일행은 어느 웅장한 도성 앞에 이르렀다. 성은 일곱 겹이

나 되는 높은 성벽으로 둘러싸여 있었으며 그 주위에는 온통 맑고 아름다운 냇물이 흐르고 있었다.

"어마어마한 성이군요. 스승님, 이 성 안에는 어떤 영혼들이 머물러 있습니까?"

"예수 그리스도를 믿지 않았던 사람들 중에 지知와 덕德이 뛰어났던 고명인사들이지. 자, 안으로 들어가 보세."

"성문이 열려 있기는 하지만 깊고 빠른 냇물이 성 주위를 둘러싸며 흐르고 있는데 어떻게 저 안으로 들어갈 수가 있습니까?"

그러나 위대한 시인들은 아무 말 없이 앞장서서 냇물을 건너기 시작했다. 그들의 발은 물속으로 잠기기는커녕 옷자락에 물 한 방울 튀지 않았다. 그들은 마치 단단한 땅을 밟듯 그 냇물을 맨발로 건너갔다.

"이럴 수가!"

"자네도 내 뒤를 따르게."

"스승님, 잠깐 제 말씀 좀 들어 주십시오. 위대한 시인들이나 스승님께서는 영혼의 몸이시지만 저는 육체를 지닌 몸입니다. 이 냇물을 건너다가 만약 물에 빠지기라도 하면 어쩝니까?"

겁에 질린 그의 말에 베르길리우스는 엄숙한 목소리로 꾸짖듯이 물었다.

"단테, 자네가 과연 온전히 하느님을 섬기고 있는가?"

그는 베르길리우스를 똑바로 바라보며 고개를 끄덕였다.

"그렇다면 염려 말게. 예수님의 부르심을 받고 물 위를 걷던 제자 베드로가 거센 바람이 불자 물에 빠져 허우적거리며 '주님, 살려주십시오!' 하고 구원을 청했을 때, 예수님께서 '의심을 품었느냐? 그렇게도 믿음이 약하냐?' 하시며 손을 내밀어 주시지 않았던가? 자네의 믿음만 굳건하다면 냇물 건너는 것쯤이야 어려울 것이 없네. 하느님께서는 반드시 자네의 발을 받쳐 주실 거야."

단테는 비로소 깨달음이 있어 마음속으로 잠시 구원의 기도를 올렸다. 이어서 베르길리우스의 뒤를 따라 냇물 위를 걸어갔다. 그는 자신의 발이 마치 기름진 땅 위를 걷는 것처럼 가뿐함을 느꼈다.

위대한 시인들과 함께 일곱 개의 성문을 지나자 싱싱한 초록색으로 뒤덮여 있는 잔디밭이 눈앞에 펼쳐졌다. 그곳에는 부드러운 눈매와 위엄 있는 풍채를 지닌 영혼들이 움직이고 있었다. 그들은 말수가 적었으나 매우 부드러워 마치 잠자는 아기의 숨결 같았다.

일행은 앞이 탁 트이고 볕이 잘 드는 높은 곳으로 올라가 주위를 한 바퀴 둘러보았다.

그때, 맞은편 푸른 잔디동산에서 위대한 사람들의 영혼이 하나둘 모습을 드러냈다. 그들을 발견한 순간 단테의 가슴은 두방망이질을 쳤고 희열 때문에 온몸의 피가 뜨겁게 끓어오르고 있었다.

"저 언덕 위 선두에 서 있는 여인은 아가멤논의 딸 엘렉트라네. 동생을 시켜 아버지의 원수인 어머니와 간부姦夫를 죽게 했으나 어미를 죽인 대가로 많은 사람들로부터 지탄을 받았다네."

"그 옆에 서 있는 헥토르와 아이네이아스는 낯이 익습니다."

"그들은 용맹하기로 이름을 떨쳤던 젊은이들이지."

"갑옷으로 무장한 채 독수리 같은 눈매를 번뜩이며 저쪽에 서 있는 사람은 누구입니까?"

"로마의 군인이요, 정치가였던 시저라네."

"독재정치를 하다가 공화정치 파에 의해 피살되었던 율리우스 시저라고요?"

"그렇다네. 한때 독재자로서의 오명을 남기기는 했지만 정치적으로 많은 치적治積을 쌓았을 뿐만 아니라 문장력도 뛰어나 '갈리아 전기' 등을 썼잖은가!"

"네, 그 작품은 이미 세기의 걸작이 되었습니다."

다른 곳에서는 카밀라와 아마존 족의 여왕이었던 펜테실레이아가 보였고 라티누스 왕이 공주 라비니와 함께 앉아 있는 모습도 보였다.

"저쪽에 있는 영혼들은 모두 왕족 출신이군요?"

"이곳에서는 업적과 계층이 비슷한 사람들끼리 모여 서로의 과업을 자랑삼는 게 유일한 즐거움이라네."

"그 옆쪽 무리들 중에 브루투스의 모습도 보이는군요."

"브루투스는 로마 최후의 왕 타르퀴니우스를 몰아내고 새 공화국을 세웠잖은가. 자네, 그 옆에 있는 루크레티아도 알아보겠나?"

"너무 멀리 있어서 확실치는 않습니다만 루크레티아가 맞는 것 같습니다."

"그녀는 남편 콜라티누스의 친척에게 겁탈을 당하자 상심한 나머지 자결해 버린 비운의 여인 아닌가!"

"율리우스 시저의 딸 율리아, 카토의 아내 마르치아, 포에니 전쟁을 종결지은 스키피오의 딸 코르넬리아 그리고 그 모두와 동떨어져 외로이 홀로 서 있는 터키의 왕 살라딘의 모습도 보이는군요."

"좀 더 앞쪽을 보게."

단테는 베르길리우스가 가리키는 앞쪽으로 시선을 옮겼다. 그러다가 '훅'하고 숨을 들이마시지 않을 수 없었다.

"만학萬學의 아버지라 칭하던 분을 여기서 뵙게 되다니……."

그리스 철학의 최고 왕좌를 차지하는 지혜로운 이들의 스승, 아리스

토텔레스가 철학자들 사이에서 고고하게 앉아 있는 모습도 보였다. 모두가 아리스토텔레스를 주시하며 경의를 표하고 있는 가운데 이어서 소크라테스와 플라톤의 모습도 보였다. 두 사람은 어느 누구보다도 아리스토텔레스 곁에 가깝게 서 있었다. 단테는 말을 잃은 채 한동안 입을 다물지 못했다.

"자, 그 옆으로 죽 서 있는 철학자들이 누군지 자세히 살펴보게."

아리스토텔레스를 중심으로, 세계는 원자의 우연적 결합으로 이루어졌다고 주장했던 데모크리토스와 그리스 견유학파 철학자 디오게네스의 모습이 한눈에 들어왔다. 그리고 역시 그리스의 철학자인 아낙사고라스, 세계의 근원은 물이라고 주장했던 철학의 시조 탈레스, 그리스의 철학자 엠페도클레스와 헤라클레이토스, 제논 그리고 식물의 특성을 진지하게 조사했던 디오스코리데스도 있었다.

이어서 음악의 신 오르페우스, 로마의 철학자이자 웅변가인 키케로, 그리스 신화에 나오는 시인 리노스, 로마의 도덕가 세네카, 기하학의 시조 유클리드, 알렉산드리아의 천문학자 프톨레마이오스, 의학의 아버지라 불리는 히포크라테스, 아라비아의 철학자이자 의사였던 아비센나, 그리스의 의사 갈레노스 그리고 철학자들에 대해 위대한 해설을 했던 아베로에스 등도 보였다.

"스승님, 그런데 저쪽 초원에서 손을 맞잡은 채 둥글게 둘러앉아 있는 이들은 누구입니까?"

"단테, 이곳에 있는 영혼들을 일일이 다 살펴볼 시간이 없네. 이젠 다른 곳도 둘러봐야 하니 어서 서두르게."

함께 왔던 위대한 시인들은 어느새 본래의 자리로 되돌아가고 없었다.

단테는 궁금증을 우선 접고 베르길리우스의 뒤를 따르기로 했다. 현명한 길잡이인 베르길리우스는 성을 벗어나 새로운 길로 인도했다. 밝고 조용한 곳을 벗어나 빛이라고는 조금도 찾아볼 수 없는 곳을 향해 첫발을 내디뎠다. 그때 갑자기 대기의 진동이 일었고 단테는 잠시 움찔했지만 이내 정신을 바짝 차렸다.

프란체스카와 파울로

"스승님, 성문 앞에 서서 잔악한 표정으로 이를 갈고 있는 저 영혼은 도대체 누굽니까?"

"그는 신들의 왕 제우스의 아들 미노스라네. 죽어서 이곳에 온 영혼들은 우선 제2옥을 지키는 저 미노스 앞에서 죄를 낱낱이 고백해야만 한다네. 그러면 그는 어둠과 불멸의 신답게 아홉 곳의 지옥 중 그 영혼들에게 합당하다고 생각되는 지옥에 따라 숫자의 꼬리를 감으면 영혼들은 심판에 따라 곧바로 그 지옥으로 떨어지게 되지."

미노스 앞에는 많은 사람들이 줄을 서서 가슴 졸인 채 심판받기를 기다리고 있었다. 단테는 베르길리우스의 설명을 들으며 제2옥의 문을 기웃거렸다.

"서라, 너는 누구냐? 스스로 형벌의 집을 찾아온 어리석은 자여, 어떻게 이곳까지 들어왔으며 도대체 누가 너를 여기까지 안내했더냐?"

비로소 단테를 발견한 미노스가 바쁜 일손을 멈추고 벌컥 화를 내며 호통을 쳤다.

"이곳 문이 넓다 하여 쉽게 통과할 수 있으리라고는 생각지 말라!"

단테가 당황하여 얼굴을 붉히고 있을 때 베르길리우스가 나섰다.

"미노스, 무엇 때문에 큰소리를 치느냐? 이 사람이 가는 길은 전지전 능하신 하느님께서 정하신 것이니 방해 말라. 또한 더 이상은 아무것도 묻지 말라."

베르길리우스의 말을 들은 미노스는 겁먹은 얼굴로 순순히 길을 비켜 주었다. 스승과 제자는 길게 줄선 영혼들을 헤치고 제2옥의 문을 열고 안으로 들어섰다.

제2옥은 모든 빛이 모습을 감춘 어둠의 골짜기였으며 사방에서는 비 통에 젖은 신음 소리가 들렸다. 또한 날카롭고 모진 광풍이 잠시도 쉬지 않고 휘몰아쳐 망령의 무리를 사정없이 내리쳤다.

"단테, 사방이 어둠 속에 잠겼고 바람 또한 모질어 길을 잃을 염려가 있으니 내 손을 꼭 잡도록 하게."

단테는 베르길리우스가 내민 손을 꼭 잡은 채 고 통스러워하는 망령들의 모습을 보았다. 바 람은 마치 채찍처럼 그 망령들을 휘 갈겨 온몸이 시퍼렇게 멍들거나 살점이 패여 피가 흘렀다. 그 들에게는 희망이나 위안, 휴 식마저 전혀 기대할 수 없는 듯 보였다.

망령의 무리는 광풍에 휩쓸 려 절벽 끝으로 몰릴 때마다 끝이 보이지 않는 절벽 아래 다른 지옥으로 떨어지지 않기 위해 안간힘을 쓰며 다시 광풍의 소용돌이 속으로 뛰어들었다. 그러면서도 아직 완전한 회개를 하지 못하고 끊임없이 하느님을 원망했다. 바람에 살점이 파이는 고통 속에서도 자신들의 잘못을 전혀 깨닫지 못하는 것이었다.

"스승님, 검은 바람이 이토록 사납게 몰아치며 휘갈기고 있는 저 영혼들은 도대체 무슨 죄를 지은 자들입니까?"

"저들은 욕망에 굴복하여 이성을 잃고 육욕肉慾의 죄를 범한 자들이라네. 저 영혼들 중 맨 앞에 가는 여자는 아시리아의 황후 세미라미스라네. 그녀는 음탕한 짓을 일삼고 향락에 젖은 채 허송세월만 보내다가 결국 세상 사람들에게 비난을 받게 되자, 그 비난의 화살을 피하기 위해 음란한 행위를 법으로까지 합법화시킴으로써 온 세상을 문란케 만들었던 여인이지."

"권력을 이용하여 악을 정당화하고 많은 사람들을 혼란과 무질서 속으로 몰아넣은 장본인이군요."

베르길리우스는 고개를 끄덕이며 말을 이었다.

"그 다음에 오는 여인은 카르타고를 건설했던 디도라네. 그녀 또한 남편인 시카이오스가 죽자 정조를 버리고 아이네이아스와 사랑에 빠졌지. 이를 괘씸하게 여긴 제우스가 아이네이아스를 설득하여 그녀의 곁을 떠나게 만들자 크게 절망한 디도는 결국 자살하고 말았다네."

"하느님 앞에서 맹세를 하고 부부의 연을 맺은 사람들이 어떻게 그토록 쉽게 정조를 버릴 수 있는지 도무지 납득되지 않습니다."

"그 뒤의 여인은 다름 아닌 음탕한 클레오파트라라네. 이집트 왕조 최후의 여왕으로 아버지가 죽자 남동생 프톨레마이오스의 아내가 되었다가 시저와 사랑에 빠져 그의 아내가 되기도 했지. 그러나 시저가 몰락한

후에는 다시 안토니우스의 정부가 되었고 결국 옥타비아누스와의 전쟁에서 패배하자 스스로 자신의 젖가슴을 독사에게 내밀어 자살한 독한 여자라네."

단테는 손가락을 들어 무리 중에 한 명을 가리켰다.

"이곳에 있는 여인들이 모두 다 그렇지만, 그중에서도 가장 아름답게 눈에 띄는 저 여인은 누구입니까?"

"그녀는 많은 영웅들의 정부였을 만큼 미녀 중의 미녀로 제우스와 레다의 딸인 헬레네라네. 그녀는 스파르타 왕 메넬라오스의 왕비였는데 트로이 왕자 파리스의 유혹에 빠져 트로이로 가버렸지. 때문에 결국 트로이 전쟁이 일어나게 되었고 그 전쟁으로 인하여 많은 사람들이 오랜 세월을 재난과 고통 속에서 지내야만 했네."

베르길리우스의 설명을 듣고 있던 단테는 자신도 모르게 한숨을 내뱉었다.

"썩으면 한 줌 흙에 불과한 인간의 육신 때문에 그따위 일이 일어나다니……!"

"위대한 영웅 아킬레우스는 여러 여인을 사랑했던 대가로 발뒤꿈치에 화살을 맞아 죽었고 트리스탄 또한 숙모 이졸데를 사랑했다가 발각되어 숙부에게 피살당했잖은가!"

"당대 영웅들의 최후라고 하기엔 너무나 보잘것없었던 죽음이군요."

베르길리우스는 사랑 때문에 죽은 수많은 망령들을 일일이 손가락으로 가리키며 설명했다. 단테는 그 얘기를 계속 들으며 지옥에서 고통받고 있는 망령들이 몹시 측은하게 느껴져 어찌할 바를 몰랐다.

"스승님, 나란히 서서 마치 바람을 타듯 가볍게 가고 있는 저 두 사람은 누구입니까? 그들은 다른 사람들에 비해

덜 고통스러워 보이는군요."

"저 둘은 비극적인 사랑의 운명을 타고난 프
란체스카와 파울로라네."

"비극적인 사랑의 운명이라고요?"

"그렇다네. 프란체스카는 이웃 나라의 성
주 지안치오토와 정략결혼을 하게 되었는데
지안치오토는 추남일 뿐만 아니라 성격 또한 포
학한 자였네. 그래서 지안치오토는 결혼을 성립시
키기 위해서 잘생기고 마음씨 부드러운 동생 파울로
를 내세워 대신 결혼식을 올리게 했지. 결혼 뒤 이 사실
을 알게 된 프란체스카는 크게 낙심했고 또 파울로에 대한
연모의 정을 지울 수가 없었다네. 어느 날 지안치오토가 집을 비
운 사이 프란체스카와 파울로는 서로의 간절한 마음을 불태우며
밀회를 즐기고 있었지. 그때 시종의 밀고를 듣고 달려온 지안치
오토가 그들을 발견하게 되었고 결국 그는 자기 손으로 두 사람
을 살해했다네."

"과연 누가 올바른 행동을 한 것인지 저로서는 판단할 수가 없군요.
스승님, 잠시 저 두 사람과 이야기를 나눌 수는 없을까요?"

"좀 더 우리 쪽으로 가까이 왔을 때 청해 보게. 저들을 지옥으로 이끈
사랑의 이름으로 간청한다면 분명히 허락할 것 같네."

곧 바람이 불어 그들을 단테와 베르길리우스 쪽으로 밀려오게 만들었
다. 단테는 큰 소리로 두 사람에게 간청했다.

"고뇌로 괴로워하느라 지친 영혼이여, 막는 사람이 없다면 내게로 와 이
야기를 나눕시다. 위대한 사랑의 이름으로 당신들께 이렇게 간청합니다."

그들은 주춤하며 잠시 망설이다가 다른 무리들을 떠나 하늘을 가로질러 단테에게 가까이 다가왔다. 파울로가 피곤함이 가득 담긴 눈을 들어 부드럽게 물었다.

"당신은 누구이며 왜 이곳까지 오게 되었습니까?"

"저는 단테라고 합니다. 어둠의 깊은 골짜기를 헤매다 하느님의 자비로우신 은혜를 입어 살아 있는 자의 몸으로 이곳까지 오게 되었습니다."

"그랬군요. 세상을 피로 더럽힌 우리를 찾아 이 어두운 지옥까지 오시다니…… 사랑과 덕이 넘치는 당신, 만일 하느님께서 우리에게 한 가지 소원을 말하라고 자비를 베푸신다면 우리는 기꺼이 당신의 행복과 평화를 기원하겠습니다. 당신은 진정으로 우리의 비뚤어진 죄악을 동정해 주신 분이니까요."

프란체스카와 파울로는 옷매무새를 단정히 하고 나서 다소곳이 고개를 숙이며 경의를 표했다.

"잠시 바람이 잠잠해진 틈을 타 두 분의 말씀을 듣고 싶습니다."

프란체스카와 파울로는 한동안 서로의 얼굴을 쳐다보더니 파울로가 먼저 입을 열었다.

"제 고향은 수정처럼 맑은 강물이 온화한 바다로 흘러드는 아름다운 해변이랍니다."

그러자 곁에 있던 프란체스카가 말을 받았다.

"사랑이란 순수한 마음속에서 더욱 재빠르고 열정적으로 타오르기 마련

이라서 파울로 또한 나의 아름다운 외모에 반하여 사랑의 포로가 되고
말았지요. 결국 그를 파멸로 이끈 것은 바로 저랍니다. 그래서 제 자신이
한없이 원망스럽고 이렇게밖에 될 수 없었던 우리의 운명이 원망스러
울 뿐이지요.”

파울로가 다시 말을 이었다.

“사랑은 받은 것만큼의 오십 배, 백 배로 되돌려 주고 싶은 마음이랍
니다. 그것이 바로 사랑의 숙명이라고 할 수도 있겠죠. 기쁨에 벅차서
더 이상 견딜 수 없을 만큼 사랑은 나를 사로잡았고 또 보다시피 지금도
그 사랑은 여전히 나를 놓아주질 않습니다.”

프란체스카가 슬픈 표정으로 말했다.

“그 사랑이 우리 두 사람을 모두 죽음으로 이끌었지요.”

파울로 또한 괴로운 표정을 지었다.

“더욱이 제 형님을 생각하면 마음이 더 아픕니다. 근친을 살해한 영혼
들은 가장 고통스러운 제9옥으로 가게 되어 있으니까요. 아우 아벨을
죽였던 카인이 그곳에서 형님 지안치오토를 심판하기 위해 기다리고
있답니다.”

단테는 그들의 말을 듣고 잠시 동안 고개를 숙인 채 할 말을 잃었다.
그러자 베르길리우스가 제자를 향해 물었다.

“단테, 무슨 생각을 하고 있는가?”

“진정 서로가 서로를 끔찍이 사랑했음에도 불구하고 두 사람은 오히
려 그것으로 인해 비참한 지옥으로 떨어지고 말았군요.”

단테는 몸을 돌려 두 사람을 돌아다보며 다시 말을 이었다.

“프란체스카와 파울로, 당신들의 쓰라린 고통은 너무나 처참하고 측
은하여 저절로 눈물이 나오려 합니다. 들려주십시오. 달콤한 한숨을 쉬

던 무렵, 감춰진 상대방의 애정을 어떻게 알아차릴 수가 있었는지요"

프란체스카가 말을 받았다.

"불행 속에 있으면서 영원히 돌아갈 수 없는 행복했던 지난날을 생각하는 것보다 더 비참한 일은 없겠지요. 그것은 당신 스승께서도 익히 잘 알고 계실 것입니다. 그러나 당신께서 우리의 사랑의 시작에 대해 알기를 원하시니 슬픔을 억누르고서라도 얘기해 드리겠습니다."

긴 한숨을 내쉰 그녀는 허공에 시선을 던진 채 꿈결에서처럼 말했다.

"우리 두 사람은 어느 날 함께 아더 왕에 대한 책을 읽었답니다. 마침 한 대목에는 왕비 기니비어가 어떻게 해서 란첼로토를 사랑으로 이끌었는지에 대해 자세히 묘사하고 있었습니다. 책을 계속 읽어 내려가면서 우리의 시선은 여러 차례 마주쳤고 그때마다 얼굴색이 변했었지요. 그러다가 기니비어가 란첼로토의 입술에 입 맞추는 부분을 읽게 되었을 때, 파울로가 떨리는 입술로 내게 입맞춤을 했지요. 그의 입술은 이 세상 그 어떤 것보다도 더 달콤했으며 나를 아득히 황홀경에 빠뜨렸답니다. 전 비로소 깨달았죠. 파울로는 내 인생에서 영원히 떠날 수 없으며 나 또한 그와 마찬가지라는 것을……."

프란체스카는 말을 끝까지 잇지 못한 채 눈물을 왈칵 쏟아냈다. 그녀가 하염없이 울고 있자 파울로가 그녀의 손을 꼬옥 잡아주며 말했다.

"그날 우리는 더 이상 책을 읽을 수가 없었습니다. 결국 서로를 탐하여 한 몸이 되었고……."

파울로마저 말을 끝맺지 못한 채 흐느꼈다. 단테 또한 그들이 애처로워 가슴이 쓰라렸고 너무나 상심한 나머지 머리가 아찔했다. 결국 그는 눈앞이 아득해지고 온몸에서 기운이 나른히 빠져나감을 느끼는 순간 그 자리에 쓰러지고 말았다.

탐욕의 죄

'후두둑, 후두둑.'

음산하고 차갑게 내리꽂히는 빗줄기를 느끼며 단테는 서서히 정신을 되찾았다.

그는 고개를 세차게 서너 번 내저은 후 정신을 가다듬고 주위를 살펴보았다. 그러나 앞뒤 양옆 어느 곳을 둘러봐도 죄로 인해 고통받고 있는 영혼들뿐이었다.

"스승님, 이곳은 어딥니까?"

단테가 깨어날 때까지 기다리고 있던 베르길리우스는 차분한 목소리로 대답했다.

"이곳은 제3옥이네. 여기는 차갑고 무거운 영원의 비가 내리는 곳이지. 저주 섞인 이 비는 굵은 우박 덩어리와 함께 세상의 모든 더러운 것들까지 섞어 암흑의 대기 속으로 장대같이 쏟아낸다네. 이 비를 맞는 자들과 대지는 썩어버리고 심한 악취마저 풍기지."

베르길리우스는 손가락을 들어 뱀의 꼬리에 머리가 셋이나 달린 사납고 기괴한 모습의 짐승을 가리켰다.

"저 짐승은 케르베로스네. 벌겋게 핏발이 선 여섯 개의 눈, 윤기 있는 검은 털, 터질 듯이 부른 배에 길고 날카로운 손톱으로 비를 맞고 있는 망령들을 할퀴고 물어뜯어 끝내는 사지까지 갈기갈기 찢어 버리는 작자이지."

뼛속까지 얼어붙을 정도로 차갑고 악취 나는 비바람 속에서 망령들은 마치 늑대처럼 울부짖으며 몸을 피하느라 정신이 없었다. 단테와 베르길리우스를 발견한 괴물 케르베로스는 세 개의 입을 쩌억 벌리더니 침을 흘리며 으르렁거렸다.

베르길리우스는 재빨리 흙을 한 움큼 쥐어 금방이라도 달려들 것 같은 기세로 탐욕스럽게 다가오던 케르베로스의 입속으로 던져 넣었다. 굶주림에 지친 늑대가 먹이를 찾자 온통 먹는 데만 정신이 팔려 얌전해지듯, 험상궂은 케르베로스의 고약한 으르렁거림 역시 곧 잠잠해졌다. 그러자 이제껏 케르베로스에게 시달려 왔던 영혼들은 갑자기 맥이 풀린 듯 그 자리에 털썩 주저앉았다. 어떤 이는 머리를 쥐어뜯는가 하면 가슴을 치며 통곡했고, 또 어떤 이는 넋을 잃고 쓰러진 채 꼼짝도 하지 않았다.

"자, 어서 지나가세."

"그렇지만 스승님, 망령들이 기진맥진하여 길을 가로막고 누워 있습니다. 발 디딜 틈조차 없는데 어떻게 이 길을 지나가지요?"

"이들은 이미 육신을 잃은 상태여서 형체는 있으나 무게가 없다네. 그래서 그 위를 밟고 지나가더라도 아무것도 없는 것처럼 느껴질 것이네."

"아, 죽은 이들은 모두 무게가 없는 영혼으로 변하는군요!"

"그런 건 아닐세. 깊은 지옥으로 내려갈수록 무게를 갖게 되고 마침내는 자신의 몸뚱이조차 지탱하기 힘들 정도로 무거워지지."

억수같이 쏟아지는 빗줄기를 맞으며 베르길리우스와 단테는 고통에 짓눌려 있던 망령들의 위를 조심스럽게 지나갔다. 망령들은 거의 땅 위에 엎드리거나 누워 있었다. 그들이 앞을 지나가자 그 망령들 중 한 명이 갑자기 몸을 벌떡 일으켜 앉으며 물었다.

"여보게, 지옥을 순례하는 자. 예전에 날 본 기억이 없는가? 자네는 내가 죽기 전에 태어났었지."

단테는 자신을 알아보는 자가 이곳에 있다는 사실에 잠시 어리둥절했으나 이내 기억을 더듬으며 그 망령에게 말했다.

"불안과 번뇌 때문인지 아니면 당신의 모습이 변한 탓인지는 몰라도 제 기억 속에는 당신을 본 적이 없습니다."

"다시 한 번 잘 생각해 보게. 우린 같은 고향에서 살지 않았나!"

"글쎄요, 그런데 당신은 누구십니까? 왜 이토록 참혹한 곳으로 와서 혹독한 형벌을 받고 있습니까?"

"지금 자네의 고향 피렌체는 시기와 질투로 가득 차 있네. 그러나 내가 살 때만 해도 아름답고 살기 좋은 곳이었지."

"고향이 변할 리가 있겠습니까? 단지 그곳에 사는 사람들의 마음이 변했을 뿐이겠죠."

"그곳 사람들은 나를 돼지 치아코라고 불렀네. 그건 내가 돼지처럼 탐욕만 부리고 남에겐 베풀 줄을 몰랐기 때문이지. 그래서 자네가 보다시피 그 죄의 대가로 이런 고통을 당하고 있는 것 아닌가."

단테는 주위에 쓰러져 있는 망령들을 자세히 살펴보았다. 그 망령들은 몸 전체에 비해 유독 배가 불룩했다. 케르베로스가 덤볐을 때 재빨리 피하지 못하고 번번이 고통을 당해야 했던 것도 탐욕으로 인해 기름 낀 배라서 제대로 움직일 수 없기 때문이었다.

"단테, 여기 있는 자들은 모두 나와 똑같은 죄로 벌을 받고 있는 중이라네."

"치아코, 당신의 비참한 모습을 보니 마음이 착잡하여 눈물이 나려 합니다. 그런데 한 가지 알고 싶은 것이 있습니다. 무슨 까닭으로 피렌체 사람들이 그처럼 분열되고 서로를 모함하는 것입니까? 그들 중 진정 의로운 사람이 단 한 명도 없단 말입니까?"

치아코는 깊은 한숨을 내쉬더니 말했다.

"백당白黨을 이끄는 체르키와 흑당黑黨의 우두머리 도나티가 이끄는 양 세력이 서로 권력 다툼을 벌여 피를 흘리는 치열한 정치 투쟁이 계속되고 있다네. 그러나 내가 예언하건대 교황 보니파시오 8세(193대 교황, 1294~1303년)의 개입으로 백당이 흑당의 세력을 꺾고 그들을 추방하게 될 것이네. 하지만 3년 뒤 세상이 뒤바뀌어 백당이 몰락하고 추방당했던 흑당이 다시 득세할 것이네. 조심하게, 그 화가 자네에게까지 미칠지도 모르니……."

"이 혼란의 시기를 평정할 만한 의로운 사람이 진정 없단 말입니까?"

"의인이 두 사람 있긴 하지만 그 누구도 알아주는 사람이 없으니 안타까울 뿐이지. 피렌체는 오직 오만과 질투, 교만, 탐욕, 시기만이 불꽃처럼 타올라 사람들의 마음은 물론 세상까지 모두 황폐하게 만들고 말 것이네."

그는 마치 저주를 내리는 마법사처럼 비정하게 말문을 닫았다.

"잠깐! 조금만 더 가르쳐 주십시오. 훌륭한 정치를 하기 위해 정열을 바쳤던 파리나타와 데기아이오스, 야곱, 루스티쿠치, 알리고, 모스카 등은 지금 어디에 있습니까?"

"그들은 우리보다 더 많은 죄를 지은 망령들과 함께 있네. 갖가지 죄의 무게 때문에 지옥 밑바닥으로 빠지게 됐지. 이곳을 지나 좀 더 깊은 곳으로 내려가다 보면 그들을 만날 수 있을 거야."

단테는 너무 실망한 나머지 그만 깊은 한숨을 내쉬고 말았다. 그런 그의 두 눈을 똑바로 들여다보던 치아코가 눈물을 글썽이며 말했다.

"자네가 이곳을 전부 돌아보고 현세로 돌아가거든 모두에게 내 안부를 전해주게. 그곳 사람들이 얼마나 그리운지 날마다 가슴이 미어지고 있다네."

"네, 꼭 그렇게 전하겠습니다."

"고맙네. 이젠 더 이상 말할 기운이 없군."

치아코는 이내 눈의 초점을 잃고 고개를 떨어뜨리더니 다른 망령들 옆으로 쓰러졌다. 그러자 곁에서 줄곧 침묵을 지키고 있던 베르길리우스가 입을 열었다.

"천사의 나팔소리가 울려 퍼지고 최후의 심판이 올 때까지 그는 일어나지 못할 거네. 그때가 되면 지옥의 망령들은 여호사밧 골짜기로 가서 다시 육체를 얻게 되지. 그런 다음 하느님으로부터 영원한 판결을 받게 될 것이네."

베르길리우스의 이야기를 들으며 단테는 망령들과 빗물이 어지럽게 뒤섞여 있는 지옥 속을 천천히 가로질러 갔다.

"스승님, 최후의 심판이 내려진 뒤 망령들은 어떻게 되는 것입니까? 지금과 같은 고통을 계속 받게 되는 것입니까, 아니면 고통이 더 심해지거나 혹은 덜해지기라도 하는 것입니까?"

"단테, 자네는 성 토마스 아퀴나스가 재해석한 아리스토텔레스의 철학을 공부했겠지? 그 학문에서는 사물이 완전하면 완전할수록 그만큼 기쁨이나 고통 또한 강하게 느껴진다고 하지 않았는가. 죄인들 또한 마찬가지일세. 저주받은 이 무리들이 결코 완전한 하느님 나라로 오르지는 못하겠지만, 최후의 판결을 받은 후에는 전보다는 조금 나아질 걸세."

단테는 베르길리우스와 걸으면서 고통과 기쁨에 대하여 많은 이야기를 나누었지만 너무나 많은 이야기를 주고받았기에 일일이 다 기억하지는 못했다.

"맞네. 플루톤은 원래 재물의 신이었지만 모든 악의 시작은 재물에 대한 욕심에서 비롯된 것이네. 그래서 그가 제4옥의 문을 지키게 되었지."

"예수님께서도 부자가 천국에 들어가는 것은 낙타가 바늘구멍에 들어가는 것보다 더 어려운 일이라고 하셨습니다."

"자, 나를 따르게. 저곳으로 가까이 가보세."

운명의 여신

"파페 사탄, 파페 사탄 알레페!"

단테를 발견한 플루톤은 살아 있는 인간이라는 사실에 너무 놀란 나머지 지옥의 왕 사탄에게 가호를 구하는 주문을 외었다. 주문은 그의 얼굴을 더욱 험상궂게 만들었으며 목소리 또한 날카로운 쇳소리에 가까웠다.

"단테, 겁먹을 필요 없네. 저놈이 제아무리 난폭하고 능력이 있다 하더라도 우리가 가는 길을 결코 막지는 못할 걸세."

베르길리우스는 잔뜩 성이 나 있는 플루톤을 향해 벼락같은 소리를 질렀다.

"닥쳐라, 탐욕의 화신 늑대! 너는 네 자신의 분노로 스스로를 불사르게 될 것이다. 우리가 이 어둠의 골짜기를 내려가는 것은 다 까닭이 있다. 그것은 천사 미카엘이 악마의 무리가 된

69

반역 천사를 물리친 장소, 그 악마들이 지은 죄에 따라 혹독한 형벌을 받고 있는 모습을 보기 위함이니라. 이 모든 것이 하느님의 섭리 의지이니 어서 길을 비켜라."

바람에 한껏 부풀었던 돛이 돛대가 부러지면 한순간 축 늘어져 버리듯 플루톤은 베르길리우스의 꾸짖는 소리에 털썩 땅으로 주저앉아 버렸다. 둘은 제4옥의 문을 지나 더 깊은 골짜기로 내려가게 되었다. 그곳은 온 세상의 죄악이 끈적끈적하게 묻어나는 음산한 벼랑을 타고 고통이 몸부림치는 곳이었다.

제4옥에는 다른 어느 곳보다 많은 이들이 있었다. 소용돌이치는 메시나 해협의 거친 파도가 또 다른 파도와 부딪쳐 거대한 산처럼 치솟았다가 산산이 가루로 부서지는 것처럼, 이곳에 있는 망령들 또한 소용돌이에 휘말려 서로 부딪치면서 조금씩 부서져 가고 있었다.

그들은 사치와 낭비를 일삼은 자나 구두쇠 무리들로 자신의 몸에 열 배쯤 되는 무겁고 커다란 짐 덩이를 가슴으로 떠밀어 굴리고 있었다. 그러다가 마주 걸어오는 자와 간혹 부딪치기라도 하면 서로 치고받고 싸우다가 죽을 만큼 지쳐서야 겨우 몸을 돌려 다시 오던 길로 되돌아가며 상대에게 갖은 욕설을 퍼부었다.

"에잇, 저주받은 사악한 인간! 돈을 마치 신처럼 떠받들다가 끝내 돈의 노예가 된 구두쇠!"

"흥, 그래서 너는 돈을 물 쓰듯 그렇게 펑펑 쏟아 붓고 다닌 거냐? 네 자신의 안락과 호화스러움을 위해 사치와 낭비를 일삼으면서!"

그들은 서로를 비난하면서 무리를 지어 맞은편 지점까지 왼쪽, 오른쪽으로 암흑의 세계를 빙빙 돌고 있었다. 그러다가 다시 맞부딪치게 되면 또다시 험한 욕설을 퍼부으며 서로 죽일 듯이 덤벼들었다. 그 모습을

바라보던 단테는 가슴이 찢어질 듯한 고통을 느꼈다.

"아, 하느님의 정의여! 제가 이곳에서 보는 이 끔찍한 형벌의 고통은
진정 누가 생각해낸 것입니까? 이들이 얼마나 무거운 죄를 지었기에 이
처럼 처참한 파멸로 이끄시나요?"

단테는 이들에 대한 혐오와 더불어 솟구치는 연민의 정 때문에 끝내
가슴을 치며 오열하고 말았다. 그러자 베르길리우스가 다가와 가볍게
등을 두드려 주었다.

"죄는 원래 먼지처럼 가벼운 것이라 쉽게 그 두께를 알지 못하고 무게
또한 느끼지 못한다네. 그래서 저자들은 먼지가 쌓여 자신의 몸에 열 배
가 될 때까지도 그것을 깨닫지 못한 채 계속 죄를 짓다가 여기로 오게
된 것이지. 하지만 살아생전에는 죄의 먼지 하나하나가 저 바윗돌만큼

이나 무겁고 크게 변한다는 사실도 모르고…….”

“바위가 먼지처럼 두텁게 쌓인 무거운 그 죄를 손이나 발이 아닌 가슴으로 밀고 다니게 하는 것에는 다 이유가 있었군요. 진정 가슴 깊이 느끼고 반성하라는…….”

“생각해 보게, 저들로 인하여 고통받고 비참해져야 했던 더 많은 사람들을! 그리고 그들의 상처를…….”

“스승님, 가르쳐 주십시오. 우리 왼편에 삭발한 채 서 있는 저들은 모두 성직자들 아닙니까?”

“전부 다 그런 것은 아니네. 앞쪽에 있는 몇몇 사람만 성직자인데 그중에는 살아 있을 때 교황이나 추기경이었던 자들도 더러 있지. 저들은 모두 마음씨가 올바르지 못한 자들로서 돈을 필요한 곳에 가치 있게 쓰지 않고 자신의 안일만을 위하여 사치와 낭비를 일삼았던 자들이네.”

“그렇다면 그들 맞은편에서 주먹을 움켜쥔 채 서 있는 자들은 또 어떤 자들입니까?”

“그들은 돈을 너무나 사랑한 나머지 다른 사람들에게 인색하고 탐욕스럽게 굴었던 자들이네. 자신의 죄를 떠밀며 걷다가 서로 부딪치고도 자신의 죄는 깨닫지 못한 채 상대방의 죄만 바라보면서 비난하는 그야말로 한심한 무리들이지.”

“스승님, 비열하고 이기심으로 찌든 저 망령들 가운데 제가 알고 있는 자가 반드시 몇 명쯤은 있을 것입니다.”

베르길리우스는 천천히 고개를 가로 저었다.

“모두 부질없는 생각이네. 설령 자네가 알고 있을 만한 자가 있더라도 그들은 이미 죄악으로 더럽혀지고 찌들었기 때문에 얼굴까지 시커멓게 변해 있어서 알아볼 수가 없을 걸세.”

"그럴지도 모르겠군요."

"저들은 영원히 두 지점에서 서로 맞부딪쳐 상대에게 욕설을 내뱉으며 지내다가 최후의 심판 날이 오면 구두쇠들 무덤에서 손을 움켜쥔 채 살아날 것이고, 낭비를 일삼았던 무리들은 머리카락이 모두 깎인 채 되살아날 것일세."

"헛되이 쌓은 재물과 헛되이 낭비한 재물 때문에 이렇게 크게 죗값을 치르고 있군요."

"그렇다네. 스스로의 죄로 인하여 어떤 형벌을 받게 되는지 자네는 두 눈으로 똑똑히 보았을 것이네. 그 모든 죄가 운명을 외면한 채 재물에만 눈이 어두워 아웅다웅하는 데서 비롯되었다는 것을 말일세. 하지만 분명히 알아두게. 그 모든 것은 한순간의 허망한 꿈에 불과하다는 것을. 이들이 평생 모았던 황금 덩이를 모두 합한다 하더라도 이곳에 있는 단 한 명도 천국으로 보낼 수가 없다네. 잠깐 동안의 평화와 휴식조차도 얻을 수 없지."

이들은 살아 있을 때 분명 자신을 한껏 뽐내며 다른 사람들을 업신여기고 더욱이 그것을 자랑스럽게 생각했을 것이다. 하지만 이미 육체가 썩어 관 속에서 구더기들에게 뜯기고 있을 지금 이 순간까지도 탐욕을 버리지 못하고 있다니 참으로 안타까웠다.

"스승님, 알고 싶습니다. 스승님께서 지금 말씀하신 운명이라는 것은 도대체 무엇입니까? 운명이 이 세상의 부귀영화를 제 마음대로 선택하여 갖는다는 말씀입니까?"

"아, 어리석음이여! 인간은 어찌 이토록 무지하단 말인가. 단테, 그대에게 내가 아는 이치를 알려 주겠네."

베르길리우스는 잠시 말을 끊었다가 경건하고 차분한 어조로 다시 말했다.

"지혜가 모든 것을 초월하며 시작이요, 끝이신 무한한 하느님께서는 우주를 창조하시고 거기에 천사를 임명하셨네. 그렇기 때문에 세상은 골고루 평등하게 빛을 받고 있으며 하늘도 누구에게나 푸름을 내비추고 있는 것이지. 이와 마찬가지로 하느님께서는 운명의 여신을 두어 그녀에게 세상의 모든 영화로움을 관리하게 하셨네. 헛된 부귀는 세월 따라 이쪽 나라에서 저쪽 나라로, 어떤 개인에게서 또 다른 개인에게로 옮겨지는데 이것은 사람의 힘으로는 도저히 막을 수 없는 것이네. 그것을 좌우할 수 있는 것은 오직 운명의 여신뿐이며 그녀의 판단에 따라 각 민족의 번영과 쇠퇴가 결정되지."

"그렇다면 인간들은 어떻게 자신의 운명을 알 수 있습니까?"

"물론 자신의 운명을 알고 살아가는 사람은 아무도 없다네. 운명의 여신은 마치 풀 속에 숨어 있는 뱀처럼, 밖에서 아무도 눈치채지 못하게 운명을 관장하지. 그리고 인간들의 지식은 이 운명 앞에서는 한 올 실낱처럼 약하고 보잘것없는 것이라네."

"스승님, 태어나서 죽을 때까지 부귀영화를 누리는 자가 있는가 하면, 누구는 영화롭게 태어났으나 비천하게 죽기도 하고 또 누구는 비천하게 태어났으나 영화롭게 죽기도 합니다. 그리고 다른 누구는 비천한 환경에서 태어나 죄를 반복하며 살다 끝내 비천하게 죽기도 하죠. 이 모든 것을 운명의 여신이 결정하는 것이라면 너무 불공평한 것 아닙니까?"

"사람은 태어날 때 운명을 부여받지만, 그때의 운명은 확실히 결정된 것이 아니라 쉴 새 없이 그 모습을 바꾸기 마련이라네. 선행은 사람의 운명을 천국에 가깝도록 만들고 필연은 운명을 재촉하는 역할을 하지. 그래서 하느님 말씀에 따라 선하게 사는 사람은 비록 비천한 운명을 갖고 태어났다 하더라도 영화롭게 죽을 수 있는 것이라네. 그러나 비천한 운명을 탓하며 운명에 도전해 보지도 않고 굴복하는 자는 끝내 비천하게 죽을 수밖에 없네."

"그렇군요. 비록 운명의 시작은 신으로부터 부여받았지만 운명의 과정과 끝은 신이 주신 선물인 자유의지로써 스스로 만들어 나가는 것이로군요."

베르길리우스는 비로소 인자한 미소를 지으며 고개를 끄덕였다.

"인간은 살아가면서 일어나는 운명적인 일들에 대해 끊임없이 감사해야 하네. 그것이 좋은 일이든 그렇지 못한 일이든 말이세. 운명의 여신은 그 누구에게든 원망을 듣게 마련이지. 하지만 자신의 운명을 찬양해야 마땅한 자들조차 욕심에 눈이 어두워 그녀를 원망하고 있으니 이는 타당치 않은 비난이요, 잘못된 생각이지."

"운명의 여신은 탐탁지 않은 책임을 짊어지게 된 것이군요?"

"그건 아닐세. 그녀는 하느님의 축복을 받고 있으므로 그 정도의 비난쯤은 못들은 척 흘려버린다네. 운명의 여신은 천사들과 함께 자신의 영역을 관리하면서 태어나는 새 생명들에게 운명의 굴레를 씌워 주지."

단테는 이제야 비로소 사람의 운명에 대해 조금 이해할 것 같았다. 그리고 고개를 들어 자신의 죄를 굴리고 있는 수많은 망령들을 바라보았다. 이제 더 이상 그들에게 동정심이 일어나지 않았다. 그들은 죄를 피해갈 수 있었음에도 불구하고 탐욕에 눈이 어두워 스스로 그 죄를 범했기 때문이다.

"자, 좀 더 깊은 곳으로 내려가 보세. 떠나올 때 빛나던 별들이 지는 걸로 봐서 벌써 새벽녘이 된 모양이네. 우리는 이제 더 이상 이곳에 머물 수가 없게 됐다네."

그들은 옥을 가로질러 더 안쪽 벼랑에 이르렀다. 그 밑으로는 꽤 넓은 연못이 마치 용암처럼 부글부글 끓어 넘치고 있었다. 연못의 물은 여느 것처럼 맑고 푸른 것이 아니라 시커멓고 끈적끈적한 것이었다.

연못에서 넘친 물이 도랑을 따라 깊은 곳으로 흐르고 있었다. 베르길리우스와 단테는 그 도랑을 따라 아래로 내려갔다. 도랑물은 계속 흘러 벼랑에 다다랐고 그곳에서 다시 폭포처럼 벼랑 아래로 떨어졌다.

단테는 바닥에 납작 엎드려 벼랑 아래를 살펴보았다.

"스승님, 저 아래에는 무엇이 있습니까? 어두컴컴하고 안개가 짙어 한 치 앞을 분간하기가 어렵습니다."

"그 아래에는 여러 도랑물이 흘러 만들어진 늪이 있네. 이는 지옥에 흐르는 다섯 강줄기 중에 하나로 스틱스라고 하네."

둘은 다시 계곡을 타고 내려와 늪 가까이로 갔다. 그곳에 서서 자세히 살펴보니 늪 속에는 몸이 반쯤 잠긴 진흙투성이의 사람들로 들끓고 있었다. 그들은 하나같이 벌거벗고 있었고 잔뜩 화난 얼굴로 서로를 발길질하며 머리와 가슴을 사정없이 내리치고 있었다. 그러다가 한 사람이 중심을 잃고 진흙 속으로 푹 고꾸라지기라도 하면 여럿이 무더기로 덤벼들어 이빨로 상대방의 살점을 갈기갈기 물어뜯었다. 단테는 처참한 이 광경을 차마 끝까지 보지 못하고 고개를 돌렸다.

"단테, 잘 봐 두게. 저들을 과연 인간이라고 말할 수 있겠는가? 분노를 삭이지 못한 영혼들은 짐승과 조금도 다를 바가 없다네."

"도저히 가망이 없는 자들이군요."

"자세히 보게. 늪 표면 위로 부글거리는 저 거품을. 저것은 늪 속에 있는 자들이 내뱉는 한숨이라네. 비록 표면에 나서서 분노를 드러내지는 않지만, 늪 속에 숨어 사특한 마음과 원한을 품은 채 다른 사람들을 이

간질시키고 있는 자들이지. 태양이 밝게 비치는 맑고 아름다운 대기 속에 있을 때에도 마음속에 불만을 품고 분노로 이를 갈던 자들이 검은 늪속에 빠져 있으니 이 늪인들 어찌 평온할 수 있겠는가?"

"부글거리는 거품이 터질 때마다 누군가가 웅얼거리는 소리가 들리는 듯합니다."

"진흙탕에 묻힌 자들은 입을 열 때마다 목구멍으로 진흙이 들어가기 때문에 제대로 말을 할 수가 없지. 그럼에도 불구하고 그들은 불만을 품은 채 끊임없이 웅얼거리고 있는 거라네."

단테는 이곳을 빨리 벗어나고 싶은 마음에 스승 베르길리우스를 재촉하여 더러운 늪가를 돌아 나왔다. 그곳을 빠져나오자 넓은 강이 눈앞에 흘렀고 긴 둑이 그 강을 가로지르고 있었다.

"자, 다음에 우리가 갈 곳은 바로 저기일세."

베르길리우스가 손끝으로 가리킨 곳에는 높다란 첨탑이 서 있었다.

통곡하는 영혼들

"스승님, 첨탑 꼭대기에 켜진 조그만 두 개의 횃불은 무엇입니까? 도대체 누가 켰을까요?"

그들은 첨탑 아래로 도착하기 훨씬 전부터 시선을 첨탑 꼭대기에 두고 있었다. 왜냐하면 첨탑 꼭대기에 켜진 횃불에 대응하여 다른 불 하나가 가물가물 멀리서 신호를 보내는 것이 보였기 때문이다.

"물안개가 시야를 가로막지 않았다면 지금 저 흐린 강물 위로 무엇이 오고 있는지 벌써 알 수 있었을 것이네."

미간을 모으고 강 위를 뚫어지게 쳐다보고 있자니 조그만 물체가 흐릿하게 보이기 시작했다. 그러나 그것이 어찌나 빨리 다가오던지 그 물체가 조그만 배 한 척이라는 사실을 확인하는 순간 벌써 그것은 물을 건너 둘의 코앞으로 다가왔다. 아마 힘껏 시위를 당겨 쏜 화살일지라도 이처럼 빨리 공간을 치닫지는 못했을 것이다.

배 안에는 건장한 사공 한 명이 타고 있었다. 그는 둘을 향해 다짜고짜

소리를 질러댔다.

"이제 잡았다. 죄인들의 무리를 벗어나 떠돌던 흉악한 놈들!"

단테는 겁에 질려 잔뜩 몸을 움츠린 채 베르길리우스 옆으로 바짝 붙어 섰다.

"플레기아스, 네가 아무리 소리쳐 봐도 이번만은 소용없을 것이다. 네 할 일은 단지 우리를 태우고 이 강을 건너가는 것일 뿐. 나는 하느님의 이름으로 명령하는 것이다."

베르길리우스가 플레기아스에게 하느님의 이름으로 말하자 그는 분노에 찬 얼굴로 붉으락푸르락하며 입술만 꼭꼭 깨물었다. 그러더니 둘을 배에 태울 수 있도록 한쪽 자리를 내주었다. 베르길리우스가 먼저 배 안에 내려선 다음 단테에게 손을 뻗어 그 곁에 서도록 했다. 단테가 배에 내려서자 뱃머리가 물속으로 깊게 잠기며 출렁거렸다. 플레기아스는 혼잣말로 투덜거리면서 배를 저었다.

"살아 있는 놈을 태웠으니 배가 무거워 가라앉을 수밖에. 지금껏 사공 노릇 해오면서 이런 일은 처음이야."

단테는 그의 귀에 들리지 않도록 목소리를 낮춰 조심스럽게 베르길리우스에게 물었다.

"스승님, 플레기아스라면 아폴로의 신전 델포이에 불을 지른 자가 아닙니까?"

"맞네. 자신의 딸 코로니스가 아폴로에게 욕을 당하자 이에 격분하여 그 같은 일을 저질렀지. 그 때문에 결국 아폴로에 의해 살해되고 벌로 이 지옥에서 쪽배 사공 노릇이나 하고 있는 것이라네."

죽음의 늪 중간쯤을 건너고 있을 때 갑자기 늪이 부글부글 끓어오르더니 진흙투성이 망령 하나가 불쑥 솟아올랐다. 그는 뱃머리를 가로막

은 채 우뚝 버티고 서서 소리쳤다.

"때가 되기도 전에 벌써 이곳에 온 자가 누구냐?"

단테는 당당히 앞으로 나서서 대꾸했다.

"오기는 왔으나 오래 머물지는 않을 것이다. 그런데 그렇게 흉측한 꼴을 하고 있는 너야말로 도대체 누구냐?"

그는 자신의 모습을 한번 훑어보더니 한풀 꺾인 목소리로 답했다.

"보다시피 나는 통곡하는 영혼이다."

단테는 그자의 목소리와 얼굴이 무척 낯익었다.

"네가 울면서 후회를 하든 고통 속에

서 몸부림치든 그것은 네 스스로 자초한 일임이 분명하다. 비록 모습이 진흙 속에 제아무리 가려져 있을지라도 낯익은 걸로 보아 네가 누군지 알 것 같구나. 너는 필립보 아르젠티가 아니더냐?"

그자는 흠칫 놀라더니 두 팔을 뻗어 배 위로 오르려고 했다. 베르길리우스는 필립보 아르젠티가 단테를 해치려 한다는 속셈을 눈치채고 재빨리 그를 밀어냈다.

"이 사악한 영혼, 분노하는 자들과 함께 냉큼 꺼져 버려라!"

그자가 주춤거리며 뒤로 물러서자 베르길리우스는 단테의 목에 팔을 감고 볼에 입을 맞췄다.

"단테, 네게 입 맞추니 네 어머니에게 축복이 있으리라. 저자는 육신을 가지고 있었을 때 거만하기 짝이 없었으며 기억에 남는 선행이라고는 아무것도 하지 않았다. 그런데 아직까지도 회개하지 못하고 이곳에서조차 저렇게 광분하여 날뛰고 있으니…… 살아 있을 때 왕으로 군림하던 자들 중 나중에 이 늪 속에서 돼지처럼 뒹굴며 지낼 자가 많을 것이다."

"스승님, 여기를 다 건너기 전에 저자가 이 더러운 늪 속으로 빠지는 꼴을 두 눈으로 꼭 보고 싶습니다."

베르길리우스는 고개를 끄덕이며 손을 치켜들었다.

"저쪽 언덕이 보이기 전에 자네의 소원이 이루어질 것이네. 그 소원이 이루어지는 것은 당연한 일이지."

그 뒤 얼마 되지 않아 진흙 속에서 건장한 사내들이 불쑥불쑥 솟아오르더니 필립보 아르젠티에게 우르르 달려들었다. 그러고는 그를 이빨로 물어뜯고 서로 잡아당겨 사지를 갈기갈기 찢기 시작했다. 그자는 온몸이 찢겨나가는 가운데에서도 죽지 않은 채 계속 고통에 앞서 분노로 울부짖었다.

그러자 그 무리들은 더욱 광분하여 외쳐댔다.

"필립보 아르젠티를 죽여라! 그에게 고통을!"

필리보 아르젠티는 고통 속에서도 분노를 이기지 못하여 이를 갈더니 악인답게 자기 몸을 물어뜯고 있었다. 그 처참한 모습이 너무나 공포스러워서 더 이상 바라볼 수가 없었다.

그때 울부짖는 통곡 소리와 욕설, 비명 소리가 뒤섞여 들려왔다. 단테는 눈을 크게 뜨고 소리가 나는 아비규환阿鼻叫喚을 뚫어지게 바라보았다.

"스승님, 저기 골짜기 사이로 시뻘건 불기둥이 솟고 있는 회교사원이 또렷하게 보입니다. 그 안에서 고통스러워하는 영혼들까지요. 사원 전체가 마치 불길 속에서 방금 꺼낸 쇳덩이처럼 새빨갛군요."

"자네가 본 대로, 그것은 지옥 밑바닥에서 영원히 타오르고 있는 불길이 사원을 붉게 비추고 있기 때문이라네."

그동안 배는 버림받은 깊은 골짜기 속으로 들어섰다.

"보게나, 드디어 디스 마을 가까이 왔네. 디스는 원래 하느님을 거역한 천사(사탄)들이 모여 사는 지옥의 중심부라네. 죄의 무게가 무거운 자들이 무리지어 살면서 불손하고 파괴적인 짓들을 일삼고 있지."

골짜기는 위안이 없는 디스 마을을 둘러싸고 있었으며 마을은 다시 쇠로 된 듯한 성벽으로 둘러싸여 있었다. 꽤 오랫동안 배를 저어 간 끝에 스승과 제자는 마침내 어느 기슭에 다다르게 되었다. 그러자 사공 플레기아스가 퉁명스럽게 소리쳤다.

"어서 내려라, 여기가 바로 디스 입구다!"

베르길리우스와 단테는 조심스럽게 땅 위에 내려섰다. 그러자 디스 마을 성벽 위에서 천여 명쯤 되는 자들이 둘러서서 아래를 내려다보며

몹시 화가 난 듯 소리쳤다.

"어떤 놈이 죽지도 않은 주제에 망령의 왕국을 활보하고 다니는 거냐?"

그때 베르길리우스가 나서서 신호를 보내 그들과 조용히 이야기하고 싶다는 의사를 표했다. 그러자 다소 누그러진 목소리로 그들 중 한 명이 말했다.

"오고 싶으면 당신 혼자만 오시오. 그리고 겁도 없이 이곳까지 들어온 저놈은 돌려보내시오. 용케도 이곳까지 왔군 그래."

그러자 옆에 있던 자들이 한마디씩 거들었다.

"미친놈이야. 제정신이라면 이곳까지 올 리가 없지."

"왔던 길을 혼자서 되돌아가도록 내버려 둬. 갈 수만 있다면 어디 돌아가 보라지. 이곳 어둠의 나라까지 안내한 저자는 이곳에 붙잡아 두자."

그들의 말에 얼마나 놀라고 절망했던지 단테는 온몸에서 기운이 쑥 빠져나가는 것 같았다. 살아서 돌아가기는커녕 처절한 고통만 남아 있는 이 지옥 한 귀퉁이에 처박혀 몸부림치게 될 자신의 모습을 상상하니 눈앞이 아찔했다.

"오, 스승님! 제발 저를 버리지 마십시오. 스승님께서는 지금까지 저를 인도하셨고 일곱 번 이상이나 위험에서 구해 주셨습니다. 지금 스승님께서 저를 버리신다면 꼼짝없이 이곳에서 공포에 떨다 미쳐 버리거나 고통 속에서 죽게 될 것입니다. 스승님, 저를 외면하지 마십시오. 만약 더 이상 앞으로 나아갈 수 없다면 지금 당장 저와 함께 오던 길로 다시 되돌아가는 것이 어떻겠습니까?"

베르길리우스는 불안에 떨고 있는 단테의 손을 꼭 쥐며 차분한 목소리로 말했다.

"단테, 걱정하지 말게. 우리의 앞길은 그 누구도 막을 수가 없다네. 왜냐하면 이 일은 모두 전능하신 하느님의 섭리이기 때문이네. 동요되지 말고 여기서 차분히 기다리고 있게. 희망을 잃지 말고 하느님께 기도하면서…… 나 또한 절대로 자네를 이 지옥에 내버려두지는 않을 테니까."

베르길리우스가 그들을 만나기 위해 간 다음 단테는 의심에 사로잡혀 갈등하고 있었다.

'설마 스승님께서 날 버리시지는 않을 거야. 하지만 천여 명이나 되는 저들이 한꺼번에 달려들어 궁지에 몰리게 된다면, 그때는 어떡하지?'

순간 단테는 손바닥이 축축하게 젖어오고 귀가 멍해졌다.

베르길리우스가 그들에게 뭔가를 열심히 설명하고 있는 게 보였지만 너무 멀리 떨어져 있어서 그 내용이 무엇인지는 알아들을 수가 없었다. 그러나 베르길리우스가 말하고 있는 사이 그들은 하나둘씩 앞다투어 마을 안으로 들어갔다. 마침내 베르길리우스만 남겨둔 채 거칠게 성문을 닫아버렸다. 베르길리우스는 한동안 망연자실하여 서 있다가 어깨를 축 늘어뜨린 채 제자가 서 있는 곳으로 돌아왔다. 그리고 눈길을 아래로 떨어뜨리며 미간을 잔뜩 찌푸리더니 긴 한숨을 내쉬었다.

"아, 이게 웬일일까! 디스 마을로 들어가는 걸 거절당하다니……."

순간 단테는 안도와 더불어 또 다른 걱정에 휩싸였다.

"스승님, 그럼 이제 어떻게 되는 겁니까? 여태껏 걸어온 길을 되돌아가야만 하나요?"

"단테, 당황하지 말게! 설사 저들 중 누군가가 우리의 앞을 가로막을지라도 나는 기필코 자네와 함께 이곳을 지나갈 것이네. 저들이 이렇게 불손하게 구는 것 또한 새삼스러운 일이 아니지. 예수 그리스도께서 림보에 있던 영혼들을 구하러 가실 때에도 저 악마들은 지옥 바깥문을 잠그고 분수 넘치는 짓으로 대항했었지. 그래서 예수님께서는 손수 그 문을 부수고 이곳을 지나가셨다네. 그 때문에 지옥 바깥문이 아직도 빗장을 걸지 못한 채 열려 있는 것이고…… 자네, 지옥의 문에 새겨진 글을 아직도 기억하고 있는가?"

"네, 물론입니다."

단테는 그 자리에서 기억을 더듬으며 천천히 글귀를 암송했다.

비통의 도성인 지옥으로 가려는 자, 나를 거쳐 가거라.
영원한 고통을 책임지려는 자, 나를 거쳐 가거라.
저주받은 무리들 속으로 들어가려는 자, 나를 거쳐 가거라.
정의는 지존하신 하느님을 움직여, 그분의 성스러운 기운과
최고의 지혜와 제일의 사랑으로 나를 만드셨노라.

나는 처음도 없고 끝도 없이 영원히 남아 있을 것이다.

일단 지옥에 들어온 너희들의 영혼은 영원히 다른 곳으로

빠져나갈 수 없으니 모든 희망을 버려라.

"벌써 그 문을 지나 우리를 돕기 위해 이곳으로 내려오는 하늘의 사자가 있네. 안내자도 없이 발길을 재촉하여 강을 건너고 옥에서 옥을 지나면서 말일세. 조금만 기다리게. 그가 오면 이곳 디스의 문도 결국 활짝 열리게 될 테니……"

복수의 세 여신

"하늘의 사자가 언제 오나요? 진정 오기는 오는 건가요?"

단테는 조바심이 나서 애를 태우며 베르길리우스의 옷자락에 매달렸다. 아무리 믿음을 가지려 해도 두려움이 너무나 큰 탓에 안절부절못했다. 베르길리우스는 단테의 그런 심경을 헤아리고 있는 듯 부드러운 표정으로 안심시키려고 애썼다.

"단테, 너무 염려 말게. 어떻게든 이 싸움에서 이기고야 말 테니까. 만약 그렇지 않고서는…… 아냐, 그럴 리가 없어. 내게 그렇게도 굳은 약속을 하셨는데…… 베아트리체여, 약속하신 하늘의 사자는 왜 이렇게 더디게 오는 겁니까?"

베르길리우스는 말끝을 흐리며 먼 곳으로 시선을 옮겼다. 단테는 그의 말이 무얼 뜻하는지 알 수 없었고 때문에 질문조차 하지 못했다. 주위에는 짙은 안개가 자욱하게 깔리고 하늘까지 어두워 눈앞이 잘 보이지 않았다.

"스승님, 누가 우리를 구하러 이곳까지 온단 말입니까? 천국과 가까운 그곳 연옥에서 절망만 남아 있는 이 심연의 밑바닥까지 내려올 자가 과연 누구란 말입니까?"

크게 낙심한 단테의 목소리에서는 슬픔이 묻어나고 있었다.

"한 가지 궁금한 게 있습니다, 스승님. 여태껏 산 자의 몸으로 제1옥에서 제9옥까지 이 지옥을 무사히 순례한 사람이 단 한 명이라도 있었습니까?"

베르길리우스는 단테에게서 등을 돌린 채 어두운 목소리로 대답했다.

"지금 우리가 가고 있는 이 길을 지나간 자는 단 한 명도 없었다네. 하기야 누가 이런 험난하고 위험한 길을 선뜻 나서겠나. 그리고 또 누가 무슨 자격으로 이 지옥을 순례할 수 있겠는가?"

"그렇지만 스승님은 지금 저의 안내자가 되어 이 지옥을 지나고 있잖습니까?"

"나는 베아트리체의 간청에 따라 모든 은총의 중개자이신 성모 마리아님의 도우심으로 하느님께 허락을 받았기 때문에 두려움 없이 나설 수 있었던 것이네."

"스승님께서도 이 길이 초행이시군요?"

"아니, 언젠가 한 번 이 밑으로 내려간 적은 있었네. 하지만 그것은 잔혹한 무녀巫女 에릭토의 마법 때문이었지. 내 영혼이 육체를 떠나 림보에 온 지 얼마 되지 않았을 무렵에 일어난 일이었네. 에릭토는 제9옥 유다의 옥에서 영혼 하나를 빼내기 위해 나에게 마법을 걸어 그곳까지 데리고 갔었지. 그곳은 하늘로부터 가장 먼 곳이라 어둡고 음침하기 짝이 없었네. 비록 단 한 번 가 본 길이었지만 아직까지 정확히 기억하고 있으니 염려하지 말게."

"스승님의 말씀을 들으니 조금 마음이 놓이는군요."

"고약한 냄새를 풍기는 늪으로 둘러싸인 이 디스 마을은 분노를 내뿜지 않고서는 통과할 수가 없다네."

베르길리우스가 그 외에도 많은 이야기를 해주었으나 아무것도 그의 머릿속에 들어오지 않았다. 다만 높은 성벽이 단테의 두 눈과 마음을 온통 빼앗아 버렸기 때문이다. 이윽고 성벽 곳곳에 횃불이 밝혀지기 시작했고 성문 쪽으로 세 명의 그림자가 나타났다.

"스승님, 저기를 보십시오! 웬 여인 셋이 성문 앞에 서 있습니다."

"놀라지 말게, 저 여인들은 복수의 여신 에리니에스들이라네."

에리니에스들은 초록색 바다뱀을 허리에 두르고 있었으며 머리에는 머리카락 대신 굵고 가는 뱀들이 서로 뒤엉켜 있었다. 과연 복수의 여신답게 증오에 가득 찬 눈빛으로 기분 나쁜 분위기를 자아냈다.

"단테, 잘 보게. 왼편에 있는 여인이 메가에라이고 오른편에서 울고 있는 여인이 알렉토 그리고 가운데 있는 여인이 티시포네라네. 저 세 여신은 인간들뿐만 아니라 신들에게조차 공포의 대상이 되고 있지."

말을 마친 베르길리우스는 침묵에 잠겨 미동도 하지 않았다. 복수의 세 여신이 저마다 손톱으로 자신들이 가슴을 후벼 파며 동시에 머리를 쥐어뜯고 나서 고함을 질렀다. 단테는 그만 잔뜩 겁을 먹고 베르길리우스 뒤쪽으로 한 걸음 물러섰다. 그녀들은 둘을 가리키며 분노에 가득 찬 표정으로 으르렁거렸다.

"메두사만 오면 저 두 놈을 돌로 만들어 버릴 테다."

"테세우스에게 습격당했을 때 복수하지 못한 것이 지금까지도 원통하구나."

베르길리우스는 재빨리 단테에게 속삭였다.

"단테, 자네는 돌아서서 눈을 감고 있게. 만일 메두사의 머리인 고르곤이 나타나 그의 눈에 띄기라도 하는 날이면 두 번 다시 지상으로 돌아가기가 어렵게 될지도 모르네."

베르길리우스는 단테를 뒤로 돌려세우더니 못 미더운 듯 두 손으로 그의 얼굴을 가려주었다. 이어서 강 쪽을 향해 쩌렁쩌렁한 목소리로 외쳤다.

"오, 천상에 계신 지혜로운 분들이시여! 저 신비로운 시구詩句의 너울 아래 감추어진 참뜻을 일깨우소서!"

베르길리우스의 외침이 끝나기가 무섭게 갑자기 무시무시한 폭음과 함께 짙푸른 먹구름이 몰려와 더럽고 탁한 물기둥을 일으키자 지옥의 골짜기가 부르르 떨렸다. 그것은 마치 차가운 기氣와 더운 기가 부딪쳐 거센 폭풍우를 몰고 오는 소리와도 같았다.

회오리바람은 숲을 몰아쳐 나뭇가지들을 꺾거나 아예 밑동째 날려버렸다. 앞길에는 집채 같은 파도가 거칠게 소용돌이치자 휩쓸린 흙이 패여 나갔다.

베르길리우스는 단테의 얼굴에서 손을 떼며 말했다.

"자, 이제 돌아서서 저쪽을 찬찬히 바라보게. 연기 자욱한 태고太古의 물거품일세."

베르길리우스가 손짓한 곳을 바라보니 과연 그곳에는 광란 상태인 천여 명의 넋들이 도망치고 있었다. 그들은 마치 뱀을 만난 개구리처럼 마냥 정신없이 물속으로 뛰어들거나 바닥에 납작 붙어 있었다.

그때 누군가가 발바닥도 적시지 않은 채 스틱스 강을 건너오고 있는 것이 보였다. 그는 왼손을 들어 이곳의 짙은 안개와 음산함을 물리치며 당당하게 다가왔다. 단테는 한눈에 그가 하늘의 사자임을 짐작할 수 있었다. 단테가 베르길리우스에게 눈길을 보내자 그는 말없이 사자에게 인사하라는 손짓을 했다. 단테는 경외심 가득한 눈빛으로 엉거주춤 인사를 했다.

하늘의 사자는 노여움이 가득한 표정으로 디스의 성문 앞에 섰다.

"천국에서 쫓겨난 이 더러운 무리들아! 어찌하여 너희는 아직도 그 교만을 버리지 못했더란 말이냐? 너희는 끝까지 하느님의 뜻을 거역하겠다는 것이냐? 괘씸한 무리들!"

하늘의 사자가 들고 온 지팡이로 성문을 세게 내리치자 문이 스르르 열렸다.

"일찍이 하느님의 뜻이 이루어지지 않은 적은 단 한 번도 없었느니라. 그 때문에 여러 번 혼쭐났었음에도 불구하고 여태껏 정신을 차리지 못했더란 말이냐? 너희 무리들이 하느님의 율법을 거역하고 도대체 어쩌겠다는 것이냐? 잊지 말아라. 세 번째 지옥문을 지키는 너희 동료 케르베로스가 하느님의 말씀을 거역한 대가로 턱에서 목덜미까지 털이 빠졌다는 사실을!"

디스의 성벽에서 벽력 같이 호통을 치던 하늘의 사자는 말을 마치자마자 뒤돌아서서 강물 위로 미끄러지듯 사라졌다. 베르길리우스와 단테에겐 아랑곳없이, 마치 다른 일에 몰두하느라 정신이 팔려 있는 사람처럼……

스승과 제자는 하늘의 사자가 사라져 간 뒷모습을 한동안 바라보다가 용기를 내어 발길을 재촉했다. 더 이상 둘의 앞길을 가로막는 자는 없었다. 단테는 베르길리우스의 뒤를 따라 조심스럽게 성 안으로 발을 들여놓았다.

단테는 불타는 숲으로 둘러싸인 도성 안을 한 번 보고 싶었던 터라 들어서자마자 곧 주위를 살펴보았다. 그 도성 안에는 양쪽으로 넓은 벌판

이 있었고, 그 드넓은 벌판에는 고뇌와 저주가 음울한 기운이 되어 안개처럼 짙게 깔려 있었다. 바닥은 무덤이 빽빽이 들어차서 울퉁불퉁했고 무덤과 무덤 사이로는 불꽃이 펄럭거렸다. 자세히 보니 그 불꽃은 무덤에서 비롯된 것들로 마치 대장간에서 새빨갛게 달궈진 쇠붙이처럼 지글거리고 있었다.

단테는 바람 소리에 뒤섞인 휘파람 소리에 귀를 기울이며 베르길리우스에게 말했다.

"스승님, 어디선가 휘파람 소리가 들려오는 듯합니다."

"이 소리는 휘파람 소리가 아니라 무덤에서 새어나오는 탄식의 소리라네."

"그러고 보니 무덤이 모두 열려 있군요!"

"그렇다네. 저주받은 영혼들이 열린 무덤 속에서 고통의 신음 소리를 내고 있는 것이지."

"스승님, 저 무덤 속에 파묻혀 있는 자들이 도대체 누구이기에 저리도 애처롭게 한탄을 한단 말입니까?"

"이교도異教徒들과 이단 종파宗派의 추종자들은 모두 이곳에 묻히게 된다네. 이곳에 묻힌 자들의 수는 자네가 상상하는 것보다 훨씬 많지."

"그런데 왜 무덤마다 시뻘건 불이 타오르고 있는 것입니까?"

"저들은 같은 종파를 믿었던 자들끼리 비슷한 구역 안에 묻혀 있는데 무덤들 모두 불길에 휩싸여 타오르고 있긴 하지만 그 뜨겁기는 저마다 각각 차이가 있다네. 불길의 뜨겁기는 죽은 자가 살아 있을 때 믿었던 종교에 대한 믿음과 비례하게 되지."

말을 마친 베르길리우스는 오른쪽으로 돌아서서 불을 뿜고 있는 무덤과 무덤 사이로 단테를 인도했다.

파리나타의 예언

"스승님……."

디스의 성벽과 불타오르는 무덤을 지나는 동안 베르길리우스는 한마디의 말도 하지 않았다. 단테는 그의 무거운 침묵과 주위의 살풍경殺風景한 모습에 잔뜩 주눅이 들어 어렵게 베르길리우스를 불렀다.

"스승님, 하느님을 믿지 않는 곳을 지나 더 깊은 지옥으로 저를 안내하고 계십니다만, 제게 소원이 있으니 부디 들어주십시오."

"무엇인지 말해 보게. 타당한 것이라면 내가 아니더라도 하느님께서 먼저 그 소원을 들어주실 것이네."

"이 무덤 속에 묻혀 있는 자들의 모습을 볼 수 있도록 해 주십시오. 무덤이 열려 있고 관 뚜껑도 들어올려져 있지만 스승님께서 허락해 주시지 않는다면 저는 도저히 엄두를 내지 못합니다."

베르길리우스는 타이르듯 조용히 말했다.

"단테, 두려워하지 말게. 저들은 단지 망령일 뿐 형체는 있으나 육체를

갖지 않은 허깨비에 불과해. 예루살렘에 있는 여호사밧에서 최후의 심판을 받게 될 때야 비로소 저들은 육체를 되찾고 열린 무덤도 닫히게 된다네."

"하지만 에피쿠로스와 그의 제자들은 육체의 죽음과 동시에 영혼도 소멸해 버린다고 주장하지 않았습니까?"

베르길리우스는 쓴웃음을 지으며 고개를 내저었다.

"어리석은 인간들…… 그래서 에피쿠로스와 그의 제자들은 지금 이곳 어둠의 무덤 속에 묻혀 있다네."

"그랬군요."

"자네가 품고 있는 모든 의문점들은 이 안을 지나는 동안 하나하나 풀리게 될 걸세. 그리고 한 가지, 자네가 내게 말하지 않은 소원이 더 있잖은가?"

"그, 그건……."

단테는 얼굴을 붉힌 채 말을 더듬었다.

"자네는 아직도 날 어렵게 생각하고 본심을 숨기려 드는군."

"그건 아닙니다. 모든 걸 자상하게 이끌어 주시는 스승님께 무엇을 숨기겠습니까? 단지 저의 경망스런 행동과 좁은 소견으로 내뱉은 말들이 스승님의 심기를 흐트러뜨릴까 염려되어 조심할 따름입니다."

베르길리우스는 미소를 지으며 그의 어깨를 가볍게 두드려 주었다.

"자네가 고향 피렌체의 사람들을 보고 싶어 하는 마음을 진작부터 눈치는 채고 있었네. 마음을 숨길 의도가 있었든 없었든 자네의 그 소원은 분명히 이루어지게 될 걸세."

단테는 베르길리우스에게 속마음을 들킨 것이 못내 부끄러워 우물쭈물했다. 그때 갑자기 한 무덤에서 소리가 들려왔다.

"오, 이처럼 처참한 불의 도성을 산 자의 몸으로 지나가는 이여! 괜찮다면 잠시 이곳에 머물렀다 갈 수는 없겠는가? 말씨를 들어보니 자네는 저 고귀한 나라 피렌체 출신인 듯하구먼. 내 살아생전 그 나라에 너무 많은 폐를 끼쳐 지금까지도 면목이 없다네."

단테는 겁에 질려 베르길리우스 옆으로 바짝 붙어 서며 주위를 두리번거렸다.

"단테, 저쪽을 보게. 저기 파리나타가 일어섰다네. 상반신을 모두 드러낸 채 자네를 부르고 있군 그래."

단테는 깜짝 놀라 베르길리우스가 가리키는 곳을 바라보았다. 그곳에는 파리나타가 마치 지옥을 비웃기라도 하듯 가슴을 쫙 펴고 얼굴을 꼿꼿이 든 채 서 있었다.

"파리나타라면 기벨린당의 우두머리? 맞아, 파벌을 나눠 싸움하면서 겔프당을 피렌체로부터 추방했던 바로 그자!"

그가 혼잣말을 하며 갑자기 우뚝 서자 베르길리우스가 다가와 재빨리 두 손으로 떠밀어 무덤에서 한 걸음 떨어지게

99

했다.

"조심하게, 단테. 그에게 말할 때는 충분히 거듭 생각한 다음에 해야 하네."

단테는 가볍게 심호흡을 한 다음 파리나타의 무덤 앞으로 다가섰다. 그러자 파리나타는 한동안 노려보더니 위압적으로 말했다.

"너희 조상은 대체 누구냐?"

"나는 로마인의 후손으로 꽃의 도시 피렌체가 고향이다. 고조부 카치아구이다께서는 신성 로마 제국 쿠라도 3세 때 기사의 자격으로 십자군 원정에 참전도 하셨다. 나의 아버지는 알리기에로 디 베를린치오네, 어머니는 벨라이시다."

"그렇다면 자네는 바로 단테?"

그는 눈썹을 약간 치켜올리며 못마땅한 표정을 지었다.

"네 조상들은 나의 일족과 당파에게 대항한 원수로서 나는 그들을 두 번씩이나 나라 밖으로 추방했었다."

단테는 조상들을 모욕한 파리나타에게 몹시 화가 나서 버럭 소리를 질렀다.

"우리 조상들이 한때 고향에서 추방되었던 것은 사실이지만 우리 민족과 당파는 각처에 흩어져 살다가 다시 고향인 피렌체로 돌아왔다. 두 번 다 말이다. 하지만 당신네 일파는 그럴 능력조차 없었다. 그렇지 않은가?"

그때 열려 있던 다른 무덤에서 망령 하나가 삐죽 얼굴을 내밀었다. 턱까지밖에 드러나지 않은 걸로 봐서 무릎을 꿇고 일어난 게 분명했다. 자세히 보니 그 망령은 단테의 친구 구이도 카발칸티의 부친이었다. 카발칸티의 부친은 그의 주위를 슬쩍 둘러보면서 혹시 주위에 누가 더 없는

지를 살폈다. 그러고는 베르길리우스와 단테밖에 없는 것을 확인하고 곧 울먹이는 목소리로 말했다.

"이 지옥까지 자유롭게 건너온 걸 보니 자네는 대단한 능력을 가졌나 보군. 그런데 내 아들은 지금 어디 있는가? 왜 자네 곁에 없는 거지?"

그의 물음에 갑자기 미안한 생각이 든 단테는 안절부절못하다가 가까 스로 변명을 시작했다.

"제 능력이 아무리 대단하다고 해도 이렇게 험한 지옥을 어찌 혼자서 활보할 수 있었겠습니까? 저는 제 힘으로 이곳까지 온 것이 아니라 여 기 계신 위대한 시인의 안내를 받았습니다. 만일 이분께서 인도해 주시 지 않았다면 저는 지금껏 어둠 속을 헤매고 있었을 것입니다."

"그런데 내 아들 구이도 카발칸티는 왜 자네와 같이 오지 못한 건가?"

"구이도 카발칸티는 평소 나의 스승이자 안내자인 위대한 시인 베르 길리우스님을 존경하지 않았습니다. 존경은커녕 오히려 대수롭지 않은 인물로 평가하곤 했지요."

그러자 갑자기 구이도 카발칸티의 부친이 자리에서 벌떡 일어나며 큰 소리로 외쳤다.

"자네 지금 뭐라고 했는가? 자네의 말투를 들어 보니 불길한 느낌이 드는군."

단테는 말없이 고개를 끄덕였다.

"그럼, 진정 내 아들이 죽었단 말인가? 내 아들의 눈에 더 이상 찬란한 햇빛이 깃들지 않는다고? 오, 이럴 수가!"

단테가 뭐라고 말할 틈도 없이 망령은 그만 뒤로 벌렁 넘어지더니 두 번 다시 그 모습을 드러내지 않았다.

구이도 카발칸티는 한때 단테의 절친했던 친구로 시인이자 철학자였다. 그는 이 명예로운 여행을 함께 할 수 있는 유일한 사람이었으나 뜻밖에도 서로 지향하는 바가 다름을 뒤늦게 깨닫게 되었다. 결국 서로 다른 길을 걷게 되었고 단테는 운 좋게도 베르길리우스의 도움을 받게 된 것이다.

그러나 구이도 카발칸티의 부친은 자신의 아들이 이미 죽었고 천국에 들어가지 못했다는 걸로 그의 말을 잘못 받아들여 끝까지 대답을 듣지도 않고 스스로 고뇌의 늪으로 빠져 들어가 다시는 나타나지 않았다.

그러나 단테에게 잠시 머물기를 청했던 파리나타는 얼굴색 하나 변하지 않고 몸을 떡 버티고 선 채 조금도 움직이지 않았다. 이미 그의 당파는 몰락하여 뿔뿔이 흩어진 상태였으나 당파의 우두머리답게 기개를 잃지 않고 서 있었다. 파리나타는 앞서 하던 말을 계속했다.

"만약 내 당파의 사람들이 다시 토스카로 돌아갈 능력을 갖지 못했다면 그것은 지금 내가 이 지옥의 밑바닥에서 고통받은 것보다도 더 괴로울 일이다. 그러나 이곳 지옥을 다스리는 여왕 페르세포네의 얼굴에 오십 번 불이 켜지기 전에 너 또한 그 능력이라는 게 얼마나 보잘것없는 것인지 뼈저리게 느끼게 될 것이다."

"지금 내게 저주를 퍼붓는 것인가?"

"나는 사실만을 말할 뿐이다. 그것은 앞으로 50개월이 지나기 전에 네 당파가 세력을 잃고 피렌체에서 추방될 것이며 결국 너는 영원히 고향으로 되돌아갈 희망을 잃게 된다는 뜻이다."

단테는 그의 말을 듣고 잠시 충격으로 말을 잃었으나 곧 정신을 차리고 베르길리우스를 바라보며 보챘다.

"저자의 말이 사실입니까, 스승님?"

그러나 베르길리우스는 대답은 해주지 않고 슬픈 눈빛으로 먼 하늘만 바라보더니 한 걸음 물러섰다.

"아, 모든 게 사실인가 보군요."

단테의 입에서는 깊은 한숨이 저절로 새어나왔다.

"단테!"

파리나타가 그를 부르며 미간을 찌푸렸다.

"나에게 말해다오. 왜 피렌체 사람들은 내 일족 친지에게 그토록 가혹한 벌을 주었는지. 고향에서 추방된 것도 억울한데…… 만일 고향에 발을 들여놓는 날이면 사형을 시키겠다고 한다니……."

"당신도 기억하고 있을 것이다. 아르비아 강을 붉게 물들게 한 그 학살과 폭압을. 아르비아 강은 우리 고향을 풍요롭고 기름지게 만든 아름다운 강이었다. 하지만 당신네 기벨린당이 우리 겔프 당원들을 그곳에서 무참히 살육하여 한때 그 강에는 시뻘건 핏물이 흘렀다. 그것을 본 피렌체 사람들은 두 번 다시 그런 일이 생기지 않도록 당신네 당파를 추방하고 하느님 앞에서 맹세를 한 것이다."

파리나타는 한숨을 내쉬더니 고개를 내저었다.

"그 일에 관련된 사람은 나뿐만이 아니었다. 더욱이 아무런 까닭 없이 그 많은 사람들을 죽인 것은 결코 아니었다. 또한 모두가 피렌체를 멸망시키려 했을 때 나서서 극구 만류했던 것은 사실 나 혼자뿐이었는데……."

"나도 잘 알고 있다. 그래서 나는 당신에게 원한을 품지 않으며 오히려 당신의 후손들을 위해 축복을 빌어주고 있다."

"그대의 넓은 아량에 경의를 표한다."

"그런데 한 가지 이해가 되지 않는 수수께끼가 있다. 내가 보기에 당신네 망령들은 미래에 일어날 일들에 대해서는 모두 다 알고 있는 듯한

데 이상하게도 현재의 일에 대해서는 아무것도 모르는 것 같다."

"지옥에 떨어진 자들은 모두 장님처럼 눈이 어두워져 가까운 곳은 보질 못한다. 단지 먼 곳의 일들만 어렴풋이 짐작할 수 있을 뿐. 그것도 하느님께서 빛을 비춰주시는 아주 짧은 시간 동안만……."

"그렇다면 현재의 일은 아무것도 모르고 있는 게로군."

"그렇다. 모든 것은 가까워질수록 형체가 희미해지고 나중에는 아무것도 보이지 않게 된다. 그렇기 때문에 다른 자들이 알려 주지 않는 한 현재의 일은 아무것도 모른다."

"그랬군!"

순간 단테는 양심의 가책을 느꼈다. 구이도 카발칸티의 부친도 현재의 상황을 모르고 있었기 때문에 당연히 오해할 수밖에 없었으리라.

"파리나타, 부탁이 있다. 당신 옆에 쓰러져 있는 구이도 카발칸티의 부친에게 내 말을 좀 전해다오. 그의 아들은 아직 살아 있다고……. 그리고 내가 대답을 망설였던 것은 이 곳에 있는 영혼들이 모든 일에 대해 다 알고 있는 것으로 착각하고 있었기 때문이라고……."

그때 베르길리우스가 황급히 부르는 소리가 들려왔다.

"단테, 어서 빨리 오게."

베르길리우스는 어느새 꽤 먼 곳까지 가서 그를 기다리고 있었다. 단테는 재빨리 파리나타에게 마지막 질문을 던졌다.

"당신과 함께 있는 사람들은 누구인가?"

"여기에는 나를 비롯하여 천여 명이 넘는 자들이 함께 누워 있다. 그 중에는 로마 황제였던 프리드리히 2세와 오타비아노 우발디니 추기경도 있다. 그 외에도 말만 하면 네가 알 만한 사람들이 즐비하지만 더 이상 얘기하고 싶은 마음이 생기지 않는다."

말을 마친 그는 감쪽같이 무덤 속으로 사라졌다. 단테는 베르길리우스가 있는 쪽으로 걸어가면서 파리나타가 했던 말들을 되새겨 보았다.

"뭘 그리 고민하고 있는가?"

단테의 표정이 심각해 보였던지 베르길리우스가 조심스럽게 물었다.

"좀 전 파리나타가 저에 대해 예언한 것들이 몹시 마음에 걸립니다."

"자네 자신에 대해 들었던 불길한 예언을 잊지 말게."

베르길리우스는 그의 안색을 살피면서 계속 말을 이었다.

"모든 것을 볼 수 있는 밝고 아름다운 눈을 가진 베아트리체 앞에 서게 될 때 자네는 그녀로부터 자네 인생의 앞날에 대해 모든 걸 들을 수 있을 걸세."

말을 마친 베르길리우스는 왼쪽으로 발길을 돌려 성벽에서 떨어진 오솔길을 따라 가운데로 걸어갔다. 그 오솔길은 골짜기로 통하고 있었고 골짜기로부터 불어오는 바람에는 온갖 악취가 가득 실려 있었다.

죄의 분류

"대단한 악취로군요."

"그 냄새는 바로 지옥의 밑바닥에서 올라오는 것이라네."

그들은 바위가 즐비한 절벽 끝에 이르러 그 밑을 내려다보았다. 그곳에는 지금까지 본 그 어느 광경보다도 더 처참한 모습의 망령들이 무리지어 있었다. 단테는 너무나도 심한 악취를 견디다 못해 커다란 무덤의 돌 뚜껑 뒤로 몸을 피했다. 그 무덤의 뚜껑에는 글귀가 새겨져 있었다.

'포티누스에게 이끌려 바른 길에서 벗어난 교황 아나스타시오 2세 여기 묻히다.'

성모 마리아의 동정녀 잉태를 부인하여 이단자로 처벌되었던 아카티우스를 그의 제자였던 포티누스의 간청에 의해 다시 복원시켜 주었기 때문에 교황 아나스타시오 2세(50대 교황, 496~498년)는 로마 성직계로부터 미움을 샀었다.

"악취가 심하여 더 이상 내려가기가 곤혹스럽군. 단테, 우선 이 악취에 익숙해질 때까지 아래로 내려가는 걸 잠시 늦추는 게 좋을 듯싶네."

베르길리우스는 친절하게도 그에 대한 배려를 결코 잊지 않았다.

"스승님, 그렇다면 모처럼의 시간을 헛되이 보내기 아까우니 앞으로 제가 알아야 할 것들을 미리 가르쳐 주십시오."

베르길리우스는 흐뭇한 표정으로 고개를 끄덕였다.

"나도 그럴 생각이었네. 이 골짜기 아래에는 우리가 앞서 지나온 것과 같은 세 군데의 작은 지옥이 있네. 그 옥들은 아래로 내려갈수록 점점 좁고 어두우며 형벌의 무게도 더 무거워지지. 옥마다 저주받은 영혼들이 가득 차 고통으로 몸부림치고 있다네."

"나중에 보고 쉽게 이해할 수 있도록, 저들이 왜 그곳에 갇히게 되었는지 말씀해 주십시오."

"알았네. 하늘의 미움을 사는 모든 악은 올바르지 못한 일을 행하는 데서 비롯된다네. 올바르지 못한 행동은 폭력이나 사기 등 여러 모습으로 나타나는데 반드시 다른 사람에게 폐를 끼치기 마련이지. 더구나 권모술수權謀術數를 부려 남에게 사기를 치는 것은 인간만이 저지를 수 있는 죄악으로써 하느님의 노여움을 사게 되는 건 당연한 일이라네. 그렇기 때문에 남을 속인 자는 지옥에서 그만큼 심한 고통을 당하게 되지."

"우선 제7옥에 갇혀 있는 자들의 죄부터 차근차근 설명해 주십시오."

"제7옥에는 폭력으로 남을 해친 자들이 갇혀 있네. 그 옥은 다시 세 개의 원으로 나뉘어졌는데 첫 번째는 하느님께 대한 폭력을 행사한 경우이고, 두 번째는 자기 자신 그리고 마지막 세 번째가 이웃에게 폭력을 행한 자들이 갇힌 곳이라네."

"폭력을 휘둘러 다른 사람을 죽이거나 상처를 입히고 또 다른 사람의 소유물을 파괴하거나 불사르고 가로채는 자들은 반드시 그 죗값에 따라 벌을 받아야겠죠. 그러나 제가 이해할 수 없는 것은 어떻게 하느님과 자기 자신에게 폭력을 휘두른단 말입니까?"

"자기 자신에 대한 폭력이란 스스로 목숨을 끊는 것과 노름하느라 자신의 재산을 모두 탕진한 경우이지. 이들은 행복해야 할 곳에서 눈물로 세월을 보냈기 때문에 죽어서도 두 번째 원에 갇혀 한숨과 후회로 지내야만 한다네."

"자신의 재물이 많다 하여 그것으로 노름이나 흥청망청 사치를 일삼으면 그처럼 큰 죄가 되는군요?"

"그렇다네. 마지막으로 하느님께 폭력을 행한 자들은 세 번째 원에 갇히게 되지. 그들은 마음속으로 하느님을 부정하고 모독하여 하느님의 지혜와 은혜로우심을 인정치 않은 자들로서 비록 겉으로 드러내어 떠들지는 않았다 하더라도 마음속에 품고 있었다는 것 그 자체만으로도 큰 죄가 된다네."

"그들에게는 당연한 죗값이 돌아가겠군요?"

"세 번째 원에는 하느님께 폭력을 행한 자들과 더불어 남색자男色者와 고리대금업자들이 함께 있다네. 인간에겐 자기를 믿어 주는 사람이건 믿지 못하는 사람이건 마음만 먹으면 쉽게 속일 수 있는 못된 능력이 있지. 하지만 그것은 인간이 본래 가진 사랑의 인연을 스스로 끊는 행위와도 같네."

"잠시 동안의 쾌락 때문에 영원히 갇히게 될 제 무덤을 제 스스로 판 셈이군요!"

단테는 한숨을 내쉰 후 잠시 말을 끊었다가 다시 질문했다.

"제8옥에서는 어떤 자들이 벌을 받고 있습니까?"

"그곳에는 위선자, 아부했던 자, 마법 따위로 남을 미혹했던 자, 남의 것을 훔친 자, 성직을 돈으로 사고판 자, 뚜쟁이, 자기의 직분을 이용하여 선량한 사람들을 괴롭힌 자 등이 갇혀 있다네. 이들은 모두 인간 본래의 사랑뿐만 아니라 인간관계에서 맺은 신의마저도 망각한 자들이지."

그는 알지도 못하는 그자들에 대해서 배신감을 느꼈다.

"인간이 인간을 믿지 못한다면 그 누굴 믿고 살아간단 말인가!"

"신의를 망각한 자들은 다른 사람의 마음에 지울 수 없는 상처를 주고 하느님의 뜻을 거역한 것이기 때문에 지옥의 중심부인 가장 작은 옥에서 대마왕 루치펠로에게 말할 수 없는 고통을 당하고 있다네."

"스승님의 자상하신 설명으로 어느 정도 이곳 사정을 알 것 같습니다. 그러나 그 깊은 지옥의 고통 속에서 살고 있는 자들의 사연을 좀 더 자세히 설명해 주십시오. 그리고 한 가지 더 궁금한 것은 여태껏 봐온 지옥에 갇힌 자들, 떳떳치 못한 남녀의 사랑으로 불륜을 저지른 자들, 탐욕 때문에 지옥에 와서 케르베로스로부터 갈가리 찢기는 고통을 당하는 자들, 영원히 자신의 죄를 가슴으로 떠밀며 다녀야 하는 구두쇠, 사치와 낭비를 일삼은 자들, 스틱스 강 늪 속에 빠져있던 분노의 죄인들 모두 비슷비슷한 죄를 짓고 하느님의 노여움을 산 자들입니다. 그런데 그들은 왜 시뻘겋게 불타는 그 도성 안에서 처벌을 받지 않는 것입니까? 그들이 하느님의 노여움을 산 자들이라면 당연히 도성 안에서와 같은 형벌을 받아야 마땅하지 않습니까? 그런데 무슨 이유로 그처럼 다른 고통을 당하고 있는지요?"

"자네는 어찌하여 그리도 어리석은 말을 하는가!"

베르길리우스는 그의 물음에 정말 어이없다는 표정을 지었다.

"평소 박식하고 영특하더니 지금은 무엇에 정신이 팔렸기에 그런 말을 하고 있는가? 아리스토텔레스의 '윤리학'을 벌써 잊었단 말인가?"

단테는 고개를 푹 숙이며 얼굴을 붉혔다.

"제가 공부한 학문을 어찌 잊을 수 있겠습니까?"

"그 책에는 하늘이 용서치 않는 세 가지가 분명하게 적혀있다는 걸 기억하고 있는데?"

"네, 그렇습니다."

단테는 어눌한 목소리로 하나하나를 꼽았다.

"그 첫째는 방종, 둘째는 사악함, 셋째는 짐승과 같은 마음입니다."

"맞았네. 그 세 가지 중 방종은 죄 가운데 비교적 가벼운 것에 속하기 때문에 형벌도 그리 무겁지 않다네. 그러나 사악함과 짐승 같은 마음은 죄나 형벌이 모두 무겁지."

"아, 이제야 알 것 같습니다. 무엇 때문에 지옥을 나누어 죄인들을 지은 죄에 따라 각각 다른 곳에 가두는지!"

"자네가 먼저 스스로 깨달으니 나 또한 흡족하군."

"모든 의문이 풀리고 나니 정의의 빛이 더욱 찬란하고 기쁨 또한 충만합니다. 스승님의 말씀 속에서 새로운 진리를 깨닫게 되었습니다."

"자, 이제 슬슬 아래로 내려가 보겠나?"

단테는 스승 베르길리우스의 뒤를 따라 몇 발자국 움직이다 말고 멈춰섰다.

"스승님, 마지막으로 남은 한 가지 의문을 마저 풀어 주십시오. 아까 스승님은 고래대금업이 하느님의 정의에 어긋나는 것이라고 하셨습니다만……"

베르길리우스는 그가 묻고자 하는 것이 무엇인지를 이미 알아차리고 답으로 말문을 막았다.

"철학이란 '자연은 하느님의 지혜와 절대적 권능에 따라 그 나아가야할 길을 택하고 있음'을 알려주는 학문이라네. 만일 자네가 아리스토텔레스의 물리학인 '피지카'를 자세히 읽어보았다면, 인간의 재주는 가능한 한 자연의 법칙을 따르게 마련이고 자연의 법칙은 하느님의 말씀에따라 움직이게 된다는 사실을 알고 있을 걸세."

그는 베르길리우스의 말에 심취되어 더욱 정신을 바짝 차렸다.

"인간은 흙에서 태어나 흙으로 돌아가는 법, 그러나 자신의 수고로움으로 이마에 땀을 흘려야만 낟알을 얻을 수 있는 거라네. 하느님의 말씀을 기억해 보면, 인간의 생명은 자연과 재능으로 유지되며 하느님께 순종하고 그분의 협조자가 되어 제2의 창조사업으로 자손을 낳아 번성시켜야 할 의무가 있음을 알 수 있지."

"그런데 고리대금업자는 그런 자연적인 순리에서 벗어나 자연과 인간의 재능을 무시한 채, 그것과는 전혀 다른 것에 희망을 걸었다는 말씀이군요. 그래서 하느님의 정의에도 어긋나는 거고요."

베르길리우스는 인자한 미소를 지으며 고개를 끄덕였다.

"자, 발길을 서둘러야겠네. 어서 나를 따라오게."

하늘을 올려다보니 쌍어궁雙魚宮의 별이 이미 지평선 위에서 반짝이고있었다. 북두칠성이 서북쪽 하늘에 걸려 있는 것으로 보아 벌써 새벽녘인 듯했다. 베르길리우스는 그를 재촉하며 한 걸음 앞서서 걸었다.

"자, 좀 더 저쪽 끝으로 해서 벼랑을 내려가 보도록 하세."

신화 속의 인물들

"스승님께서는 마치 그림자처럼 자연스럽게 벼랑을 내려서고 계시지만 저는 헛디딜 것이 두려워 한 발짝도 떼기가 어렵습니다."

그제야 단테를 되돌아본 베르길리우스는 가볍게 미소를 짓더니 손을 내밀었다.

"자, 내 손을 잡고 걷게. 그러면 두려움이 조금 사라질 걸세."

골짜기의 벼랑은 너무나 험준했고 기분 나쁘게 음산한 기운이 짙게 깔려 있어서 누구라도 외면하고 싶은 곳이었다.

지진 때문인지 아니면 함몰된 탓인지는 잘 알 수 없었으나 알프스에서 북부의 트렌토 가까이에 이르기까지 산사태가 일어난 적이 있었다. 그때 산꼭대기에서부터 평야로까지 진동이 계속되어 바위가 갈라지고 흙이 무너졌으며 그로 인해 길이 완전히 막혀 겨우 한 사람이 지나갈 정도만 남았다. 그런데 그런 상황이 다시 이들 눈앞에 똑같이 재현되어 있었다.

골짜기 아래로 내려가기까지는 꽤 오랜 시간이 걸렸다. 이 골짜기 끝 부분에는 크레타 섬을 더럽힌 자가 누워 있었다. 그자는 나무로 만든 암소 뱃속에서 잉태된 괴물이었다.

"스승님, 몸뚱이는 사람의 형상이고 얼굴은 황소인 저 괴물의 이름은 무엇입니까?"

"미노타우로스라네. 크레타 섬의 왕이었던 미노스의 아내 파시페 아가 황소에게 정욕을 느낀 나머지 속이 빈 나무로 깎아 만든 암소 속에 들어가 황소와 관계를 맺고서 낳은 자라네."

미노타우로스에 대해 얘기를 하고 있는 동안 그 괴물은 두 사람을 발견하고는 분노에 못 이겨 제 몸의 살점을 마구 물어뜯었다. 그러자 베르길리우스가 나서서 괴물을 향해 큰 소리로 외쳤다.

"미노타우로스, 너는 어찌하여 그렇게 화를 내느냐! 너는 아마도 이 사람이 너를 죽였던 아테네의 왕자 테세우스로 착각하고 있는 모양이구나. 이 괴물아! 그가 아니니 냉큼 썩 물러가거라."

그러나 미노타우로스는 여전히 분노를 삭이지 못한 채 계속 씩씩거리며 대꾸했다.

"그자는 분명 나의 누이 아리아드네에게 사주를 받고 이곳에 온 게 틀림없다. 나를 해치려고 말이다."

"어리석은 미노타우로스! 그것은 너무나 오래된 옛 이야기에 불과하다. 너는 이미 죽은 몸이고, 그 누구도 두 번 다시 너를 죽이기 위해 이곳까지 오지는 못할 것이다."

"그렇다면 저자는 살아 있음에도 불구하고 무슨 이유로 이곳까지 왔단 말이냐?"

"이 사람은 너희들이 저지른 죄와 그 죗값으로 인해 받고 있는 고통의 모습을 보기 위해 이곳에 왔을 뿐이다."

미노타우로스는 베르길리우스의 말에 충격을 받았는지 중심을 잃고 비틀거렸다. 마치 부상당한 황소가 고삐를 물어뜯어 풀긴 했으나 도망치지 못하고 발을 이리저리 버둥거리듯, 비틀거리는 미노타우로스의 꼴 또한 그와 흡사했다. 이때 베르길리우스가 재빨리 단테에게 말했다.

"빨리 뛰어서 골짜기의 끝을 지나게. 저놈이 충격을 받아 정신을 못 차릴 때 재빨리 아래로 내려가야만 하네. 그렇지 않으면 이곳을 지날 기회를 영영 잃게 돼!"

단테가 먼저 흩어진 바위를 징검다리 삼아 얼른 골짜기를 빠져나왔고 그 뒤를 베르길리우스가 보살피며 뒤따랐다. 괴물이 있는 곳을 무사히 지나쳐 온 둘은 크게 숨을 몰아쉬며 발길을 서둘렀다.

"스승님, 좀 전에 미노타우로스가 한 말의 뜻은 무엇입니까? 또 누이 동생 아리아드네는 누구이며, 왜 제가 자신을 해칠 것이라고 생각했을까요?"

"미노타우로스가 그렇게 생각한 것은 나름대로 당연한 일이지."

베르길리우스는 목소리를 가다듬고 이야기를 시작했다.

"크레타 섬의 왕 미노스는 아내가 황소와 정을 통하여 괴물인 미노타우로스를 낳자 크게 분노했다네. 그래서 이 괴물을 한 번 들어가면 도저히 빠져나올 수 없는 미로 속에 가둬 버렸지. 그리고 아테네에서는 해마다 소년 소녀를 각각 일곱 명씩 그 미로 속에 들여보내 잡아먹히게 했다네."

말한 베르길리우스는 물론 단테도 동시에 이맛살을 찌푸렸다.

"이에 분개한 아테네의 왕자 테세우스는 크레타 섬으로 건너가 미노스 왕의 딸이자 미노타우로스의 누이 아리아드네를 꾀어 환심을 산 뒤 미노타우로스를 죽일 수 있는 칼을 얻어냈지. 왕자는 미로 속에 들어가기 전에 실타래 끝을 옷자락에 꿰매고 다른 한쪽 끝을 공주에게 주며 밖에 서 있으라고 했다네. 그러고는 미로 속에 들어가 괴물을 처치한 뒤 연결된 그 실을 이용해서 밖으로 무사히 빠져나올 수가 있었지."

"아, 그래서 미노타우로스가 저를 아테네 왕자 테세우스로 착각하고 그렇게 분개했던 거로군요."

모든 상황을 이해하고 나자 비로소 모든 두려움이 말끔히 사라졌다.

"스승님, 그런데 그 골짜기는 왜 그렇게 폐허가 된 것입니까? 금방이라도 무너질 것처럼 보이던데…….”

“사실, 내가 지난번 이곳에 내려왔을 때만 해도 이토록 심한 지경은 아니었다네. 미루어 짐작컨대, 아마도 예수 그리스도께서 림보에 갇힌 영혼들을 구하러 이곳에 오셨을 때 이렇게 된 것 같네. 예수님의 크신 사랑이 지옥을 감동시켜 진동을 일으키게 한 것일 게야.”

단테는 성서 한 구절을 생각해냈다.

“마태오 복음에 의하면, 예수 그리스도께서 십자가에 못 박혀 숨을 거두실 때 땅이 흔들리고 바위가 갈라지고 무덤이 열리면서 잠들었던 많은 영혼들이 다시 살아났다고 기록되어 있습니다.”

베르길리우스는 잠자코 단테의 말을 듣고 있더니 흐뭇하게 미소 지으며 고개를 끄덕였다.

“그렇지. 그리스의 철학자 엠페도클레스도 다음과 같이 말했다네. 사람이 살고 죽는 것은 사랑과 미움이 서로 결합하거나 분리됨으로써 생기며, 사랑과 미움 중 어느 한쪽이 우세하면 혼돈이 일어나게 되는 것이라고…….”

베르길리우스는 손가락을 들어 먼 곳을 가리켰다.

“자, 저 골짜기를 눈여겨보게나.”

그곳에는 멀리서 보기에도 시뻘건 강물이 선명하게 흐르고 있었다. 단테는 치밀어 오르는 구역질을 참으며 베르길리우스에게 다시 시선을 옮겼다.

“스승님, 어찌하여 피가 강물처럼 고여 있습니까?”

“저 강은 플레제톤이라고 부르네. 가까이 가보면 플레제톤 강이 펄펄 끓고 있는 것을 볼 수 있을 걸세. 그리고 그 속에서 고통으로 몸부림치고 있는 자들의 영혼도…….”

"영혼을 피의 강물로 삶는다고요?"

"그래. 폭력을 휘둘러 피를 부른 자들은 마땅히 끓는 피 속에서 고통을 당해야만 한다네."

단테는 상상하기에도 처참한 그 모습이 너무 고통스러워 가슴을 치며 생각에 잠겼다.

"오, 눈먼 탐욕이여, 미친 듯한 노여움이여! 너희가 짧은 인생을 충동질하여 그들을 이렇게 영원한 지옥 밑바닥으로 떨어뜨리고 말았구나."

베르길리우스는 그의 등을 가볍게 두드리며 위로했다.

"단테, 악인을 위하여 괴로워할 필요 없네. 그들은 살아 있는 동안 충분히 부와 명예를 누렸던 자들이지. 자, 어서 내 뒤를 따르게."

얼마 가지 않아서 눈앞에 반원을 그린 폭넓은 계곡이 펼쳐졌다. 그리고 머리에서 허리까지는 인간의 모습을 하고 나머지는 말의 형상을 한 괴물 켄타우로스들이 화살을 겨누며 벼랑 밑과 계곡 사이를 달리고 있었다. 마치 유능한 사냥꾼과 같은 모습으로…….

켄타우로스들은 초대받은 어느 결혼식장에서 술에 만취해 난동을 부리며 사람을 해쳤기 때문에 지옥으로 쫓겨났다.

그들이 내려오는 것을 발견한 둘은 일순간 주춤하며 멈춰섰다. 그러더니 그들 중 셋이 화살을 겨누며 둘을 향해 다가왔다. 멀찍이서 한 명이 소리쳤다.

"너희들은 무슨 죄를 지었기에 이 험한 계곡까지 형벌을 받으러 내려오느냐? 움직이지 말고 그곳에 서서 대답하라. 만약 한 발자국이라도 더 앞으로 다가선다면 이 화살을 날리겠다."

베르길리우스가 무표정하게 대답했다.

"대답은 케이론에게 직접 하겠다. 너희들의 그 급한 성격이 불행한 운명을 불러왔음을 아직도 깨닫지 못하고 있느냐?"

말을 마친 베르길리우스는 단테의 어깨를 툭 치며 속삭이듯 말했다.

"지금 우리에게 말을 건넨 자는 네소스라네. 아름다운 데이아네이라를 능욕하려다 헤라클레스에게 죽임을 당했지. 그러나 죽은 이후에도 복수를 꾀하여 결국 헤라클레스와 데이아네이라 모두를 죽게 만든 지독한 자라네. 옳지, 저기 마침 케이론이 보이는군."

케이론은 친구 아폴론과 그 아폴론의 쌍둥이 아르테미스를 스승으로 받들고 사냥, 의술, 음악, 예언의 능력을 교육받았다. 또한 아킬레우스, 이아손 등 그리스의 유명한 영웅들은 모두 케이론의 제자들이었다.

하늘(우라노스)과 땅(가이아)의 아들이요, 아내이면서 남매 사이인 레아 여신 사이에서 제우스와 헤스티아, 데메테르, 헤라, 하데스, 포세이돈 등 여섯 신을 낳은 크로노스와 판도라의 딸 피라 사이에서 케이론은 태어났다. 그는 아버지 크로노스가 아내인 레아 여신을 속이기 위해 피라를 말로 변신시킨 뒤 정을 통해 켄타우로스 족의 한 사람으로 낳았다. 그러나 그런 모습에도 불구하고 다른 켄타우로스들의 성격과는 달리 매우 지혜롭고 우아했으며 특히 음악에 뛰어났다.

베르길리우스가 손짓한 곳에는 유난히 당당해 보이는 자가 자기의 가슴을 내려다보며 깊은 상념에 빠져있었다.

"케이론 옆에 험상궂은 표정으로 서 있는 자는 누구입니까?"

"난폭하기로 소문난 폴로스라네. 폴로스는 언제나 분노에 불타오르고 있지."

"그런데 켄타우로스들이 이곳에서 무슨 일을 하고 있는 것입니까?"

"그들은 떼를 지어 피의 강가를 맴돌며 자기들의 죗값은 치르기는커녕 강물에서 빠져나와 도망치려는 죄인들을 활로 쏘아 쓰러뜨리고 있다네."

단테는 잔뜩 경계하며 천천히 베르길리우스의 뒤를 쫓아 켄타우로스 무리 쪽으로 걸어갔다.

"잠깐!"

그때 케이론이 화살을 빼내어 시위를 당기며 이들을 향해 소리쳤다.

"너희들의 속셈은 진정 무엇이냐?"

수염 밑으로 드러난 케이론의 입이 얼마나 큰지 무시무시해 보일 정도였다. 케이론은 다시 부하들을 향해 말했다.

"너희들은 아직 눈치채지 못했느냐? 저 뒤에 오는 녀석이 밟는 풀과 돌이 움직이고 있다는 사실을…… 죽은 자의 영혼이라면 분명 무게가 없으므로 그렇게 될 리가 없다."

베르길리우스가 케이론 앞으로 한 발짝 다가서며 온화한 표정으로 설명했다.

"역시 현명한 현자 케이론은 예리한 관찰력을 갖고 있군. 그대의 말대로 이 사람은 분명히 살아 있다. 이 사람을 어둠의 골짜기로 안내하는 것이 바로 내가 맡은 임무다. 그러나 이 사람은 결코 흥미 삼아 나를 따라나선 것이 아니며 나 또한 필요에 의해 이 사람의 안내를 맡은 것이다."

"대체 그럴 만한 능력을 당신들에게 허락하신 분은 누구요?"

"하느님을 찬미하는 노래를 부르는 베아트리체가 내게 부탁한 일이고 이 모든 것이 하느님의 뜻으로 이루어졌다. 이 사람은 도둑이 아니며 나 또한 도둑의 영혼이 아니다. 내가 이 험한 곳을 지나 여기까지 오게 된 것은 오로지 하느님의 가호가 있었기 때문이다. 그 은총을 믿고 부탁하노니, 그대의 부하 중 한 명을 우리의 안내자로 삼아 이곳을 무사히 지나갈 수 있도록 하라."

베르길리우스는 더욱 근엄한 목소리로 명령하듯 말했다.

"그리고 이 사람은 살아 있는 자이기에 공중에 떠서 마음대로 다닐 수 없다. 그러니 이 사람을 등에다 태우고 가주기 바란다."

케이론은 고개를 끄덕이더니 오른쪽에 서 있던 네소스에게 명령했다.

"네소스, 네가 나서서 저들을 안내하도록 해라. 만약 도중에 다른 무리들이 앞길을 막거든 나 케이론의 이름으로 비키라고 하여라."

결국 단테와 베르길리우스는 믿음직스런 네소스를 길잡이로 앞세우고 벌겋게 끓어오르는 피의 강을 따라 지나갔다. 영혼들은 펄펄 끓는 핏물 속에서 허우적거리며 비명을 지르고 있었다. 그중에 눈썹 언저리까지 잠긴 자들도 눈에 띄었다. 하얗게 살이 익어 가는 그들의 모습을 보다 못해 단테가 고개를 돌리자 네소스가 비웃으며 말했다.

"저들은 백성들의 재산을 약탈하고 피를 뿌리게 한 폭군들이오. 그러니 지금 여기서 이런 형벌을 받으며 울부짖는 건 당연한 결과가 아니겠소?"

단테는 입술을 깨물며 물 속에 잠겨 있는 자들을 똑바로 바라보려고 애썼다.

"저자가 바로 알렉산더 대왕이오. 그 옆에는 오랜 세월에 거쳐 시칠리아에 압제를 가했던 디오니시우스도 있소."

그들은 한때 왕이었던 위엄조차 잊은 듯 다급하고 처참한 목소리로 살려달라며 애걸했다.

"저쪽에 검은 머리카락으로 자신의 얼굴을 덮은 자가 아촐리노, 옆에 있는 금발의 사나이는 의붓자식에게 살해된 포악한 군주 오피초요."

네소스의 말을 듣고 베르길리우스 쪽을 돌아보자 그는 고개를 끄덕이며 낮은 목소리로 속삭였다.

"지금은 네소스가 자네의 안내자라네. 그러니 그의 말을 내 말처럼 믿고 따르는 게 좋을 거야."

좀 더 앞서던 네소스는 한 무리들이 있는 곳에서 걸음을 멈췄다.

"이들은 모두 살인자들이오."

네소스가 가리킨 곳에는 시뻘겋게 끓는 강물 위로 겨우 머리만 내놓고 발악하는 자들이 있었다. 네소스는 그자들 가운데서 홀로 떨어져 있는 망령을 손으로 가리키며 말했다.

"저자는 성당에서 미사를 드리고 있는 사촌 헨리 왕자를 살해했을 뿐만 아니라, 그 시체의 머리카락을 움켜쥐고 길바닥에 질질 끌고 다녔오. 잉글랜드 사람들은 그의 잔혹한 행위를 잊지 않기 위해 헨리 왕자의 심장을 황금 항아리에 담아 템스 강에 있는 런던 교 교각 위에 놓아두었다더군요."

셋은 계속 걸으며 끓고 있는 강물 위로 머리와 가슴을 드러내고 있는 사람들을 보았다. 그들 중 낯익은 얼굴도 더러 눈에 띄었다.

이윽고 피의 강물이 차츰 얕아져 겨우 발등만 잠길 정도가 되는 곳에 이르러 그곳에서 강을 건넜다. 네소스가 단테를 등에서 내려놓으며 말했다.

"당신은 이쪽에서 피의 강물이 차츰 얕아지는 것을 보았지만……."

그러더니 손을 들어 반대편 갈림길의 끝을 가리켰다.

"잘 알아두시오. 저쪽은 물 밑바닥이 차츰차츰 깊어져서 마침내 극악무도한 자들까지도 고통을 참지 못해 아비규환을 이루게 되는 곳이라오."

"우리가 보지 못했던 그곳에는 대체 어떤 자들이 갇혀 있는 거요?"

"그곳에는 훈 족의 두목으로 약탈을 일삼던 아틸라, 그리스 에피루스의 왕 피로스, 이탈리아 해안에서 노략질하던 해적 두목 섹스투스가 울 부짖고 있소."

단테는 그들의 잔혹성에 대해서 일찍이 들었던 적이 있었기에 고개를 끄덕이지 않을 수 없었다.

"가장 깊고 뜨거운 곳에 던져진 자들은 바로 리니에르 다코르네코와 리니에르 파초라오. 그들은 길거리에서 설치며 학살에 학살을 거듭했는데 뜨겁게 끓어오르는 피의 강물이 그들의 눈알을 태워 눈물마저 말라 버렸다오. 그렇기 때문에 그들은 비명조차 지르지 못하고 오직 오장육부로써 그 모든 고통을 견뎌내야만 한다오."

네소스는 그곳에서 형벌 받고 있는 자들에 대해 일일이 설명해 주고는 이내 뒤돌아서 가버렸다.

자살한 자에 대한 형벌

네소스가 건너편으로 강을 채 건너기도 전에 둘은 벌써 오솔길 하나 없는 숲 속으로 들어서게 되었다.

숲이라고는 하지만 푸른 잎 하나 찾아볼 수 없었고 거무스름한 잎만 무성했다. 아름드리나무들인데도 곧은 것은 하나도 없고 모두 옹이들로 굽어 있었다. 그리고 열매도 없이 독을 가득 품은 가시만 뾰족하게 돋아 나 있었다.

맹수들이 확 트인 곳을 싫어하는 것은 사실이나 아무리 무성한 밀림 을 좋아하는 맹수라고 할지라도 이처럼 괴괴한 곳에서는 살지 못할 것 이다. 또한 여인의 얼굴에 새의 몸뚱이를 가진 보기 흉한 하르피아가 살 고 있었다. 목과 얼굴은 분명 사람이었지만 뚱뚱한 몸통은 깃털로 덮여 있었으며 큰 날개와 사나운 발톱을 가지고 있었다.

하르피아들은 기이한 나무에 앉아 기분 나쁜 목소리로 탄식의 노래를 불러댔다.

베르길리우스는 단테를 돌아다보며 자상하게 말했다.

"더 깊은 곳으로 들어가기 전에 자네가 알아두어야 할 것이 있네. 자네가 지금 있는 곳은 제7옥의 둘째 원이라네. 무서운 모래밭에 다다르려면 어쩔 수 없이 여기를 지나쳐야 하지. 그러니 정신 바짝 차리고 잘 봐 두게. 자네는 이곳에서 곧 믿어지지 않는 일을 경험하게 될 테니……."

사방에서 애처로운 탄식 소리가 들려왔으나 그 소리의 주인공은 단 한 명도 보이지 않아 단테는 몹시 어리둥절하여 멈춰섰다. 아마도 누군가 자신들을 놀라게 하기 위해 일부러 나뭇가지 뒤에 숨어서 소리를 내는 게 아닐까 하여 소리의 근원지를 찾아 두리번거렸다. 그러자 베르길리우스가 단테의 생각을 알아챈 듯 조용히 말했다.

"단테, 이곳에 있는 나뭇가지 중 아무것이든 하나를 꺾어 보게. 그러면 자네의 생각이 그릇된 것이었음을 곧 깨닫게 될 걸세."

단테는 그저 베르길리우스가 시키는 대로 손을 뻗어 가시나무의 잔가지 하나를 꺾었다. 그러자 그 나무에서 짧은 외마디 비명 소리가 들려왔다.

"아악, 왜 나를 꺾느냐?"

꺾인 나뭇가지에서는 검붉은 피가 뚝뚝 떨어졌다.

"무엇 때문에 나를 해치려 하느냐? 너희에게는 손톱만큼의 연민도 남아 있지 않단 말이냐? 지금은 옹이진 한 그루의 나무에 불과하지만 나도 예전에는 한 인간이었다. 아니, 설령 내가 뱀의 망령이라 할지라도 이렇게까지 인정 없이 굴지는 못할 거다."

살아 있는 나뭇가지의 한쪽 끝을 태워 보면 다른 한쪽 끝에서 지글지글 진액이 떨어지며 뜨거운 열기가 새어나옴을 발견할 수 있다. 그와 마찬가지로 가지가 꺾인 둥치에서 말소리와 피가 흘러나오고 있었다. 단

테는 기겁하여 그만 나뭇가지를 발밑에 떨어뜨리고 말았다. 백지장처럼
창백해진 그의 얼굴을 본 베르길리우스가 나무를 향해 해명과 사과를
했다.

"상처 입은 영혼이여! 만약 내가 시로 썼던 것들을 여기 있는 이 사람
이 그대로 믿었다면 그대에게 손을 대게 하지는 않았을 것이다. 그러나
이것은 너무도 믿기 어려운 사실이기에 내가 그로 하여금 네게 손을 대
게 하였으니 부디 용서해다오."

둥치는 신중하고 차분한 목소리로 대답했다.

"그럴 만도 하겠죠. 저도 당신의 시를 읽었습니다만 그것이 사실이라
고는 믿지 않았었습니다. 그러나 이제 와서 후회한들 무슨 소용이 있겠
습니까? 위대한 시인이여, 어리석음 많은 이들을 위해 다시 한번 당신의

시를 들려주시기 바랍니다."

베르길리우스는 고개를 끄덕이더니 목소리를 가다듬고 나서 이야기를 시작했다.

"아이네이아스가 트라키아에 상륙했을 때의 일이네. 그는 어머니와 그 외의 신들에게 제사를 드리기 위해 흰 암소를 잡고 또 제단을 가리기 위해 언덕에 올라가 나무를 꺾었다네. 그런데 기이하게도 꺾인 나뭇가지에서 시커먼 피가 흘러나와 땅을 물들였지. 이러기를 세 차례나 하고 나니 언덕 아래에서 슬픈 소리가 울려오는 것이 아닌가. '아이네이아스, 불행한 나를 왜 괴롭히는 것인가. 나는 살아 있을 때 자네와 절친했던 폴류도로스라네' 그는 스스로 목숨을 끊은 대가로 이처럼 굽고 옹이진 흉한 모습의 나무가 되어 벌을 받고 있었다네."

베르길리우스가 말을 마치자 둥치는 맑은 수액을 뚝뚝 흘리며 후회했다.

"내가 진작 당신의 말을 믿었더라면 그렇게 어리석은 짓을 저지르지는 않았을 텐데……."

"후회라는 말은 곧 너무 늦었음을 뜻하는 것이기도 하지. 자, 진정하고 내 옆에 있는 이 사람에게 그대가 살아 있을 때 누구였는지 말해 보게. 이 사람은 현세로 돌아갈 몸이니 자네 상처에 보답하는 뜻에서 그대의 억울함을 세상에 널리 알려 인식을 새롭게 할 수 있을 것이네. 그대를 위해 진실을 증명해 줄 거야."

순간 정적에 이어 잠시 후 둥치가 대답했다.

"그렇게 친절한 말로 저를 위로해 주시니 입을 다물고만 있을 수가 없군요."

둥치는 마치 대단한 결심이라도 한 듯 비장한 목소리로 과거를 회상하기 시작했다.

"나의 이름은 피에르 델라비냐입니다. 프리드리히 2세의 마음의 열쇠를 둘 다 갖고 있었죠. 그 열쇠로 황제의 마음을 열거나 닫아 아무도 왕의 비밀을 엿볼 수 없게 만드는 것이 제 임무였습니다. 나는 이 영광스런 직무에 온 정성을 쏟느라 때론 침식조차 잊고 지냈죠. 그러나 무릇 황제의 궁전에는 으레 음탕한 추파를 던지는 탕녀가 있기 마련이라……그로 인해 궁전은 결국 악으로 물들고 세상에는 죽음이 몰려왔습니다. 또한 그 계집은 사람들을 선동해 나를 거역케 했고 잇달아 그 무리들이 황제를 선동했습니다. 황제의 총애를 받아 찬란했던 나의 생애는 결국 일순간에 슬픔과 탄식으로 변해 버렸지요."

둥치는 여기까지 설명하고 나서 길게 한숨을 내쉬었다. 그러고는 잠시 후 한층 더 슬픈 목소리로 말을 이었다.

"나는 반역죄를 뒤집어쓰고 감옥에 갇히게 되었고 그곳에서 시뻘겋게 달궈진 쇠꼬챙이에 두 눈이 파내어지는 형벌을 받게 되었습니다. 육체적 고통이야 견딜 수 있었지만 반역자로서의 굴욕감은 도저히 견딜 수가 없었죠. 그래서 나의 결백을 증명하려고 최후의 방법으로 자살을 택했던 것입니다."

단테는 안타까운 마음에 혀를 찼다. 하느님의 말씀을 어기면서까지 자신의 결백을 증명하려 했던 그의 심정을 이해할 수 있을 것 같았기 때문이다.

"생명의 근원이 되는 이 나무의 뿌리에 맹세코 말하지만, 나는 한 번도 황제의 신의를 저버린 적이 없었고 황제도 그만한 명예를 갖추신 분이었습니다. 현명한 젊은이여, 지상으로 돌아가거든 부디 나의 결백을 증명해 주시오. 사람들의 기억 속에는 아직도 나의 이름이 반역자로 남아 있다오."

둥치는 말을 마치면서 몹시 서럽게 흐느꼈다. 그러자 베르길리우스가 다급한 목소리로 말했다.

"피에르 델라비냐가 영영 입을 다물기 전에 더 알고 싶은 것이 있으면 어서 물어보게."

단테는 베르길리우스에게 말했다.

"스승님, 제가 궁금해할 만한 것을 대신 물어봐 주십시오. 저는 차마 더 물을 수가 없습니다. 그가 너무도 불쌍하고 애처로워 못 견디겠습니다."

단테의 눈빛을 살피던 베르길리우스는 고개를 끄덕이더니 나무 둥치에게 말했다.

"옹이진 나무에 갇혀 지옥의 형벌을 받고 있는 불행한 영혼이여. 그대의 소원은 뜻대로 이루어질 것이다. 간절히 묻노니 대답해다오. 어찌하여 나무가 되어버렸는지, 그리고 이곳에서 벗어난 사람이 단 한명이라도 있었는지……."

둥치는 거센 한숨을 내쉬었고 그것은 바람이 되어 주위의 낙엽들을 어지럽게 흩뜨렸다. 바람이 잠들자 곧 둥치의 목소리가 들렸다.

"슬픈 과거를 다시금 떠올린다는 것은 매우 고통스러운 일이지만 당신이 원하시니 말씀드리겠습니다. 격한 영혼이 스스로의 손으로 목숨을 끊고 육체에서 떠났을 때 저는 곧 미노스의 앞에 서게 되었습니다. 미노스는 꼬리를 일곱 번 감더니 저를 제7옥으로 보냈죠. 제가 떨어진 곳은 숲이었지만 자리가 따로 정해져 있지 않았고 운명이 향하는 곳에 이르러 마치 밭에 난 강아지풀처럼 싹이 트고 새순이 돋더니 마침내 한 그루의 나무가 되더군요."

단테는 순간 나무가 되기까지 그가 얼마나 오랜 세월을 땅속에 묻혀

서 지내야 했었고 또 얼마나 오랫동안 모진 비와 바람에 시달렸을까를 생각하니 측은한 마음이 더했다.

"그렇지만 고통은 나무로 자란 이후부터 시작되었죠. 나무로 자라 잎 사귀가 조금 돋아나면 괴물 새 하르피아가 나타나 그 잎사귀를 쪼아 고통을 줍니다. 자신의 신체 일부를 날카로운 새의 주둥이에 쪼여 먹힌다고 상상해 보십시오. 그러면 제가 받은 고통을 이해할 수 있을 것입니다. 게다가 하르피아는 틈 날 때마다 우리들의 온몸에 커다란 구멍을 뚫어 고통을 더해 주곤 한답니다."

단테는 그에게 뭔가 위로의 말을 해주고 싶었다.

"최후의 심판 날이 오면 당신도 육체를 되찾고 지금보다는 고통도 덜해질 테니 위안을 가지십시오."

그러나 그의 말이 위로가 되기는커녕 오히려 그의 심기를 더욱 불편하게 한 듯했다. 당황한 표정으로 베르길리우스를 바라보자 스승은 차분히 말문을 열었다.

"단테, 최후 심판의 날이 오면 죽은 자 모두가 자신의 육체를 되찾고 고통도 덜게 되지만 자살한 자들은 그렇지 못하다네. 스스로 버린 육체를 다시 소유할 수가 없기 때문이지. 그래서 이들은 최후의 심판 이후에도 시체를 끌고 이 비참한 숲으로 다시 돌아와 육체를 자기 영혼의 가시나무에 매달아 두게 된다네."

자신에게 영원히 희망이 없다는 사실을 알고 있었던 피에르 델라비냐는 너무나 슬픈 나머지 입을 굳게 닫아버렸다. 단테와 베르길리우스는 난감한 표정으로 서로를 바라보았다.

그때 갑자기 온 숲을 쩌렁쩌렁 울리는 왁자지껄한 소리가 들려왔다. 마치 멧돼지와 그것을 뒤쫓는 사냥개의 기척 같았다. 둘은 갑작스런 소

리에 소스라치게 놀라며 소리가 들리는 쪽으로 몸을 돌렸다. 짐승의 울부짖음과 함께 나뭇가지 부러지는 소리가 점점 가까워지자 둘은 잔뜩 긴장하여 마른침을 삼켰다.

후닥닥하는 소리와 함께 왼편에서 두 사나이가 튀어나왔다. 그들은 벌거벗은 채 온몸이 상처투성이가 되어 미친 듯이 소리를 지르고 있었다. 그리고 숲을 헤쳐 나가며 나무들의 잔가지를 모조리 꺾어 버렸다.

"죽음아, 어서 오너라!"

앞장선 자가 외치자 멀리서 뒤따르던 자도 외쳤다.

"라노여, 네 발은 페이베델 토포의 전투 때에도 이처럼 빠르지는 않았었다."

두 사나이는 이렇듯 알 수 없는 말을 서로 주고받으면서 정신없이 쫓기고 쫓았다. 그러다가 숨이 가쁜 탓인지 뒤따르던 자가 가시덤불 속으로 쓰러졌다.

그들의 뒤를 따라 숲에서 뛰어나온 것은 사슬에서 갓 풀려난 듯한 사냥개 떼였다. 개들은 피에 굶주린 암캐들처럼 눈에서 불꽃이 튀고 있었고 날카로운 잇새로는 침을 질질 흘리고 있었다. 으르렁거리며 달려온 개들은 곧 가시덤불 속의 사내를 발견했고 한꺼번에 여러 마리가 그에게 덤벼들었다. 순식간에 사내의 사지가 갈기갈기 찢기었으나 개들의 으르렁거리는 소리에 묻혀 비명조차 들리지 않았다.

사내의 형체가 짓이겨진 고깃덩어리처럼 변해버리자 개들은 다시 앞서 달리던 사내의 뒤를 쫓았다. 이윽고 멀리서 다시 한 번 개들의 으르렁거림이 들려왔고 잠시 후 기절한 사내의 몸뚱이를 질질 끌며 개들이 떼 지어 사라져 갔다.

그 모습을 처음부터 지켜본 단테는 너무도 잔인한 광경에 몸서리를 쳤다.

"인간이 탐욕스런 사냥개의 먹이밖에 되지 못하다니……."

베르길리우스는 그의 말에 아랑곳하지 않고 질문을 던졌다.

"자네는 저들이 누구이며, 왜 이곳에서 그토록 처참한 모습으로 개의 먹이가 되었는지 알고 있나?"

"처음 보는 낯선 자들이었습니다. 그리고 죽어서까지 영혼이 갈기갈기 찢기는 이유 또한 정말 모르겠습니다."

그의 대답에 베르길리우스는 고개를 끄덕이며 하나하나 설명하기 시작했다.

"앞장선 자의 이름은 라노로서 시에나의 엄청난 부자였다네. 그는 '낭비클럽'의 일원이었으며 결국 방탕생활 끝에 재산 전부를 탕진했지."

"하지만 낭비하여 재산을 탕진한 자들은 제4옥에 갇히지 않았습니까?"

"같은 죄를 범했더라도 그 무게에 따라 다른 지옥으로도 떨어진다네."

단테는 그제야 알아듣고 고개를 끄덕였다.

"뒤따르던 자는 자코모 다 산토 안드레아라고 불리는 자로서 파도바에서 가장 낭비가 심한 사람이었지. 그는 헤아릴 수 없을 만큼 많은 재산을 가장 어리석은 방법으로 탕진해서 많은 사람들로부터 비난의 손가락질을 받았다네."

베르길리우스는 제자의 손을 잡더니 풀숲으로 이끌었다. 그곳에는 꺾여진 나뭇가지와 피투성이가 된 가시덤불이 하염없이 눈물을 흘리고 있었다.

"그들은 잠시나마 나를 방패 삼아 몸을 숨길 수 있었지만 그 때문에 나의 온몸은 피로 얼룩져 버렸구나. 그자들의 죄 많은 삶에 대해 내가 무슨 책임이 있다고……."

가시덤불은 둘이 온 것도 모른 채 혼자서 한탄을 하고 있었다. 베르길리우스는 헛기침을 두세 번 한 후 가시덤불에게 물었다.

"피를 흘리면서 비탄에 빠져 있는 슬픈 영혼이여, 너는 누구냐?"

가시덤불이 이들을 보며 말했다.

"가지도 잎도 모두 잘려 나가 심한 고통을 겪고 있는 나를 보고 있는 그대들이여. 주위에 잘려진 가지와 잎을 모아 가엾은 내 뿌리를 덮어주시오."

단테는 허리를 굽혀 얼른 그 가시덤불의 부탁대로 해 주었다.

"고맙소. 그 대가로 당신들의 물음에 답하겠소. 그리고 미래에 대해서도 한 가지 알려 주리다."

미래를 알려 준다는 그의 말에 단테는 귀가 번쩍 뜨여 정신을 바짝 차렸다.

"나는 원래 피렌체 사람이었으나 그곳이 너무 황폐하고 각박하여 견디지 못하고 끝내 내 집에서 목을 매 자살했다오."

단테는 고향 사람을 만난 것이 반갑기는 했지만 한편으로는 피렌체에 대한 걱정이 앞섰다.

"왜 피렌체는 점점 더 악화되어 가기만 하는지 모르겠군요. 혹시 그 이유를 알고 있다면 좀 가르쳐 주지 않겠소?"

그의 물음에 가시덤불은 자신 있게 설명했다.

"그것은 피렌체 사람들이 수호신을 마르스에서 세례자 요한으로 바꿨기 때문이오. 마르스는 원래 전쟁의 신이었는데 자신의 신전이 교회로 바뀌고 또한 자신의 동상이 강물에 빠지게 된 것에 대해 몹시 화가 나 있소. 만일 마르노 강 다리 위에 마르스의 동상을 다시 옮겨놓지 않는다면 재앙이 끊이지 않게 될 것이오. 아무리 도시를 재건해 본들 그 수고는 물거품이 되고 만다는 사실을 명심하시오."

지옥의 강

"그리운 고향엔 아직도 여전히 녹음이 푸르고 지저귀는 새 소리 또한 변함이 없으련만……."

단테는 고향이 그리운 나머지 가슴이 저미는 것 같아 한동안 그 자리를 떠날 수가 없었다.

"단테, 이제 와서 지금껏 걸어왔던 길을 되돌아갈 수는 없잖은가. 자네가 한시라도 빨리 고향에 돌아갈 수 있는 것은 이 지옥을 서둘러 돌아보는 것 뿐이네!"

단테는 고개를 끄덕이며 떨어지지 않는 발걸음을 옮겼다.

이윽고 둘은 제7옥의 둘째 원과 셋째 원의 경계선에 다다르게 되었다. 그리고 선악의 제재制裁를 공평하게 하시는 하느님의 공의로운 판결을 볼 수가 있었다.

셋째 원은 지금까지 한 번도 본 적이 없는 광경으로 풀 한 포기, 나무 한 그루 없는 척박한 허허벌판이었다. 지형을 자세히 살펴보니 자살한

자들의 숲이 목걸이처럼 이곳을 에워싸고 그 숲은 또다시 피의 강이 둘러싸고 있었다. 둘은 평지 맨 끝에서 걸음을 멈추었다.

그들의 눈앞에는 그 옛날 로마의 장군 카토가 폼페이우스의 군대를 이끌고 행군했던 리비아 사막처럼 불타는 모래밭이 끝없이 이어져 있었다.

"오, 하느님 맙소사!"

단테는 한동안 입을 딱 벌린 채 그 자리에 멈춰섰다.

끝없는 모래밭 위에는 벌거숭이 망령들이 떼 지어 서 있었고 그 위로는 마치 바람 한 점 없는 알프스 산에 퍼붓는 눈처럼 불덩이가 쉼 없이 쏟아지고 있었다. 화염에 휩싸인 망령들은 어쩔 줄 몰라 하면서 몹시 서럽게 통곡했다.

"단테, 저들을 잘 보게. 이 불덩이 속에서도 벌떡 누워 그 눈을 하늘로 치켜뜨고 있는 자들을……. 그들은 하느님을 모독하고 욕되게 한 자들이라네. 또 땀을 뻘뻘 흘리며 잔뜩 웅크리고 있는 자들은 인색한 고리대금업자들이지. 그리고 주위를 줄곧 서성거리는 자들은 정욕에 사로잡힌 남색자들로서 이곳에 있는 자들 중 그 수가 가장 많다네."

누워서 벌 받는 자들의 수가 가장 적긴 하였으나 그들은 몹시 고통스러운 듯 끊임없이 괴성怪聲을 질러댔다. 이곳의 모습을 본 단테는 예전에 들었던 이야기 하나를 떠올렸다.

알렉산더 대왕이 인도의 열대지방을 지날 때 자기편 군대 위로 불덩이가 떨어졌다고 한다. 그런데 어찌된 영문인지 그 불덩이는 땅에 떨어져도 꺼지지 않고 여전히 활활 타오르는 것이었다. 이것을 본 알렉산더 대왕은 불이 서로 합쳐지기 전이라야 끄기 쉽다면서 부하들을 시켜 불덩이를 밟고 돌아다니게 했다는 것이다.

그러나 이곳에서 벌을 받고 있는 자들은 감히 그럴 엄두조차 못 내고 있었다. 불덩이는 그들 위로 끊임없이 쏟아졌고 그 때문에 모래밭은 부 싯돌이 마주치듯 불을 뿜어내 고통을 더해 주었다. 망령들은 타오르는 불덩이를 제 몸에서 떨쳐 버리려고 애처로운 손길을 잠시도 멈추지 못 하고 있었다.

단테는 그들 가운데 한 망령을 가리키며 베르길리우스에게 물었다.

"지옥의 도성 입구에서 우리를 가로막은 고집 센 마귀들을 제외하고 는 모든 것을 이기신 위대한 분이시여! 이 불길 속에서도 아랑곳하지 않 고 뻣뻣한 자세로 누워서 얼굴을 찌푸리고 있는 저 덩치 큰 사나이는 도 대체 누굽니까?"

단테가 베르길리우스에게 한 말을 들은 그가 갑자기 큰 소리로 대답 했다.

"나는 죽은 후에도 살았을 때와 조금도 다를 바 없다. 제우스 제깟 놈 이 아무리 잘난 체해도 내 상대가 되기에는 어림없다!"

단테는 어안이 벙벙하여 스승과 그를 번갈아 쳐다보았다. 그러자 베 르길리우스가 낮은 목소리로 말했다.

"저자는 테베를 공격한 그리스 일곱 왕 중에 한 명이지. 이름은 카파 네우스라고 하네. 테베를 불사르기 위해 성벽을 기어 올라가면서 '제우 스도 감히 내 상대가 되지 못한다'고 큰소리쳤기 때문에 제우스의 노여 움을 사 벼락을 맞아 죽었지."

단테는 고개를 끄덕이며 그 망령에게 다시 눈길을 보냈다. 망령은 그 때까지도 여전히 혼잣말처럼 고래고래 소리를 지르고 있었다.

"제우스여, 지쳐 자빠질 때까지 불카누스를 시켜 번갯불이나 만들게 하라! 떳떳하게 나서서 나와 대결하기가 겁나니까 불카누스를 시켜 나 에게 벼락을 내리꽂다니…… 비겁한 자여, 너는 끝내 불카누스 뒤에 숨어서 이렇게 내게 불덩이나 던지고 있구나. 이젠 내 앞에 모습을 드러내라. 플레그라에서 싸우던 때와 마찬가지로 죽을힘을 다해 나에게 활을 쏴라. 그래도 나를 그렇게 쉽게 이기지 못할 것이다."

곁에서 듣다 못한 베르길리우스가 격한 어조로 그에게 호통을 쳤다.

"카파네우스, 너의 오만함은 아직도 여전하구나! 네가 그 오만함을 겸손함으로 바꾸지 않는 한 더욱 큰 형벌이 너를 기다리고 있을 것이다."

호통 후 베르길리우스는 부드러운 어조로 단테에게 말했다.

"저자는 반성의 기미가 전혀 보이지 않는군. 내가 이미 말했듯 저자에게는 조소嘲笑만이 가장 어울리는 장식이라네. 자, 나를 따르게. 타오르는 모래밭을 밟지 않도록 항상 숲 쪽으로 바짝 붙어서 걸어야만 하네."

지옥의 순례자 둘은 묵묵히 조그마한 시냇물이 흐르는 곳에 다다랐다. 이 냇물은 자살한 망령들의 숲을 지나서 흐르는 피의 강 지류支流였다. 피의 강은 언제 생각해도 소름끼치는 곳이었다.

로마 근처에 있는 불리카메 온천을 매춘부들이 나누어 쓰는 것처럼, 핏빛 냇물은 잘게 나뉘어져 모래밭 사이로 계속 흘러들고 있었다. 다행히 강바닥과 양쪽 기슭이 모두 돌로 되어 있었으므로 둘은 이곳이 건널목임을 짐작할 수 있었다.

베르길리우스는 이 돌다리를 건너기 전에 제자에게 말했다.

"지옥의 문을 넘어서 들어온 이후 지금까지 내가 자네에게 보여 준 모든 것들 중에서 이 냇물만큼 놀라운 것은 없을 것이네. 이 냇물은 불이란 불은 모조리 삼켜 버리지."

베르길리우스의 말에 잔뜩 호기심이 생긴 단테는 그 내용을 좀 더 자세히 설명해 달라고 부탁했다.

"망망대해 지중해 한가운데에는 이미 멸망한 크레타라는 섬나라가

하나 있었다네. 먼 옛날 현명한 왕 사투르누스가 다스릴 때만 해도 그곳
은 아름답고 융성한 나라였지. 크레타 섬에는 숲이 우거진 '이데'라는 산
이 있었고 샘물도 솟아났고 초목이 우거진 낙원 같은 곳이었다네. 그러
나 지금은 과거의 번영은 간 곳 없이 황폐해졌지."

"그렇게 아름답던 곳이 황폐하게 된 까닭은 무엇입니까?"

"나도 들은 전설이지만 그대로 옮기겠네."

베르길리우스는 목소리를 가다듬으며 천천히 그 전설을 들려주기 시
작했다.

"대지의 여신 레아는 크로노스와 결혼을 했고 그 두 사람 사이에서 여
러 자식이 태어났는데 크로노스는 자식에게 왕위를 빼앗길 것이라는
예언 때문에 자식이 태어나는 대로 한 입에 집어삼켜 버렸지. 다시 아이
를 잉태한 레아는 아이를 출산하자 크레타 섬 동굴에 몰래 숨겨 두었다
네. 그리고 어떻게 해서든 아이를 구하기 위해…… 아이가 울 때마다 제
사장들에게 명하여 큰 소리를 치게 했고 심지어는 창과 칼을 부딪쳐 시
끄러운 소리가 나도록 했지. 결국 무사히 자라 건장한 청년이 된 아이는
아버지를 물리치고 왕이 되었다네. 그 아이가 바로 신들의 왕인 제우스
라네."

단테는 마치 재미있는 옛날이야기를 듣는 어린아이처럼 베르길리우
스의 말에 푹 빠져들었다. 그러다가 문득 정신을 차리고서 물었다.

"그런데 그 전설과 이 냇물이 무슨 연관이 있다는 말씀입니까?"

"크레타 섬의 깊은 산속에는 늙은 거인이 우뚝 서서 이집트의 옛 도시
다미에타를 향해 어깨를 돌리고 거울을 보듯 로마를 보고 있다네. 그 거
인의 머리는 순금이요, 팔과 가슴은 은으로 되어 있으며 배와 넓적다리
는 구리이고, 그 아래는 전부 쇠로 되어 있었다네. 그러나 유독 오른쪽

발만은 구운 흙으로 되어 있었지. 거인은 그 오른쪽 발로 중심을 잡고 서 있었다네. 그리고 금이 아닌 부분들은 틈이 벌어져 있어 그곳으로 눈물이 흐르고 마침내는 그 눈물이 모여 바위를 꿰뚫었으며 다시 바위에서 바위를 타고 전해져 지옥의 강을 이루게 된 것이지."

"지옥에는 다섯 개의 강이 흐르고 있다고 들었습니다."

"그렇네. 그것들의 이름은 각각 아케론, 스틱스, 플레제톤 그리고 코키토스와 레테라네."

그중에는 이미 그들이 지나왔던 강들도 있었고 앞으로 건너게 될 강들도 있었다.

"스승님, 지금 말씀하신 대로 이 강물이 저쪽 인간세계에서 흘러들어 온 것이라면 왜 이 셋째 원에서만 그 모습을 볼 수 있는 것입니까?"

베르길리우스는 너무나 쉽고 당연한 진리를 묻는다는 듯 웃으며 대답했다.

"자네는 이 지옥을 곧고 깊게 내려가는 동굴쯤으로 착각하고 있군 그래. 하지만 지옥은 둥글게 연결되어 있다는 사실을 잊지 말게. 그래서 우리는 줄곧 왼쪽 방향으로만 돌고 있었던 것이고! 우리가 지옥을 한 바퀴 완전히 돌려면 아직도 멀었네. 앞으로 우리 앞에 새로운 것들이 불쑥 나타나더라도 너무 놀라지 말게."

앞으로 일어날 일에 대해 미리 암시를 주듯 베르길리우스는 단테의 안색을 살피며 당부했다. 단테는 베르길리우스의 설명이 끝나기를 기다렸다가 다시 물었다.

"스승님, 끓는 물이 비 오듯 하는 플레제톤 강은 어디쯤 가야 볼 수 있습니까? 또 죽은 사람의 영혼이 마시면 자신의 모든 과거를 잊게 된다는 레테 강은요?"

베르길리우스는 살며시 웃으며 그동안 지나왔던 길을 가리켰다.

"펄펄 끓는 피의 강물에 잠겨 목만 내놓은 채 삶아지고 있던 죄인들을 기억하고 있겠지?"

단테는 그제야 비로소 스승의 말뜻을 알아차렸다.

"아, 그 강이 플레제톤 강이었군요!"

베르길리우스는 가볍게 고개를 끄덕였다.

"레테 강은 이곳을 벗어난 이후에나 보게 될 것이네. 사람이 영혼과 육신이 분리되면 죽게 되는 것! 그 죽은 영혼들 중 지옥에 떨어지지 않은 영혼들이 자신이 지은 죄를 뉘우치고 회개한 다음 그 죄가 소멸될 때만이 회개의 영혼은 비로소 몸을 씻으러 레테 강으로 가게 되지. 그래서 레테 강은 바로 연옥의 정죄산淨罪山에 위치해 있는 거라네."

베르길리우스는 하늘을 한 번 올려다보더니 말을 이었다.

"자, 이제는 이곳을 떠나야 할 시간이네. 주의해서 내 뒤를 따르도록 하게. 이 냇물과 다리 위로 떨어지는 불덩이는 곧 꺼질 것이네."

두 사람은 다리를 건너 계속 앞으로 나아갔다.

남색자들의 지옥

부글부글 끓어오르는 핏빛 강물에서 수증기가 일어 마치 안개처럼 물과 둑에 내려앉았다. 이어서 그 수증기는 쏟아지는 불덩어리와 불꽃의 열기로부터 베르길리우스와 단테를 보호해 주었다.

이 둑은 제방공사에 뛰어난 피암밍가 사람들이 파도의 침입을 막기 위해 플랑드르의 항구도시 구이찬테에서 사업도시 부루지아에 이르기까지 쌓아 올린 방파제와 흡사해 보였다. 또 파도바 사람들이 마을과 성곽을 지키기 위해 일리아의 키아렌티나에서 해빙이 시작되기 전에 브렌타 강기슭을 따라 쌓은 둑 같기도 했다. 그다지 높지도 넓지도 않았지만 둑의 모양새가 마치 그것들과 비슷했다.

스승과 제자는 이미 숲에서 멀리 떨어져 있어 뒤돌아 가보았자 이제 숲이 어디에 있는지조차 알지 못할 정도의 거리에 와 있었다. 그때 둑 아래쪽으로 걸어오는 한 떼의 망령들과 마주쳤다. 그들은 초승달 아래에서 서로 얼굴을 맞대고 있는 듯한 모습으로 둘 쪽을 눈여겨보고 있었지만 마치 눈 어두운 늙은 재봉사가 바늘귀에 실을 꿸 때처럼 눈에 잔뜩 힘을 주고 있었다.

한참 동안 둘을 이상한 눈으로 훑어보던 그들 중에 한 명이 단테를 알아본 듯 반갑게 옷자락을 붙들고 외쳤다.

"오, 이런 일이…… 자네는……?!"

이미 잔뜩 긴장해 있던 단테는 주춤 물러서며 불에 데어 형체를 분간하기 힘든 그의 얼굴을 자세히 뜯어보았다. 낯이 익긴 했지만 그가 누구인지는 확실히 알 수가 없었다.

"나를 모르겠나? 이보게, 단테!"

그제야 단테는 깜짝 놀라며 그의 손을 마주 잡았다.

"아, 브루네토 스승님! 어떻게 이곳에 계십니까? 철학자이자 수사학자로서 법률에도 해박하신 분…… 평소 제가 존경하고 따랐었는데 어찌하여 이런 곳에…….'"

단테는 어리둥절한 채 브루네토와 베르길리우스를 번갈아 바라보며 질문을 던졌다.

베르길리우스가 침통한 표정으로 대답했다.

"이 무리들은 하느님의 뜻을 저버림은 물론이요, 자연의 순리조차 어겨가며 정욕이 이끄는 대로 같은 사내들끼리 동성애를 즐긴 남색자들이라네."

그 말에 브루네토는 고개를 숙이며 부끄러워했다.

"자네 얼굴을 볼 면목이 없군. 그런데 자네는 어떻게 벌써 이곳에 오게 되었나? 행여 망령의 몸이 된 것은 아니겠지?"

"물론 저는 아직 살아 있습니다."

브루네토는 단테의 말에 눈이 휘둥그레져 다급하게 말했다.

"이런 험한 길을 산 자의 몸으로 오다니, 자네 제정신인가? 다른 자들 눈에 띄기 전에 얼른 달아나게. 이곳에 있는 영혼들은 마음이 몹시 각박하고 잔인하여 산 자들을 결코 가만 내버려두지 않을 걸세."

브루네토는 불안한 눈빛으로 계속 주위를 살펴보았다. 그러나 정작 단테는 여유 있는 미소를 지으며 베르길리우스를 힐끗 바라보았다.

"염려 마십시오, 브루네토 스승님. 여기 계신 분은 위대한 시성 베르길리우스님이십니다. 저를 보살펴 주고 계시지요."

그제야 베르길리우스의 존재를 인식한 브루네토는 얼굴에 화색을 띠며 반갑게 말했다.

"아, 이 분이 그 유명하신 분? 별빛처럼 은은하고 태양처럼 눈부신 언어로 시를 읊으셨던 모든 시인의 아버지!"

베르길리우스와 단테는 동시에 고개를 끄덕였다.

"저는 저 위 지상에서 인생의 장년에 채 이르기도 전에 험한 골짜기에 빠져 길을 잃고 말았습니다. 그때 저는 그곳에서 정의의 산을 오르려는 희망마저 잃고 오던 길을 되돌아가야 할 위기에 처하게 되었습니다. 그때 위대한 시성 베르길리우스님께서 나타나 저를 위기에서 구하시고 은혜로운 손길로 저를 이끌어 이곳까지 안내해 주신 것입니다."

"그랬었군. 자네를 만나 몹시 반가웠네."

단테는 너무나 짧은 재회에 당황하여 브루네토의 손을 덥석 붙잡았다.

"아니, 벌써 가시려고요? 괜찮으시다면 일행과 떨어져 잠시 이곳에서 저와 얘기를 나누다 가시면 안 될까요?"

순간 브루네토의 얼굴에 절망과 고통의 빛이 스쳐 지나갔다.

"나도 그러고 싶은 마음이 왜 없겠나. 하지만 일행을 벗어나 걸음을 멈추면 그날로부터 백 년 동안 피할 수 없는 불덩어리를 고스란히 맞으며 고통 속에서 나날을 보내야만 한다네.”

순간 당황한 단테는 베르길리우스에게 시선을 던졌다. 혹시나 브루네토와 더 얘기를 나눌 수 있는 어떤 방법이 없을까 해서 지혜로운 답을 청했던 것이다. 베르길리우스는 한참 만에 어렵게 입을 열었다.

“브루네토님은 어서 일행과 합류하여 가던 길을 계속 가는 게 좋을 듯싶네. 그리고 그 뒤를 자네가 뒤따르며 서로 대화를 나누는 것이 좋은 방법일 듯싶네.”

둑에서 내려와 죄인의 무리들과 함께 걷는다는 것이 단테로서는 어쩐지 주저되었지만 베르길리우스의 말에 따라 그렇게 하기로 결심했다.

단테와 베르길리우스는 브루네토 바로 뒤에 서서 망령들을 뒤따랐다. 단테는 되도록 경건한 자세로 두 손을 모으고 머리를 숙인 채 망령들과는 사뭇 다른 걸음걸이로 조심스럽게 따라갔다.

“나를 따라 와주다니 정말 고맙네. 단테, 자네는 자네가 지니고 있는 천부적인 재능을 발휘하여 그 길을 따라 나아가면 반드시 영광스런 천국으로 무사히 도달할 수 있을 것일세.”

단테는 브루네토의 축복된 말에 감사의 눈빛을 보냈다.

“내가 일찍 죽지만 않았더라도 하늘이 자네에게 베푼 이 은총을 본 이상, 그대의 일을 격려했을 게 틀림없네.”

단테는 평소 흠모했던 브루네토 스승의 과찬에 얼굴을 붉혔다.

“아닙니다. 하늘의 은총은 저에게 국한된 것이 아니라, 저의 이 지옥 순례를 통해 보다 많은 사람들에게 지옥의 실상을 보게 하시려는 깊은 섭리가 담겨져 있는 것 같습니다. 서슴없이 죄짓는 자들에게 경각심을 일깨우기 위한 하느님의 사랑인 셈이죠.”

“그러나 조심하게!”

갑작스런 브루네토의 경고에 두려움이 앞선 단테는 망설이다가 그에게 되물었다.

"그게 무슨 뜻입니까? 혹시 저의 미래에 위험이 도사리고 있다는 말씀입니까?"

브루네토는 가볍게 고개를 끄덕였다.

"토스카나의 피에졸레 언덕에서 내려온 저 비열하고 악한 무리들이 도사리고 있다가 자네의 선한 일을 시기하여 앞길을 방해할 걸세. 마가목에서는 떫은 열매가 열리고 무화과나무에서는 달콤한 열매가 열리는 것은 정한 이치가 아니겠나?"

단테는 그의 말을 듣고 마가목이 토박이 피렌체 사람들을 가리키고, 무화과나무는 자신을 비롯한 로마의 후예인 피렌체 사람들을 가리킨다는 사실을 알 수 있었다.

"예로부터 전해오는 저들의 속담도 있거니와 그들은 한 치 앞도 내다보지 못하는 장님들이네. 게다가 탐욕, 질투, 시기심이 많고 교만한 백성들이지. 그러니 자네도 저들의 습성에 물들지 않도록 항상 몸과 마음가짐을 깨끗이 하도록 하게."

브루네토가 핵심을 피해 말을 돌리고 있는 것이 답답해진 단테는 직선적으로 거듭 물었다.

"브루네토 스승님, 제 앞에 도사리고 있는 위험에 대해 있는 그대로 말씀해 주십시오."

그는 다시 망설이는 듯했다.

"미래를 알고 있다고 완벽한 해결책을 찾을 수 있는 것은 아니지만 자네에게 도움이 되길 바라는 마음에서 충고하는 것이니 새겨듣도록 하게."

브루네토는 목소리를 가다듬고 나서 말했다.

"자네는 많은 영예로움을 부여받은 운명이기에 피렌체의 흑당과 백당 모두 굶주린 짐승처럼 자네를 노릴 것이네. 풀은 산양의 무리와 멀리 떨어져 있어야 안전한 법, 피에졸레의 짐승들이야 서로 잡아먹든 죽이든 내버려두게. 그러나 만약 그 더러운 땅에서 새싹이 돋아나거든 그들이 손대지 못하도록 자네가 지켜야만 하네. 피렌체가 거대한 악의 소굴로 변하게 될지라도 로마인의 거룩한 씨앗은 반드시 되살아날 테니까."

단테는 한 가닥 위안을 갖고 브루네토에게 말했다.

"저의 모든 소망이 이루어지기만 했어도 스승님께서는 아직 지상에서 부귀와 영예를 누리고 계셨을 것입니다."

"그것은 단지 죽은 자들에 대해 가질 수 있는 자네의 연민에 지나지 않는다네."

"지금도 브루네토 스승님의 모습은 제 기억 속에 생생합니다. 스승님께서는 인간이 어떻게 해야 불후의 명성을 얻을 수 있는가를 인자하게 가르쳐 주시지 않았습니까. 그때 스승님으로부터 받았던 감동은 제가 살아 있는 동안 결코 잊지 못할 것입니다. 또한 그 가르침을 널리 알리기 위해 노력할 것입니다."

단테의 말에 브루네토는 눈물을 글썽이며 고마워했다.

"자네가 날 그렇게까지 생각하고 있다니 나의 삶이 결코 헛되지만은 않은 듯 하군. 고맙네, 고마워!"

"스승님께서 저의 앞날에 대해 해주신 말씀과 앞서 치아코와 파리나타에게 들은 예언을 가슴 깊이 새기면서 살아가겠습니다. 그리고 좀 더 구체적인 설명은 고귀한 여인 베아트리체로부터 듣도록 하겠습니다. 오직 스승님께서 알아주셨으면 하는 바는 양심이 저를 괴롭히지 않는 한 어떠한 운명이라도 달게 받을 각오가 이미 되어 있다는 것입니다."

"자네의 생각이 그렇다니 나도 한결 마음이 놓이는군."

그러나 단테는 그것이 자신의 앞날에 대한 가혹한 예언이었기에 고마운 한편 마음이 몹시 무거웠다.

"농부가 가래를 제 마음대로 놀리듯 운명의 수레바퀴를 돌리는 것은 운명의 여신 마음대로죠. 제 운명을 어떻게 제 맘대로 결정할 수 있겠습니까?"

단테의 목소리에서 다소 빈정거림의 기색을 느낀 베르길리우스는 고개를 돌려 그에게 따끔하게 일침을 놓았다.

"브루네토님의 말을 귀담아 듣는 게 좋을 걸세."

단테는 잠시 움찔했으나 걸음을 멈추지 않은 채 다시 브루네토에게 물었다.

"브루네토 스승님, 이 무리 중에서 제일 유명하고 훌륭했던 분은 누굽니까?"

"몇몇 영혼에 대해서는 말해도 상관없겠지만 그 밖의 다른 영혼들에 대해서는 말하지 않는 편이 좋을 듯싶네."

"모두 말씀하시려면 시간도 모자랄 테니 몇몇에 대해서만이라도 말씀해 주십시오."

"그러지. 이들은 모두 성직자이거나 학자들로서 살아 있을 때 존경을 많이 받았던 사람들이었네. 그렇지만 자연의 순리에 어긋나는 남색 죄를 저질러 이곳으로 오게 된 것이지. 맨 앞에 서서 걸어가는 저 두 영혼은 문법 학자이자 시인이었던 프리쉬아누스와 피렌체 법률학자인 프란체스코 다코르소라네. 그리고 자네가 보기를 원한다면 종들의 종이라는 비난을 받았던 교황 보니파시오 8세에 의해 아르노에서 바킬리오네로 좌천되었다가 결국 죄악으로 인하여 천벌을 받고 죽은 안드레아 드 모지 주교도 볼 수 있다네."

브루네토는 말을 하다 말고 주위를 빙 둘러본 다음 아쉽다는 말을 이었다.

"좀 더 이야기를 나누고 싶지만 자네가 더 이상 따라올 수 없는 곳에 이르렀네. 새로운 연기가 피어오르는 저쪽 모래밭은 같은 죄를 범한 자들이지만 우리들과는 기풍이 달라 도저히 동료로서 어울릴 수 없는 처지라네. 나의 육신은 이미 한 줌의 흙이 되었으나 나의 존재만은 내가 불어로 썼던 백과사전 '테소로' 속에 영원히 살아 있을 걸세. 자, 자네의 순례가 무사히 끝나기를 진심으로 기도하겠네."

말을 마치고 등을 돌린 브루네토는 황급히 달려갔다. 그의 뒷모습은 마치 경주에서 우승을 차지하기 위해 들판을 가로질러 달리는 선수처럼 보였다. 그것은 지옥으로 떨어진 패배자로서의 모습이 아니라 너무도 당당한 승리자의 모습 같았다.

수도자의 밧줄

단테와 베르길리우스는 제7옥이 끝나고 강물이 폭포가 되어 떨어지는 제8옥의 언저리에 이르렀다. 물소리는 마치 벌집에서 벌이 윙윙대는 소리처럼 끊임없이 요란하게 들려왔다.

그때 사막에서 불덩어리를 맞으며 형벌을 받던 망령들 중에 세 명이 무리를 떠나 이들이 있는 곳으로 힘껏 달음질쳐 왔다. 그들은 모두 남색죄를 범하여 파멸을 자초한 자들이었다.

"멈춰라, 당장 그 자리에 멈춰서라. 너의 차림새를 보아하니 분명 황폐한 증오의 도시 피렌체 사람이 틀림없다."

그들이 가까이 다가왔을 때 단테는 한 걸음 뒤로 물러서며 얼굴을 찌푸리고 말았다. 그들의 온몸은 비참한 상처투성이로, 불에 데다 못해 시커멓게 지져진 흉터가 얼룩져 있었다. 아직 상처가 아물지 않은 곳에서는 피고름이 줄줄 흐르고 있었고 더욱이 살을 그을린 누릿한 냄새가 코로 훅하고 스며들었다. 하지만 한편으론 안쓰러운 마음에 동정심이 일기도 했다. 그때 그들을 바라보던 베르길리우스가 낮은 목소리로 말했다.

"기분이 상하더라도 참도록 하게. 저들은 정중하게 대해야 할 영혼들이라네. 이처럼 불덩어리가 쏟아지는 지옥만 아니었더라면 저들이 오기 전에 마땅히 자네가 앞서 마중 나갔어야 할 게야."

그러나 망령들은 더 이상 말을 잇지 못하고 한동안 그 자리에 서서 비통한 신음 소리를 내거나 비명을 질러댔다. 아마도 불덩어리 속에서 형벌을 당할 때의 기억이 너무도 생생하여 잠시 형벌에서 벗어났을 때에도 습관처럼 고통을 호소하는 듯했다.

비명을 멈춘 망령들은 곧 손에 손을 잡고 두 사람 주위를 원으로 에워쌌다. 그러더니 마치 투사가 싸우기 전에 벌거벗은 몸뚱이에 기름칠을 하고 선제공격을 노리는 것처럼, 눈알을 번뜩이며 빙글빙글 맴돌았다. 그러나 이들 세 망령은 모두 얼굴을 단테 쪽으로 돌리고 있었기 때문에 목은 목대로 다리는 다리대로 제각기 움직이고 있었다.

그중 한 명이 말했다.

"불에 데어 살가죽이 벗겨지고 몰골이 일그러진 우리의 모습과 이 모든 참상을 보고 네가 속으로 비웃을지는 모르겠지만 우리의 이름을 듣게 된다면 네 마음이 움직여 스스로 모든 걸 말하게 될 것이다."

단테는 혹시 그가 자신에게 최면을 거는 것은 아닌가 싶어 잔뜩 긴장했다. 긴장을 견디다 못해 도움을 청하려고 베르길리우스에게 몸을 돌리는 순간, 세 명의 영혼 중에 한 명이 질문을 던졌다.

"산 자의 몸임에도 불구하고 이곳을 유유히 활보하고 있는 자네는 도대체 누구인가?"

단테가 망설이며 대답을 못하자 그가 다시 말했다.

"내 앞에 한발 앞서 걷고 있는 이분은 네가 보다시피 벌거숭이에다 머리카락이 다 빠지고 살이 짓물러 볼품없지만 네가 상상하는 것 이상으로 지체가 높은 분이시다."

그러자 옆에 서 있던 베르길리우스가 그의 말을 받아 단테에게 설명했다.

"그의 이름은 바로 구이도 구에르라, 뛰어난 미모와 정숙함으로 모든 이가 흠모했었던 구알드라다의 손자라네. 구이도 구에르라는 살아 있을 때 지혜와 검술로 많은 공을 세웠지. 그리고 맨 마지막에 있는 자가 그 유명했던 피렌체 아디마리 가문 귀족 출신 테기아이오 알도브란디라네. 그는 알렛토시의 참사관이었지. 그리고 가운데 있는 자는……."

그자는 베르길리우스의 말을 가로막으며 나섰다.

"여기 있는 두 분들과 함께 벌을 받고 있는 나는 야코포 루스티쿠치다. 부정한 아내만 아니었어도 인생을 그렇게 방탕하게 보내지는 않았을 텐데……."

'야코포 루스티쿠치라면 그 기상이 드높던 피렌체의 기사가 아닌가. 그가 부정한 여인과의 결혼으로 여자를 혐오하게 되었다는 소문이 사실이었구나.'

단테는 그들의 신세를 동정하며 계속 생각에 잠겼다.

'만일 나에게 이 지옥의 불길을 견뎌낼 수 있는 능력만 있다면 스승의 허락을 받아 저들 사이로 몸을 던져 그들과 만날 수 있을 텐데…….'

그러나 앞서는 마음과는 달리 그렇게 했다가는 자신이 타버릴 것 같아 주저하다가 그만두고 말았다. 결국 그들을 포옹하고 위로하고 싶은 큰 동정심도 공포 앞에서는 사그라지고 만 것이다. 단테는 잔뜩 주눅 든 목소리로 조그맣게 말했다.

"당신들의 모습을 보고 그 누가 무시하며 경멸할 수 있겠습니까. 오히려 인생의 고뇌가 가슴에 깊이 새겨져 좀처럼 지워지지 않을 것 같군요."

단테의 말을 들은 세 망령은 비로소 온화한 표정을 지으며 여유 있게 팔짱을 꼈다. 용기를 얻은 그는 계속 말을 이었다.

"당신들이 다가왔을 때 이미 여기 계신 스승님으로부터 주의를 들었고 저는 여러분이 매우 훌륭했던 분들이라는 걸 짐작하고 있었습니다. 저는 여러분과 한 고향 사람입니다. 평소 여러분의 업적과 영예로운 이름을 들어왔고, 또 존경하는 마음으로 이야기하곤 했었습니다."

세 망령 중 첫 번째 영혼이 물었다.

"너는 무엇을 바라고 이 험한 길을 자진하여 왔느냐?"

베르길리우스가 대신 대답해 주었다.

"단테는 내가 약속한 꿀맛 같은 열매를 찾아 나선 것이오. 그러기 위해서는 지옥의 끝까지 내려가지 않으면 안 됩니다."

그러자 가운데 있던 영혼이 축복을 해 주었다.

"그대의 영혼이 육신을 올바로 인도하여 그 명성이 후세에까지 영원히 빛나기를 기원하노라."

"고맙습니다, 영혼이시여!"

마지막으로 세 번째 영혼이 나서서 질문했다.

"한 가지 알고 싶은 게 있다. 우리의 고향 피렌체에는 예전과 다름없이 열의와 덕이 남아 있느냐, 아니면 모두 없어지고 흉흉하고 황폐한 바람만 불고 있는 것이냐? 얼마 전 우리가 있는 곳으로부터 좀 떨어진 쪽에서 고통을 받고 있는 굴리엘모 보르시에레를 만났었는데 그의 말을 들어 보니 답답하고 한심한 일들뿐이더구나."

"죄송한 대답입니다만 굴리에모 보르시에레의 말이 맞습니다. 지금 피렌체는 인근에서 이주해 온 졸부들로 인해 오만불손한 풍조가 번지고 있으며 그로 인해 많은 사람들이 눈물을 흘리면서 괴로워하고 있습니다."

단테의 말을 듣던 세 영혼은 창백한 낯빛으로 길게 한숨을 내쉬었다. 아마도 그의 말이 쉽게 납득되는 모양이었다.

"대답해 줘서 고맙다. 다른 이의 질문에 대해 네 생각을 이처럼 쉽게 대답할 수 있다면, 또 네 소신껏 사실을 말할 수 있다면, 그것만으로도 하느님의 축복이다. 이 암흑세계를 무사히 벗어나 아름다운 별들을 볼 수 있는 곳으로 다시 돌아가 '나는 지옥에 가 보았노라'고 기꺼이 말할 기회가 오거든 부디 우리들의 안부를 전해다오."

말을 마친 세 영혼은 곧 둘러싼 원을 풀고 순식간에 떠나가 버렸다. 하지만 그 동작이 어찌나 날렵하던지 마치 날개라도 달린 듯했다. 단테 또한 그들의 말대로 이루어지기를 바라며 '아멘'을 외우려 했으나 그럴 만한 겨를도 없이 사라지고 말았다.

"자, 가던 길을 계속 가도록 하세."

베르길리우스는 다시 갈 길을 재촉하며 한 걸음 앞서 걸었다.

단테가 그의 뒤를 따라 서둘러 걸음을 옮기고 있을 때, 갑자기 물소리가 천둥소리처럼 요란하게 들려왔다. 서로 주고받는 말소리조차도 알아들을 수 없을 정도였다. 마치 웅장하고 긴 강물이 어느 순간 폭포가 되어 천지를 진동하며 떨어지는 소리처럼 들렸다.

단테는 베르길리우스가 이끄는 대로 소리의 근원지를 향해 나아갔다.

"앗!"

그곳에서는 붉은 핏물이 우렁찬 소리를 내며 깎아지른 듯한 절벽에서 떨어지고 있었는데, 그 소리는 귀청이 찢어질 만큼 매우 크고 힘찼다.

"단테, 자네의 밧줄을 풀어 나에게 주게."

단테는 한때 수사修士가 되기 위하여 수도자의 길을 걸었던 적이 있었다. 그는 그때부터 줄곧 욕망을 억제하기 위한 상징으로 밧줄을 허리에 두르고 다녔다. 그 사실을 알고 있던 베르길리우스가 밧줄을 요구한 것이다. 그는 스승의 명령대로 허리에서 밧줄을 풀어 베르길리우스에게 건네주었다.

베르길리우스는 몸을 오른쪽으로 돌려 절벽 가까이 다가서더니 그 밧줄을 어둡고 깊숙한 골짜기로 내던졌다.

'무슨 신기한 일이 일어나려나 보다. 스승님은 여태껏 말씀만으로 나를 이곳까지 무사히 인도해 주셨을 뿐 직접 나서서 행동으로 옮기신 적은 없었는데…….'

단테는 혼자 속으로 중얼거리며 바짝 긴장했다. 그러나 이내 '아차'하고 혀를 찼다. 베르길리우스는 겉으로 드러난 행동뿐만 아니라 자신의 속마음까지 꿰뚫어 보는 능력을 지니고 있었던 것을 깨달았기 때문이다. 이렇게 마음을 읽을 수 있는 지혜로운 사람과 함께 있을 때는 항상 몸가짐은 물론 마음가짐에도 세심한 주의를 기울여야 한다는 것을 그는 익히 알고 있었다. 아니나 다를까, 역시 단테의 마음을 모두 읽은 베르길리우스가 말했다.

"내가 기다리고 있는 것 그리고 자네가 궁금하게 여기며 상상하는 것이 이제 곧 저 아래로부터 떠오를 걸세. 그러나 그것이 자네 눈앞에 모습을 보이며 정체를 드러내더라도 너무 놀라지는 말게."

진실을 말하는데도 사실같이 들리지 않을 만큼 터무니없고 신기한 일일 때에는 입을 다물고 침묵을 지키는 게 오히려 득이 되는 법. 생각 없이 무턱대고 말을 하다가 자칫 실수라도 하는 날이면 영락없이 거짓말쟁이로 취급받기 때문이다.

그때 무겁고 답답하고 캄캄한 대기를 가로지르며 어떤 물체가 위를 향해 헤엄치듯 올라오는 것이 보였다. 드디어 그것이 모습을 완전히 드러냈을 때, 제아무리 담대한 사람일지라도 그 괴물의 모습을 보고는 놀라지 않을 수 없었으리라.

그 흉측한 괴물은 마치 바다 밑 암초에 걸린 닻을 끌어올리려고 바닷물에 뛰어든 잠수부가 물속에서 헤어나오기 위해 상체를 꼿꼿이 펴고 다리는 웅크린 모습을 하고 있었다.

제리온

"단테, 잘 보게나, 날카로운 꼬리가 달린 저 괴물을. 산을 자유롭게 넘나들고 성벽이나 무기쯤은 닥치는 대로 쳐부수는 저 괴물의 위력을! 하지만 저 괴물은 온 세상에 파괴의 씨앗을 뿌리는 사악한 놈이라네."

베르길리우스는 이야기를 마친 후 괴물에게 방금 지나온 바윗길 끝머리 쪽 벼랑가로 오라고 손짓했다. 흉측하지만 권모술수가 뛰어난 그 괴물은 벼랑 위에 머리와 가슴만 얹은 채 끝내 꼬리는 감추고 음흉한 표정을 짓고 있었다.

얼굴은 버젓한 사람의 얼굴이라 언뜻 보기에는 자못 선량해 보이기까지 했으나 그 나머지는 뱀의 몸뚱이였고 생각하는 것 또한 뱀처럼 사악하기 그지없었다. 날카로운 발톱이 돋은 두 개의 앞발은 겨드랑이까지 털로 뒤덮여 있었고, 등과 가슴 그리고 옆구리에는 수많은 매듭과 동그라미 무늬가 그려져 있었다. 아마 타타르인이나 터키인이 짜낸 화려한 비단일지라도 저렇게 아름다운 무늬를 수놓을 수는 없었을 것이며, 길

쌈 잘하는 아라크네 역시 저런 옷감을 짜내지는 못했을 것이다.

이따금 해변에서 작은 쪽배가 반은 물에 잠기고 나머지 반은 뭍에 걸쳐 있는 상태로 떠 있는 것처럼, 혹은 먹성 좋은 독일인들 사이에서 물개가 생선을 노리고 있는 것처럼, 고약한 괴물은 모래밭을 에워싸고 있는 바위 끝에 기대더니 뾰족한 꼬리를 허공으로 높이 치켜들었다. 그러고는 독을 품은 전갈처럼 두 갈래로 갈라진 꼬리 끝을 휘휘 내저었다.

베르길리우스는 한 걸음 뒤로 물러서며 조용히 말했다.

"좀 귀찮겠지만 길을 돌아가야겠네. 자, 저 못된 짐승이 누워 있는 데까지 내려가 보도록 하세."

스승과 제자는 뜨거운 모래와 불덩어리를 피해가면서 오른쪽 절벽을 향해 걸음을 옮겼다. 괴물이 있는 곳 가까이로 다가갔을 때, 멀리 떨어진 모래밭 위에 망령들이 비탄에 젖은 채 모여 있는 것이 보였다.

"단테, 자네는 이 골짜기에서 충분히 경험을 쌓아둘 필요가 있으니 저쪽으로 내려가서 그들의 모습을 보고 오도록 하게. 단, 죄인들과 얘기할 때는 되도록 간단히 하도록 하고, 절대로 오래 있어서는 안 되네. 나는 자네가 돌아올 때까지 저 짐승의 어깨를 얻어 탈 수 있도록 담판을 지어보겠네."

단테는 스승의 말대로 혼자서 제7옥의 맨 끝 가장자리를 밟으며 좀 전에 본 비탄의 망령들 쪽으로 다가갔다.

그들의 고통은 눈물이 되어 두 눈에서 샘물처럼 솟아났고 여기저기서 쉼 없이 흩날리는 불똥과 뜨거운 모래를 털기 위해 휘젓던 손은 연기를 내며 타들어 가고 있었다. 그들은 손의 열기를 식히기 위해 바닥을 긁거나 손을 비벼보았지만 그 바닥 또한 벌겋게 달아올라 있어서 고통만 더할 뿐이었다. 그것은 여름날에 벼룩이나 벌, 말파리 등에 쏘인 개가 코끝과 발로 자신의 몸을 긁적이는 모습과 흡사했다.

단테는 불똥에 데어 고통스러워하는 그들의 얼굴을 하나하나 유심히 살펴보았지만 낯익은 자는 한 명도 없었다. 그러나 특이한 것은 그곳에 있는 자들이 한결같이 목에 돈주머니를 매달고 있다는 것이었다. 그 돈주머니에는 색색의 빛깔과 무늬가 표시되어 있었다. 그들은 고통 속에서도 모두 그 돈주머니만 바라보고 있었다.

단테는 주위를 살펴보면서 그들 속으로 뛰어들었다. 마침 노란색 돈주머니가 눈에 띄었는데, 거기에는 겔프당 잔필리아치 가문의 문장紋章인 하늘빛 사자 얼굴 무늬가 그려져 있었다. 시선을 옮기자 피같이 붉은 바탕에 버터보다도 흰 거위 무늬를 새긴 돈주머니도 보였다. 흰 거위는 기벨린의 오브리아키 가문의 문장이었다. 그 옆으로는 파도바 지방 스크로베니 가문의 문장인 흰 바탕에 푸른 암퇘지가 새겨진 돈주머니를 목에 건 자가 보였다.

그때 푸른 암퇘지 무늬의 돈주머니를 목에 건 자가 단테에게 큰 소리로 호령했다.

"육신이 멀쩡하게 살아 있는 자, 이 비탄의 모래밭에서 무얼 하고 있는 거냐? 냉큼 물러가거라."

그러나 단테는 그의 말 따위에는 아랑곳없이 오히려 반갑다는 듯이 대꾸했다.

"오, 말투와 억양을 들어보니 당신은 분명 파도바 출신이군요?"

"그렇다. 이곳에 있는 자들은 모두 피렌체 사람들인데 유독 나만 파도바 출신이라 괴로움이 두 배다. 피렌체 사람들이 때때로 빈정대며 '기사 중의 기사여, 세 마리의 산양 표시가 그려진 돈주머니를 갖고 오시오!' 하고 큰 소리로 외쳐대는 바람에 귀청이 떨어질 지경이다."

"당신들은 도대체 무슨 죄를 지었기에 움직이지도 못하고 꼿꼿하게 앉아 형벌을 받고 있소?"

"이곳 망령들은 모두 고리대금업자들로, 일은 하지 않고 편히 앉아서 이자만 받아먹으며 살았기 때문에 지옥에 떨어져서도 영원히 앉아 있게 되었지. 그리고 돈주머니에 새겨진 문장은 살아생전 가문을 나타내고 있는 것이다. 네가 아직 살아 있기에 하는 말인데 나와 같은 고향에 사는 비탈리아노는 나보다 더 악랄한 고리대금업자여서 죄가 너무 무거워 곧 내 왼편에 앉아 있게 될 것이다."

단테에게 장황한 설명을 늘어놓던 그는 입을 씰룩거리고 나서 마치 소가 콧구멍을 핥듯 혀로 입술을 핥고 있었다. 단테는 불쾌하게 인상을 찌푸리다 말고 문득 이곳에 오래 머물지 말라던 스승 베르길리우스의 말이 떠올라 얼른 망령들의 무리를 떠나 되돌아갔다.

혹 꾸중을 듣지나 않을까 걱정하며 돌아와 보니, 베르길리우스는 벌써 괴물의 등에 올라타고 있었다.

"자네도 어서 올라타도록 하게. 지금부터 가파른 절벽을 내려가야 하니 기운 내는 것은 물론 마음을 단단히 먹어야 할 걸세. 행여 이 괴물의 꼬리에 맞아 상처라도 입게 되면 큰일이니 자네는 내 앞쪽으로 타도록 하게."

학질을 앓는 사람이 그늘만 봐도 온몸을 부들부들 떠는 것처럼, 단테는 베르길리우스의 말을 듣는 순간 병자처럼 온몸을 덜덜 떨었다. 그러자 베르길리우스가 용기를 북돋우며 말했다.

"겁먹지 말고 용감히 타도록 하게. 이 괴물은 단지 우리를 저 아래로 데려다주는 도구에 불과하다네."

단테는 겁쟁이처럼 굴었던 자신에 대해 수치심을 느끼고 몸 둘 바를 모르다가 어진 주인 앞에서 용기를 얻은 하인처럼 그 괴물의 불룩 솟은 딱딱한 어깨 위로 올라탔다. 이어서 '스승님, 저를 좀 붙잡아 주십시오' 하고 말하려 했으나 마음먹은 대로 목소리가 나오질 않았다. 그러나 지금까지 자신을 곤경에서 구해 주었던 베르길리우스이니 이번에도 어김없이 자신의 속마음을 읽으리라 생각했다.

단테가 올라타자마자 베르길리우스는 두 팔로 그를 붙잡으며 괴물에게 명령했다.

"제리온, 어서 가자! 지금 네 등에 업힌 사람은 살아 있는 몸이니 특별히 조심해서 크게 원을 그리며 천천히 내려가거라."

어찌된 영문인지 제리온은 베르길리우스의 말에 따라 순순히, 작은 배가 강기슭을 떠나 뒷걸음질 치듯 조심스럽게 내려갔다. 자유롭게 움직일 수 있는 곳까지 내려가자 제리온은 꼬리를 뱀장어처럼 가슴 쪽으로 쭉 펴면서 앞발로는 공기를 끌어모았다.

파에톤이 아버지 아폴론을 대신해서 태양의 불 마차를 몰다가 고삐를 놓쳤을 때도, 이카로스가 밀랍으로 만든 날개를 달고 크레타 섬을 떠날 때 교만하여 아버지의 가르침을 잊고 너무 높게 날다 태양열에 의해 날개가 녹아 추락할 때도, 지금의 단테처럼 당황하지는 않았으리라.

제리온은 느릿느릿 헤엄치듯 유유히 원을 그리면서 아래로, 아래로 계속 내려갔다. 그러나 그가 느낄 수 있는 것이라고는 아래로부터 밀어 닥치는 세찬 바람뿐이었다.

'언제쯤 밑바닥에 도착하게 될까?'

단테가 이렇게 불안에 떨고 있을 무렵, 오른편 아래쪽에서 무시무시한 파도 소리가 요란스럽게 울려왔다. 단테는 우렁찬 소리에 깜짝 놀라 머리를 숙여 아래쪽을 살펴보았다. 그곳은 불빛이 아른거리고 탄식 소리가 들끓었다. 그는 너무나 무서워 허리도 펴지 못하고 부들부들 떨면서 괴물의 등에 힘껏 매달렸다.

사실 제리온이 원을 그리면서 아래로 내려온 것조차 알지 못하다가 고뇌에 찬 탄식 소리가 사방에서 가까이 들려옴에 따라 비로소 바닥에 도착했음을 깨달았다.

오랫동안 하늘을 날던 매가 새 한 마리 잡지 못했을 때 매 주인이 화를 내며 '이제 됐다. 그만 내려와!' 하고 외치면, 매가 몇 번이고 원을 그리며 돌다가 기분 나쁘다는 듯 힘없이 주인으로부터 되도록 멀리 떨어진 곳에 앉는 것처럼, 제리온도 깎아지른 골짜기 바위 밑에 둘을 내려놓더니 귀찮은 일을 끝냈다는 듯 하늘 저편으로 '쉭' 소리를 내며 날아가 버렸다.

이제 베르길리우스와 단테는 제7옥과 제8옥 사이에 덩그러니 서 있게 되었다.

말레볼제

　　스승과 제자가 내려선 곳은 사방이 온통 무쇠 빛 바위로 둘러싸여 있고 그 주위를 에워싼 절벽도 역시 같은 빛깔이었다.

　　"이곳은 지옥 가운데 말레볼제라고 불리는 곳이네."

　　"말레볼제라구요?"

　　"그렇다네. '말레'는 사악함을, '볼제'는 구덩이를 뜻하지. 즉 이곳은 사악한 구덩이로 수많은 종류의 죄인 망령들이 벌을 받고 있다네."

　　이곳 한복판에는 꽤 크고 깊은 웅덩이가 넓은 사발처럼 둥그렇게 펼쳐져 있었다. 그 밑바닥은 열 개의 구렁으로 갈라져 있었고 그것은 마치 성을 지키기 위해 성벽 바깥에 도랑을 파서 물을 겹겹이 고이게 한 형태였다. 암벽 아래는 바위로 된 다리 몇 개가 언덕과 도랑의 물을 가로질러 웅덩이까지 통해 있었고, 여러 개의 다리는 여기에서 다시 하나로 모여 구덩이 안으로 굽어들었다. 베르길리우스는 말없이 왼편으로 향했으며 단테도 그 뒤를 따라 걷기 시작했다.

오른편 첫 번째 구덩이에는 끔찍한 고통과 저주 그리고 가책의 형벌을 가하는 자와 받는 자들로 가득 차 있었다. 그 죄인들은 모두 벌거벗은 채 두 편으로 나뉘어 한편은 한복판에서부터 둘을 향해 오고 다른 한편은 같은 방향으로 걷고 있었다.

"저 모습을 보니 마치 1300년이 되는 성년聖年의 해를 맞이하여 군중이 한꺼번에 몰리게 되자, 로마인들이 두 편으로 갈라 한쪽 군중은 성 베드로 성당으로 가게 하고 다른 쪽 군중은 몬테지오르다노 산으로 가게 했던 때가 생각나는군요."

여기저기 시커먼 바위 위에는 머리에 뿔이 난 마귀들이 큼직한 채찍을 들고서 죄인들을 사정없이 내리쳤다.

채찍을 한 대 맞은 죄인은 그 고통에 화들짝 놀라 어찌할 바를 모르고

이리저리 혼란스럽게 뛰어다녔다. 두 번, 세 번 계속해서 맞다가는 살점이 찢기고 뼈마저 산산이 부서지리라는 단테의 생각이 전혀 무리인 것만은 아닌 듯했다.

스승과 제자가 그들을 바라보며 앞으로 나아가는 도중에 한 낯익은 자가 눈에 띄었다.

"분명 전에 본 적이 있는 사람인데!"

단테가 가던 길을 멈추고 그를 자세히 바라보자 인자한 스승 베르길리우스는 멈춰서서 제자가 그 죄인 곁으로 다가가는 것을 허락해 주었다. 마귀에게 매를 맞아 만신창이가 된 그 망령은 머리를 숙여 얼굴을 가리며 자신의 정체를 숨기려 했다. 그러나 아무리 그래봤자 단테의 머릿속에서는 그의 선명한 인상을 결코 지울 수 없었다.

"당신이 아무리 자신을 감추려 해도 처참한 몰골 뒤에 감춰진 진짜 얼굴을 나는 알고 있소. 당신은 분명 베네디코 카치아네미코요, 그렇지 않소?"

그는 아무 말 없이 고개를 숙이고 있었다. 단테는 그와 대화를 나누기 위해 목소리를 조금 누그러뜨리고는 동정하는 투로 말했다.

"공포 때문에 온몸이 흙빛으로 변하고 채찍에 맞은 자리는 허옇게 뼈가 드러나 있구려. 대체 무슨 죄를 지었기에 이곳까지 오게 되었는지, 당신의 사연을 얘기해 줄 수 있겠소?"

그제야 베네디코 카치아네미코는 고개를 들고 슬픈 표정을 지으며 말했다.

"말하고 싶진 않지만 당신이 친절한 목소리로 물으니 부끄러움을 무릅쓰고 얘기하겠소."

그의 목소리가 계속 불안정하게 떨리고 있었으므로 단테는 말을 듣기 위해 그 망령 곁으로 한 걸음 더 가까이 다가서야만 했다.

"정말 창피한 이야기요. 한번은 오피초 2세 후작이 나의 누이 기솔라
벨라의 몸을 탐내기에 누이를 꾀어서 후작의 뜻을 이루게 해 주었소. 그
대가로 나는 막대한 돈을 얻게 되었지만……."

"설마…… 돈을 받고 자신의 누이를 어떻게 팔아먹는단 말이오!"

단테는 입을 딱 벌리며 믿어지지 않는다는 듯 고개를 내저었다.

"부끄럽게도 그것은 사실이오. 당신이 정 내 말을 못 믿겠거든 이곳에
있는 아무나 붙들고 물어보시오. 여기에서 죗값을 치르며 울부짖고 있
는 볼로냐인은 나뿐만이 아니라오. 여긴 볼로냐인들로 가득 차 있소. 볼
로냐를 흐르고 있는 사베나 강과 레노 강 사이 지역에 살고 있는 인구의
숫자도 이곳만큼 많지는 않을 것이오. 우리 볼로냐인들 사이에서는 그
같은 매매 행위가 공공연한 비밀로 취급되어 왔소. 인간의 탐욕스런 마
음을 머릿속에 떠올려 보면 그런 일쯤은 아무렇지도 않게 저지르는 사
람들을 이해할 수 있을 거요."

말하고 있던 그를 향해 채찍을 사정없이 휘두르며 마귀가 다가왔다.

"시끄럽다, 형제를 팔아먹은 뚜쟁이 놈아. 여기에는 네놈이 팔 만한
계집이라곤 아무도 없으니 어서 썩 꺼져라. 네놈이 한때 겔프당의 당수
였었다고 거만을 떠는 거냐? 아니면 네 아버지 알베르토 카치아네미코
를 믿고 그러느냐! 너는 숙부까지도 살해한 흉악한 죄인임을 스스로 깨
달아야 한다."

단테는 화가 자신에게까지 미칠 것이 두려워 얼른 베르길리우스가 있
는 곳으로 되돌아갔다.

거기서부터 한참을 걸어가자 돌다리 하나가 높이 걸려 있는 언덕이
보였다. 둘은 어렵지 않게 돌다리 위로 올라가서 다시 걸으며 이 영겁永劫

의 지옥에서 벗어나 오른쪽으로 향하며 험하게 솟은 바위를 등졌다.

길 아래쪽 첫 번째 구덩이에는 매 맞고 있는 자들이 지나가는 널찍한 터가 보였다. 그 구덩이 위쪽 돌다리 위에 올라섰을 때 베르길리우스가 입을 열었다.

"잠깐 걸음을 멈추고 차라리 태어나지 않았더라면 더 좋았을 저 영혼들의 얼굴을 자세히 보게. 저들이 우리와 같은 방향으로 걷고 있었기 때문에 아직 얼굴을 보지 못했을 테니……."

다리 위 반대쪽에서 단테가 있는 쪽을 향해 죽은 자의 무리들이 도망쳐 오고 있었다. 그리고 그 뒤로는 마귀의 무리들이 사정없이 채찍을 휘두르며 뒤쫓아 왔다. 베르길리우스는 그 행렬을 살펴보더니 제자가 묻기도 전에 자세히 설명해 주었다.

"이쪽으로 오고 있는 영혼들 중에 체격이 장대한 저 녀석을 보게. 그 자의 이름은 이아손이라고 하는데 고통을 당하면서도 이 지옥에서까지 의연히 왕자다운 풍모를 잃지 않고 있군."

"그렇듯 위엄을 지킬 줄 아는 자가 왜 이 지옥으로 왔을까요?"

"이아손은 황금 양피를 구하기 위해 콜키스로 원정한 영웅들의 지휘자였네. 그들은 아르고 선을 타고 콜키스로 가던 도중 여인들만 사는 렘노스 섬에 도착했지. 그 섬의 여인들은 남자에 대해 대단한 적개심을 품고 있었는데, 이아손이 교묘한 말로 힙시필레 왕녀를 꾀어 무사할 수가 있었다네. 그러나 그녀가 임신한 사실을 알고서는 버려둔 채 다시 콜키스 섬을 향해 떠나 버렸지."

"아, 그래서 지옥으로 오게 된 거로군요."

"물론 그런 이유도 있었지만, 그는 훗날 또 다른 죄를 지었다네. 콜키스 섬에 도착한 이아손은 그 나라의 공주인 메데아의 도움으로 무사히

황금 양피를 손에 넣었지. 그리고 메데아와 함께 귀국하여 결혼했다네. 두 사람 사이에는 아들이 둘 있었지만 얼마 후 권태를 느낀 이아손은 다시 크레온 왕의 딸 크레우사를 아내로 삼았지. 이에 분노한 메데아는 그만 자신의 두 아들과 크레우사를 독살하고 말았다네."

"이아손의 죄로 인하여 다른 사람에게 또 다른 죄를 짓게 만들었군요."

"이처럼 여자들을 꾀어 몸을 범한 다음 내팽개친 영혼들은 첫 번째 구덩이에서 벌을 받고 있다네. 세상에는 이아손 같은 호색한이 수없이 많다는 사실을 자네 눈으로 똑똑히 봐 두게."

단테는 구덩이 속에 셀 수 없을 정도로 어마어마한 숫자의 사람들을 보고 남자로서 부끄러움을 느꼈다.

둘은 말없이 계속 걸어 두 번째 다리에 다다랐다. 아래쪽으로 보이는 두 번째 구덩이에서는 영혼들의 신음 소리와 함께 손바닥으로 몸을 사정없이 후려갈기는 듯 철썩거리는 소리가 들려왔다. 그리고 암벽 아래로부터 올라오는 후끈한 입김으로 사방에는 곰팡이가 더덕더덕 붙어 있었고 그 역겨운 냄새가 눈과 코를 찔러댔다.

그 구덩이가 어찌나 깊던지 다리 꼭대기에 오르지 않고서는 도저히 밑바닥을 들여다볼 수가 없었다. 단테는 그곳까지 올라가 바닥에 납작 엎드려 밑을 들여다보았다. 그곳에는 인간의 항문에서 흘러나온 듯한 물만이 가득 고여 있었다.

"망령들이 울부짖는 소리는 들렸는데 온통 똥물뿐이니……."

단테가 어리둥절 고개를 갸웃거리자 베르길리우스가 말해주었다.

"자세히 보게. 그러면 똥물 속에 잠겼다가 떠오르기를 수없이 반복하는 망령들의 머리가 보일 걸세."

제자가 베르길리우스의 말대로 구덩이 속을 뚫어지게 바라보았으나 사람은커녕 허옇게 들끓는 구더기 떼만 가득했다. 그 모습이 어찌나 역겨운지 울렁거리는 속을 누르지 못하고 그만 구역질을 하고 말았다. 그러자 안쓰러운 눈길로 바라보던 베르길리우스가 다시 말을 덧붙였다.

"구더기 떼가 겹겹으로 쌓인 이유는 그 밑에 죄인들이 빽빽이 들어차 있기 때문이라네. 그들은 똥물 속에 처박혀 있다가 숨을 쉬기 위해 십 년에 한 번씩 똥물 위로 떠오르지. 그러나 이곳에 있는 죄인들의 수가 워낙 많아 수시로 죄인들이 떠오른다네. 자, 잠시 후에 내가 손가락으로 누군가를 가리키면 유심히 살펴보도록 하게."

단테는 눈을 비비고 베르길리우스의 손끝만 바라보았다. 그리고 그가 손짓했을 때 얼른 그곳으로 시선을 옮겼다. 그러다가 순간 그 속에서 일반인인지 성직자인지 분간할 수 없는 망령 하나와 눈이 마주쳤다. 그는 단테에게 큰 소리로 외쳐댔다.

"너는 왜 나만 그렇게 유심히 살펴보느냐? 이곳에는 나 말고도 더러운 놈들이 얼마든지 있다!"

단테는 곧 그가 누구인지를 기억해냈다.

"내 기억이 틀림없다면 네가 똥물 속에 잠기기 전에 본 적이 있다. 너는 이탈리아의 귀족 알레시오 인테르미네가 아니더냐?"

그러자 그는 자기의 머리통을 쥐어박으면서 말했다.

"내가 이렇듯 지옥 밑바닥으로 떨어진 이유는 싫증도 내지 않고 혓바닥을 놀려 아첨을 했기 때문이다."

그때 베르길리우스가 말했다.

"단테, 눈을 들어 좀 더 앞쪽을 보도록 하게. 그러면 머리를 풀어헤친 저 더러운 계집의 얼굴이 똑똑히 보일 걸세. 그 계집은 거기서 몸을 웅크렸다 폈다 하면서 똥 묻은 손톱으로 제 몸을 할퀴고 있네."

그 여자의 눈은 움푹 패여 검은 그림자가 드리워져 있었다. 긴 머리카락 곳곳에는 구더기들이 다닥다닥 붙어 꿈틀거리고 있었지만, 살아 있을 때는 분명 아름다웠을 거라는 사실을 한눈에도 짐작할 수 있었다.

"저 여인도 아첨꾼이었나요?"

단테의 물음에 베르길리우스는 고개를 내저었다.

"아니, 저 계집은 바로 창녀 타이데라네. 단골손님이 '내가 정말 네 마음에 드느냐' 하고 물으면 타이데는 '물론이죠. 마음에 들고말고요' 하면서 여러 남자들의 품에 안겼었지. 그녀 앞에서의 남자들은 단지 욕구를 충족시키기 위한 도구에 지나지 않았고 한편으론 두둑한 금화 주머니인 셈이었다네."

단테는 혀를 차면서 타이데의 비참한 몰골을 지켜보았다.

베르길리우스는 단테의 팔을 잡고 이끌었다.

"자, 이제 충분히 보았을 테니 길을 떠나도록 하세."

성직과 성물 매매 죄

'마술사 시몬아, 가엾은 그 추종자들아!
오직 사랑과 정의를 위해
하느님께 봉헌해야 할 성직과 성물을
너희 도적들은 금은과 맞바꿔 팔아넘기고 말았구나.
이곳 세 번째 구덩이에 있는 너희에게
마땅히 판결의 나팔소리가 울려 퍼져
그 죄상이 세상에 널리 알려지리라.'

그들은 벌써 세 번째 구덩이로 접어들고 있었다. 구덩이 한복판에는
돌다리가 우뚝 걸려 있었고 거기에는 성직과 성물聖物을 매매한 자들에
대한 비난의 문구가 적혀 있었다. 이 신비로움이 창조주이신 하느님의
뜻대로 이루어진 것이라고 생각하니 가슴이 뭉클했다.

하늘에서는 물론이요, 지상이나 사악한 지옥에 이르기까지 하느님이

보여주시는 창조물들이야말로 그 얼마나 위대하고 공평한가. 이렇듯 하느님은 선과 악에 대한 심판도 공정하게 하시어 선한 자에게는 은총을, 악한 자에게는 엄한 벌을 내리시고 있었다.

그들이 돌다리에 올라서서 세 번째 구덩이 속을 바라보니 양쪽 비탈과 밑바닥까지 모두 납빛 돌로 이루어져 있었고, 사방 곳곳에 똑같은 크기의 둥근 구멍이 수없이 뚫려 있었다. 그것들은 피렌체의 성 요한 성당에서 세례 받는 사람들을 위해 사용하던 세례반洗禮盤과 아주 흡사했다.

성 요한 성당은 세례를 받는 제단으로 유명하다. 단테 또한 그곳에서 세례를 받았다. 그런데 몇 해 전, 단테는 이 성당에 있는 원형의 큰 세례반 하나를 도끼로 깨트린 적이 있었다. 그것이 매우 소중한 물건임을 알고 있었지만 세례반에 빠져 허우적거리는 어린아이를 구하기 위해서는 어쩔 수 없는 일이었다. 생명을 구하는 것이 그 어떤 것보다 옳은 일이라고 생각되었기에 그의 행동에는 조금의 주저함도 없었다.

이곳 세 번째 구덩이 안에 있는 둥근 구멍들에는 죄를 지은 망령들이 거꾸로 처박혀 있었다. 발과 정강이 그리고 넓적다리 언저리까지는 밖으로 삐져나와 있었고 나머지는 구멍 속에 묻힌 채였다. 양쪽 발바닥에는 불이 활활 타오르고 있어서 죄인들은 고통으로 온몸을 뒤틀며 몸부림을 쳤다. 얼마나 발버둥을 치는지 만약 그들을 밧줄이나 쇠사슬로 묶어 놓았다면 그것들은 이미 끊겨져 버리고 말았을 것이다. 발뒤꿈치부터 시작되어 발톱까지 불에 번지는 꼴이 마치 기름 묻은 물건에 불이 붙으면 불길이 겉껍질을 훑어 태우는 듯하게 보였다.

단테는 그들 중 다른 죄인보다 유독 더 몸을 버둥거리며 검은 그을음 속에서 시뻘건 불꽃으로 타오르는 자를 바라보았다.

"스승님, 저자는 누구입니까? 다른 죄인들보다 더 큰 고통을 당하고 있는 듯 보이는군요."

그러자 베르길리우스가 대답했다.

"자네가 원한다면 저쪽 낮은 둑을 따라 밑으로 내려가서 그를 만나 보도록 하세. 그리고 그의 신분과 죄에 대해서는 자네가 직접 물어보도록 하게."

"고맙습니다. 스승님께서는 평소 제 삶의 지표가 되어 주셨고 지금도 지극함으로 보살펴 주고 계십니다. 아래로 잠시 내려가는 것이 스승님의 뜻에 어긋나지 않는다면, 저 또한 원하던 바였으므로 기꺼이 따르겠습니다."

그들은 다리를 지나 둑에 이르러 수많은 구멍이 뚫린 아래의 좁은 바닥에 이르렀다. 사려 깊은 베르길리우스는 위태로운 둑을 내려가는 동안 내내 단테를 부축했고, 다리를 떨며 울부짖는 자의 구멍 가까이에 갈 때에도 부축한 팔을 놓지 않았다.

단테가 먼저 구멍 속의 죄인에게 말을 걸었다.

"말뚝처럼 거꾸로 처박혀 있는 처참한 영혼이여, 말을 할 수 있다면 당신이 누구인지 알려 주시오."

간교하고 사악한 살인자가 붙잡혀 교수대에 오를 때면 그는 조금이라도 죽음을 늦추고자 사제를 부르기 마련인데, 단테는 마치 그때 참회를 듣던 사제와 같은 느낌이 들었다. 순간 사내의 목소리가 마치 동굴에서 말하는 것처럼 쩌렁쩌렁하게 울렸다.

"보니파시오 8세, 네가 어떻게 벌써 이곳에 왔느냐? 예언의 책에 의하면 네 수명은 아직 몇 해가 더 남아 있는데…… 벌써 재물에 싫증이 나더냐? 너는 그 재물을 손에 넣기 위해 교회를 속이고 성직과 성물을 거침없이 팔아치우더니만 결국 예정보다 일찍 여기에 오게 되었구나."

그 죄인의 목소리임에는 틀림이 없었으나 도무지 무슨 말을 하는 것인지 전혀 이해할 수가 없었다. 단테는 마치 조롱당한 사람처럼 대꾸도 못하고 우두커니 서 있었다. 그러자 베르길리우스가 설명했다.

"어서 저자에게 대답해 주게. '나는 당신이 짐작하고 있는 그 사람이 아니다'라고!"

베르길리우스가 시키는 대로 그에게 대답하는 단테의 말을 들은 영혼은 두 다리를 비틀며 몸부림을 치더니 깊은 한숨을 내쉬고는 흐느끼면서 말했다.

"그렇다면 고통 속에서 몸부림치고 있는 나에게 네가 바라는 것이 무엇이냐? 단지 내가 누구인지 알고 싶어서 이곳까지 내려온 것이라면 기꺼이 대답을 해주마."

단테는 얼떨떨한 기분으로 그의 말에 귀를 기울였다.

"나는 살아 있을 때 교황의 제의祭衣를 걸친 암곰의 아들이었다."

그가 스스로 '교황의 제의를 걸친 암곰의 아들'이라고 일컫는 것으로 보아 암곰을 가문의 문장으로 사용하는 로마의 귀족 오르시니 가家의 니콜라오 3세(188대 교황, 1227~1280년)임이 틀림없었다.

"나는 살아 있을 때 재물을 탐하였고 일족의 영화만을 꾀했다. 그래서 세상에서는 돈에, 죽어서는 이곳에 와서는 이런 돈주머니 모양의 구덩이에 내 몸뚱이를 거꾸로 처박고 있는 것이다."

"그런데 당신은 왜 나를 보니파시오 8세로 착각하고 화를 냈던 것이요?"

"저 아래 내 머리 밑으로는 나보다 앞서 성직과 성물을 사고판 자들이 끌려와 거꾸로 처박혀 있다. 좀 전에 내가 성급하게 화를 냈던 이유는, 그자가 오면 나 또한 저 아래로 떨어져 빛을 보지 못하는 것은 물론이고 소리도 듣지 못하며 숨조차 쉬지 못한 채 화석처럼 지내야 되기 때문이다."

"그렇다면 지금 이곳에서 발바닥에 불이 붙은 채 거꾸로 처박혀 있는 것이 오히려 덜 고통스럽다는 거군요?"

단테의 말을 들은 그는 금세 으스대는 말투로 거만하게 대답했다.

"내가 이렇게 거꾸로 처박혀 두 발에 불이 붙게 된 지 벌써 23년이나 되었다. 그러나 내 뒤를 이어 오는 어느 누구도 나만큼 오랫동안 거꾸로 처박혀 발바닥을 불태우지는 못할 것이다."

단테는 그의 어이없는 거만함과 아울러 아직도 죄를 깨닫지 못함은 물론 뉘우치지 않고 있는 모습에 기가 막혔다. 인간은 자신의 눈에 든 들보는 보지 못한 채 남의 눈에 든 티만 탓한다고 하지 않던가.

단테는 미래에 대한 호기심으로 그에게 다시 질문했다.

"당신의 뒤를 이어 이곳으로 오게 될 자가 누군지 말씀해 주실 수 있겠소?"

"물론이다. 내 바로 뒤로는 아까 말했던 보니파시오 8세가 올 것이고, 그 다음으로는 교황 클레멘스 5세(195대 교황, 1305~1314년)가 올 것이다. 클레멘스 5세는 무엄하기 짝이 없고 행실이 고약하여 바로 내 뒤에 오는 자와 내 죄를 합친 것보다 그 죗값이 더 무겁다. 그자는 교황권敎皇權마저 프랑스 왕에게 팔아넘겨 버리고 돈에 눈이 어두워 상습적으로 성물을 매매할 것이다."

단테는 그들의 어리석음이 한없이 가엾고 화가 나서 그를 깨우쳐 주기 위해 버럭 소리를 질렀다.

"말해보시오. 예수님께서 제자 베드로에게 천국의 열쇠를 맡기실 때 돈을 요구하셨던가요? 그분께서는 '나를 따르라'고 말씀하신 것 외에는 아무것도 요구하신 게 없습니다. 그러니 당신이 이곳에 거꾸로 처박혀 발바닥에 불이 붙는 형벌을 받는 것은 마땅한 일이오. 아니, 당신의 행동에 비추어 볼 때 오히려 가벼운 것일지도 모르겠소. 못된 짓을 해서 손에 넣은 재물이니 잘 간수하도록 하시오."

이렇듯 단테가 열을 올리며 한바탕 퍼붓고 나니 사방이 잠잠해졌다. 주위에서 비명을 지르던 자들 역시 고통으로 몸부림치면서도 숨소리조차 내지 못한 채 부끄러워하고 있었다. 단테는 마지막으로 한마디 덧붙였다.

"당신이 살아 있을 때 갖고 있던 교황좌教皇座를 존중하기 때문에 그나마 말을 삼가는 것이오. 만약 그렇지 않았더라면 더 맹렬하고 혹독한 말로 당신을 책망했을 것이오."

니콜라오 3세는 기세가 꺾인 어눌한 말투로 조심스럽게 물었다.

"제발, 바깥세상의 일을 알려 주시오. 내 비록 죄를 짓고 지옥에서 형벌을 받고 있긴 하지만 내 나라의 백성들이 어떻게 살고 있는지 궁금해서 미칠 지경이오."

단테는 그제야 흥분을 가라앉히고 차분하게 대답했다.

"당신들의 탐욕으로 세상은 선한 사람이 짓밟히고 사악한 자가 세력을 잡아 우쭐대는 세상으로 변해 버렸소. 사도 요한은, 천하를 군림하는 여인이 여러 나라 왕들과 음란한 행위에 빠져드는 것을 보고 이미 당신들과 같은 교황이 나타날 것이라고 예언하고 있었잖소!"

"음란한 행위를 하는 여인이란 창녀를 이르는 것이오?"

단테는 너무나 단순한 그의 생각에 고개를 내저었다.

"그 여인은 부패한 로마교회를 가리키는 것이오. 남편인 교황이 미덕을 따르고 있는 동안, 일곱 개의 머리를 가지고 태어난 이 여인은 열 개의 뿔을 증거 삼아 번영할 수가 있었다오."

"잠깐, 이곳에 있는 동안 나의 머릿속은 고통으로 찌들어 아무것도 생각할 수 없을 지경이 되었다오. 그러니 나에게 제발 '열 개의 뿔'에 대해 좀 설명해 주시오."

"그것은 교황의 통치만 정의롭다면 교회가 그것으로부터 활력을 얻을 수 있을 것이라는 십계명을 이르는 것이오."

"그렇구려. 그런데 나와 같은 부패한 교황이 나서서 정의로워야 할 통치를 오히려 방해만 했으니……."

니콜라오 3세는 자신의 죄를 깨달은 듯 통곡했다.

"그렇소. 하느님은 인간들에게 십계명을 주어 분명 우상을 섬기지 말라고 하셨거늘, 당신은 황금으로 만든 것이라면 무엇이든 섬기며 그 앞에 무릎을 꿇었던 것이오."

그러나 니콜라오 3세는 변명하듯 주섬주섬 말을 꺼냈다.

"콘스탄티노 1세(88대 교황, 708~715년)는 자신의 문둥병을 고쳐준 대가로 교회와 주교들에게 유리하도록 법률을 바꾸었을 뿐 아니라 서西로마 제국의 지상권을 전부 로마교회에 기증했소. 그렇다면 교회가 그 돈을 받아 세력을 확장해 나가는 것은 정당했고, 그 교회의 성직과 성물을 팔아 개인이 부富를 늘리는 것은 부당하단 말이오?"

단테는 그의 말을 듣고 너무나 기가 막혀서 가슴을 치며 통탄했다.

"아, 콘스탄티노 1세여! 당신께서 훗날 그리스도교로 개종한 것을 탓하고자 하는 것은 아닙니다. 그러나 당신이 교회에 베푼 막대한 재물 때문에 얼마나 큰 재앙이 따르게 되었는지 보시오. 그대의 기증으로 인해 돈을 섬기는 교황들이 등장하였소이다."

단테가 이런 어투로 비난을 늘어놓자 분노 탓인지 양심의 가책 탓인

184

지 니콜라오 3세는 두 다리를 더욱 심하게 떨면서 참을 수 없는 비명을 질러댔다.

줄곧 핵심을 찌르는 단테의 말 한마디 한마디에 귀 기울이고 있던 베르길리우스는 매우 흡족한 표정으로 제자를 지켜보았다. 그러더니 두 팔로 그를 끌어당겨 가슴 위로 안아 올리더니 다시 위로 올라갔다. 그를 안고 있으면서도 조금도 피곤한 기색을 보이지 않았고, 넷째 언덕에서 다섯째 언덕으로 통하는 다리 위에 이르러서야 가만히 내려놓았다.

그가 지나온 곳을 바라보니 바위들이 가파르게 솟아 있었는데 조심성 있는 산양일지라도 지나가기가 몹시 힘들 법한 길이었다. 그 때문에 인자한 베르길리우스는 무거운 그를 안아 이곳까지 옮기며 보호해 주었던 것이다.

단테는 그 사실을 깨닫고 감사의 눈빛으로 베르길리우스를 올려다본 다음 다시 그의 뒤를 따랐다. 그곳은 다음 골짜기가 훤히 내려다보이는 제8옥의 네 번째 구덩이 입구였다.

빛과 선의 의미

    단테는 충분한 마음의 준비를 하고 나서 고통의 눈물이 끝없이 흘러내리는 네 번째 구덩이 속을 들여다보았다. 그곳에서는 불안과 오뇌懊惱의 탄식이 넘쳐흐르고 있었다.

    둥근 골짜기를 눈물지으며 묵묵히 걸어오는 무리들이 보였다. 그들의 걸음걸이는 마치 이승에서 기도를 올리며 지나가는 행렬처럼 보였다.

    단테가 몸을 굽혀 그들의 모습을 자세히 살펴보니 너 나 할 것 없이 모두 목과 턱이 몸통과는 반대로 돌아가 있었다. 얼굴이 등 쪽을 향하고 있어서인지 그 모습은 마치 뒷걸음질 치는 것처럼 보였다. 중풍 때문에 사지가 뒤틀린 사람은 간혹 본 적이 있어도 이렇게 완전히 뒤틀린 사람은 일찍이 본 적도, 들은 적도 없었다.

    하느님께서 흙을 빚어 인간을 만드실 때 부족함 없이 당신과 똑같은 모습으로 만드셨건만, 이들은 해괴망측한 모습으로 뒤틀려 눈에서 흐르는 눈물로 자신의 등과 엉덩이를 적시고 있었다.

창조주께서는 진흙을 빚어 당신의 사랑스런 인간을 만드실 때 하늘과 땅 사이에 가장 영귀榮貴한 존재로 창조하시기로 작정하셨다. 인간의 머리는 하늘을 상징하고 모난 발은 마치 땅으로 표현되어 있는 듯하다. 하늘의 사시四時는 인간의 육체에 있어서 사지四肢와 같음이요, 오행五行은 오장五臟, 육극六極은 육부六腑, 팔풍八風은 팔절八折, 구성九星은 구규九竅(아홉 구멍), 십이시十二時는 십이경맥十二經脈, 이십사기二十四氣로는 이십사유二十四俞, 삼백육십오도三百六十五度는 삼백육십오 골절三百六十五 骨節, 해와 달은 두 눈, 낮과 밤은 깰 때와 잘 때, 천둥번개는 기쁨과 노여움, 비와 이슬은 슬퍼서 흘리는 눈물, 음양陰陽은 차가움과 열, 땅속의 수맥水脈은 혈맥血脈, 땅속 금석과 그 위에 돋아난 풀과 나무는 머리카락과 치아 등 인간이란 질그릇 속에 대우주와 모두 맞아떨어지는 소우주가 담겨진 것과 같아 매우 신비로울 따름이다.

단테는 그토록 영귀하고 신비로운 존재의 인간으로부터 저렇게 반대된 모습의 죄인들을 보고 있자니 너무나도 어이가 없어서 거친 암벽 한 모퉁이에 기대어 울먹였다. 그러자 베르길리우스가 역정을 내며 그를 일깨웠다.

"자네도 결국 저 무리들과 조금도 다를 바가 없군 그래. 왜 그런 어리석음에서 벗어나지 못하는가."

단테는 베르길리우스가 자신을 지옥에서 벌 받고 있는 무리들과 비교하자 움찔 놀라며 그를 올려다보았다.

"여기서는 죄인에 대한 동정과 연민의 정을 완전히 버려야만 하느님을 향한 온전한 믿음이지. 하느님의 심판을 보고 죄인들에게 측은한 마음을 품는다면 그분께서 공의로운 심판을 하시지 않았다는 불경한 해석을 하는 것과 마찬가지이니 그보다 더 큰 죄가 과연 있을까 싶네. 그렇지 않은가?"

그러나 그는 섣불리 긍정적인 표시를 할 수도 없었고 죄인들에 대한 인지상정 연민의 정 또한 쉽게 떨쳐버릴 수가 없었다.

"생각해 보게. 보편, 공의로우신 창조주께서 아무 죄도 없는 선한 사람들에게 저런 형벌을 과연 주시겠는가?"

단테는 말없이 고개를 끄덕였다.

"그래, 하느님께서 처벌하신 죄인들을 함부로 동정하는 것은 바로 하느님의 판결에 순종치 않고 부정하는 증거가 되는 것이네."

그제야 단테는 베르길리우스의 말뜻을 충분히 이해할 수 있었다. 그는 자신의 얼굴에 흐른 눈물 자국을 닦아내며 베르길리우스 곁으로 다가섰다.

"단테, 머리를 들고 저자를 자세히 보게. 테베인들 눈앞에서 갈라진 땅속으로 묻혀버렸던 바로 그자라네"

"그렇다면 혹시 암피아라오스가 아닙니까? 그리스의 영웅이자 예언자였던!"

"맞네. 그는 자신이 테베 원정에서 죽으리라는 것을 미리 알고 몸을 숨겼지만 아내의 배신으로 결국 출정하게 되었고, 전장에서 대지가 갈라지자 전차와 함께 땅속으로 사라져 버렸지."

"아무리 인간의 능력이 뛰어나다 한들 하느님의 순리를 거역할 수는 없는 법인데 그럼에도 운명을 비껴가려다 결국 지옥으로 떨어지게 되었군요."

"죽어서 지옥으로 온 것은 물론이요, 모든 사람들에게 비겁한 자로 낙인이 찍혀버렸지. 암피아라오스가 흔적도 없이 사라진 것을 보고 사람들은 그가 술수를 부려 싸움터를 이탈한 것으로 생각했다네."

"땅속으로 사라졌던 그가 어떻게 해서 이곳으로까지 오게 되었지요?"

"밑으로 굴러 떨어진 암피아라오스는 곧 미노스에게 붙잡혀 이곳으로 보내졌지. 미노스는 죄인이라면 누구든지 놓치지 않으니까."

"그런데 이 무리들은 왜 모두 머리가 몸통 뒤로 돌아가는 형벌을 받고 있습니까?"

"이곳에 있는 자들은 스스로를 예언자라 자칭하며 미래를 내다보려 했기 때문이지. 그 벌로 지금은 뒤밖에 볼 수 없게 되었고 또 계속 뒷걸음질만 치고 있는 것이라네."

단테는 베르길리우스의 말을 듣고서야 비로소 그 망령들이 받고 있는 벌이 그들의 죄에 가장 타당한 형벌일 것이라는 생각이 들었다.

"저 앞에 걸어오는 장님이 바로 테이레시아스라네."

"저자는 남자입니까, 아니면 여자입니까? 얼굴 생김새를 보면 남자 같기도 하고, 몸매를 보면 또 여자 같기도 하니……."

"그는 원래 남자였으나 한때는 여자인 적도 있었다네."

단테는 베르길리우스의 말에 어리둥절하여 한동안 멍한 표정을 지었다.

"스승님의 말씀을 이해하기가 어렵습니다. 성性이란 본래 태중으로부터 정해지는 법인데, 그것이 어떻게 바뀔 수가 있습니까?"

"그건 신의 저주 때문이었지. 테이레시아스는 어느 날 숲 속을 지나다가 열렬히 사랑을 나누고 있는 두 마리의 뱀을 보았다네. 그냥 지나쳐도 될 일을 그는 채찍을 들어 두 마리의 뱀을 서로 떼어놓았지. 그래서 7년 동안은 여자로 변했다가 다시 남자로 되돌아오는 벌을 받게 되었다네. 그러나 한 번 여자로 변한 이후 몸매는 여전히 여자로 굳어져 버렸지."

단테는 그가 경박하게 자연의 순리를 거슬렀기 때문에 그 같은 벌을 받게 된 것이라고 생각했다.

"그런데 지금은 왜 눈까지 멀었습니까?"

"그것은 제우스와 헤라의 쓸데없는 말다툼 때문이었네."

베르길리우스는 피식 웃으며 말을 더 이었다.

"어느 날 남녀 중에서 누가 더 성의 기쁨이 큰가에 대해 제우스와 헤라가 말다툼을 벌이게 되었다네. 그러다가 결국 양쪽성을 모두 경험했던 테이레시아스에게 최종 판결을 부탁하기로 했지. 그때 테이레시아스가 제우스의 편을 들어 여성의 기쁨이 더 크다고 했기 때문에 헤라의 노여움을 사 장님이 되어버린 거라네. 그러나 제우스는 그 대가로 그에게 예언의 힘을 주었지."

"어떻게 생각해 보면 신들의 공연한 말다툼으로 희생양이 되었군요."

그러나 베르길리우스는 못 들은 척하며 계속 말을 이었다.

"테이레시아스의 뒤에 바짝 붙어서 따라가고 있는 자가 아론타라네. 그는 루니의 깊은 산골에서 논밭을 일구고 살다가, 가끔씩 마음이 내키면 별과 바다를 보면서 점을 쳤었지. 시저와 폼페이우스와의 전쟁에서 시저가 이길 것을 예언했던 사람이 바로 저자라네."

아론타는 그저 평범한 농부처럼 보였을 뿐 특별한 점이라곤 찾아볼 수가 없었다. 그때 아론타 옆에 서서 산발한 긴 머리채로 자신의 벌거벗은 몸을 가리고 있는 한 여자가 발견되었다.

"스승님, 저 여인도 예언한 벌을 받고 있습니까?"

그의 물음에 베르길리우스 얼굴에 갑자기 화색이 돌았다.

"저 여자는 테이레시아스의 딸 만토라네. 그녀 역시 점성술사이며 아버지로부터 많은 유산을 물려받아 부유한 생활을 했었지. 그러나 그녀는 한곳에 정착하지 못하고 여러 나라를 떠돌다가 마침내 한 마을에 정착하게 되었다네. 그 마을이 바로 내 고향인 만토바였네."

베르길리우스는 먼 과거를 회상하면서 향수에 젖었다.

"이탈리아 북쪽 알프스 기슭 베냐코 호수에서 흘러내린 물과 발카모니카 계곡에서부터 아펜니노 산 사이에서 흐르는 수천 개의 샘물이 한곳에서 만나 포 강으로 합류된다네. 호수에서 얼마 떨어지지 않은 곳에 호수보다 낮은 저지대가 있는데 마침 그곳을 지나던 만토가 늪 한가운데 섬처럼 생긴 황폐한 곳에 아무도 살지 않는 것을 보고서 자기 종들과 함께 그곳에 정착하여 살기로 마음먹었다네."

단테는 고개를 갸우뚱하며 베르길리우스에게 물었다.

"그렇게 척박하고 위험한 땅에 왜 정착하려 했을까요?"

"그 이유는 그녀가 세상 사람들과 교류를 끊고 마법을 연구하기 위해서였지. 만토는 그곳에서 평생을 보냈고 결국 그곳에 묻히게 되었다네."

"아, 그래서 만토가 자신의 이름을 따 섬 이름을 만토바라고 했군요?"

"아니, 만토바라는 지명이 생긴 것은 훨씬 훗날의 일이지. 그녀가 죽은 이후 주변에 뿔뿔이 흩어져 살던 사람들이 하나둘씩 그 섬으로 모여들기 시작했다네. 왜냐하면 그곳은 사방이 늪으로 되어 있어서 적으로부터 쉽게 침입을 받지 않을 뿐만 아니라 지형적으로도 완벽한 방어를 할 수 있기 때문이었지. 그럭저럭 마을을 이루며 살던 사람들이 궁리 끝에 마을 이름을 만토바라 정했다네."

단테는 베르길리우스의 낯빛이 점점 맥없이 가라앉는 것을 보고 무척 당황했다.

"스승님, 무슨 이유로 갑자기 얼굴에 근심이 어리십니까?"

그러나 베르길리우스는 곧 안색을 고쳐 다시 평정을 되찾으며 차근차근 이야기를 풀어나갔다.

"내 고향 만토바는 아름답고 평화로운 도시였다네. 그러나 카살로디 가문의 알베르토 영주는 어리석게도 파나몬테에게 속아 자기 일족까지 포함하여 많은 귀족들을 추방시켰지. 그렇게 해서 세력을 잃게 된 알베르토는 다시 파나몬테에 의해 추방당했다네. 그 이후 뒤숭숭한 분위기 속에 사람들은 고향을 등지고 떠나기 시작했지."

"고향에 대한 그리움과 미련은 산 자나 죽은 자나 모두 똑같은 듯합니다. 모든 것을 지켜봐야 했던 스승님의 심정이 과연 어떠했을까 생각하니 제 마음 또한 아련히 아파옵니다."

스승과 제자는 한동안 말을 잇지 못하고 가느다란 한숨만 내쉬었다. 그러다가 문득 정신을 차리고 베르길리우스에게 물었다.

"스승님, 우리 앞을 지나가는 저 영혼들 가운데 주목할 만한 자가 있다면 알려 주십시오. 그것이 저에게는 큰 도움이 될 것 같습니다."

단테의 청을 한 번도 거절한 적이 없었던 베르길리우스는 자신의 감정을 추스르고 나서 그의 물음에 대답했다.

"양쪽 뺨에서 어깨까지 수염을 길게 늘어뜨리고 있는 저자는 그리스의 점쟁이 에우리필로스네. 그리스의 모든 남자들이 트로이 전쟁에 참가하여 그리스 전역에 남자의 그림자라곤 눈을 씻고도 찾아볼 수 없었을 때, 저자는 미리 앞날을 예언하고 도망쳐 버렸던 비겁한 자이지. 또한 동료 점쟁이 칼카스와 함께 아가멤논이 그리스 군軍을 이끌고 트로이로 향한 아울리스 항구에서는 첫 번째 닻줄이 끊어질 것을 점치기도 했던 자네."

단테는 손가락을 들어 그 옆에 서 있는 다른 죄인을 가리켰다.

"저기, 뼈만 앙상하게 남아 맨눈으로도 갈비뼈를 셀 수 있을 듯한 자는 누구입니까?"

"그는 스코틀랜드의 철학자이자 천문학자이고 또한 마술사였다네. 이름은 미켈레 스코트라고 하지. 마술로 남의 눈을 속이는 데는 특별한 재주가 있었던 자야."

"그 옆에 나란히 서서 통회의 눈물로 온몸을 적시고 있는 저 두 사람은 서로를 의지하며 걷고 있군요?"

"왼쪽에 선 자가 이탈리아의 점성술사인 구이도 보나티이고, 오른쪽에 선 자가 파르마의 구두장이 아스텐테네. 아스텐테는 자신의 천직인 가죽으로 구두 깁는 일에 평생을 보내지 못한 걸 무척 후회하고 있지. 그러나 이제 와서 그게 무슨 소용 있겠는가!"

단테는 어릴 적 부모님 앞에서 잘못을 고백하고 용서받았던 일을 기억해냈다. 그렇듯 죄인들이 자신의 죄를 뉘우친다면 하느님께서도 그들을 용서해 주시리라는 생각이 들었다.

"이제부터라도 회개하고 선한 일을 행한다면 죄가 조금은 가벼워지지 않을까요?"

"이곳에서 죄의 씻음을 받는 것은 자네가 생각하는 것처럼 그렇게 쉬운 일이 아니네. 죽은 자는 이미 자유의지가 상실되어 있으므로 심판 받은 대로 그 죗값을 치를 뿐 본인의 의지로는 절대 벗어날 수가 없지. 그래서 자유의지의 은총이 주어져 있던 살아 있을 때 올바르게 생활하고 하느님의 가르침에 따라 자신의 몸을 수신修身해야 한다네. 단, 살아 있는 누군가가 그를 위해 진심으로 기도할 때만큼은 하느님께서 내리신 판결이 조금은 완화되기도 하지만……!"

단테는 여자 점성술사가 그리 흔하지 않았던 시기에 저렇게 많은 여인네들이 모두 예언가였으리라고는 믿어지지가 않았기 때문에 죄지은 예언가들 뒤로 한 무리의 여인들이 뒤따라오는 것을 보고는 깜짝 놀랐다.

"스승님, 뒤따라오는 저 여인의 무리는 모두 돈 많고 명예로운 가문의 출신인 듯한데, 왜 이곳에서 예언자들과 함께 벌을 받고 있는 것입니까?"

"저 여자들은 자신의 가정생활을 내팽개치고 예언자들의 뒤만 졸졸 따라다녔던 꼭두각시 같은 무리들이지. 하느님께서 우리 인간들의 생활을 순리대로 조화롭게 미리 정해놓으셨음에도, 예언자들이 미래를 볼 수 있다는 교만으로 많은 사람들 앞에서 함부로 떠벌리는 바람에 간혹 그 조화가 깨지기도 했다네. 귀가 여리고 눈 어두운 여인들이 그들을 우상처럼 숭배했으니 그 얼마나 큰 죄악인가. 그래서 하느님께서는 저 두 무리를 용서치 않으시고 한곳에서 같은 벌을 받도록 하신 거라네."

말을 마친 베르길리우스는 고개를 들어 하늘을 바라보았다. 단테가 보기에는 온통 어둠뿐인 하늘이었으나 베르길리우스는 마치 그 하늘 뒤편의 무엇인가를 보고 있는 듯했다.

"간밤에는 달이 밝더니 지금은 지평선에 걸려 있구나!"

베르길리우스는 혼잣말을 하더니 발걸음을 옮기며 단테에게 물었다.

"자네는 달 속에 갇힌 카인을 보았는가?"

"카인이라면 동생 아벨을 죽인 자가 아닙니까?"

"그렇다네. 그러나 그는 동생을 죽인 사실을 부인했기 때문에 가시나무 다발을 진 채 달 속에 갇히고 말았지."

단테는 달의 모습을 떠올리려고 노력해 보았지만 그곳에서 카인의 모습을 찾기란 쉬운 일이 아니었다. 그는 피식 웃으며 베르길리우스에게 말했다.

"달은 언제나 저에게 빛으로만 존재했을 뿐 그 모양새가 어떤지는 잘 기억이 나지 않습니다."

그러자 베르길리우스는 온화한 미소를 지었다.

"빛은 언제나 선이고 정의이며 진리를 뜻한다네. 그래서 악으로 둘러싸인 어둠일지라도 조그만 빛에 쉽게 기운을 잃기 마련이지. 빛 가운데는 항상 하느님이 계시다는 것을 명심하게."

그는 베르길리우스의 말을 가슴 깊이 새기며 뒤를 따랐다.

마귀 말라코다

베르길리우스와 단테는 이곳 지옥과는 별 관계가 없는 얘기를 나누면서 다리와 다리 사이를 건넜다.

어느덧 둘은 다섯 번째 구덩이에 걸려 있는 아치형의 돌다리 꼭대기에 이르렀고 말레볼제의 갈라진 틈바구니를 보기 위해 걸음을 멈췄다. 그곳에서는 허무한 신음 소리가 새어나오고 있었고 이상하리만큼 어두웠다.

겨울철이면 베네치아의 조선소에서는 낡은 배의 흠집을 수리하기 위해 역청을 부글부글 끓이듯 이곳 다섯 번째 구덩이에서도 뜨거운 역청이 조선소에서처럼 걸쭉하게 끓어오르고 있었다. 그렇지만 인간들처럼 불을 사용하여 역청을 끓이는 것이 아니라, 단지 하느님 말씀 한마디로 불처럼 달아오른 역청이 끓고 있는 것이었다. 구덩이 양쪽 계곡은 끓어오르는 역청이 튀어 시커멓게 변해 있었다.

단테가 구덩이 속에서 볼 수 있는 것이라고는 짙은 역청이 끓어오르며 내는 거품과 희뿌연 연기뿐이었다. 단테는 아래를 자세히 보고 싶은 호기심에 정신이 팔려 몸이 구덩이 쪽으로 기울고 있는 것조차 느끼지 못했다. 그때 베르길리우스가 재빨리 그의 팔을 끌어당기며 말했다.

"조심하게나, 위험해!"

호기심에 이끌려 위험을 못 느끼다가 비로소 정신을 차린 단테는, 갑작스런 두려움에 몸을 부르르 떨며 베르길리우스에게 매달려 정신없이 걸어갔다. 그러다가 문득 누군가가 자신들의 뒤를 따라오는 기척을 느꼈다. 그래서 그는 무심결에 뒤를 돌아보았다가 소스라치게 놀랐다.

시커먼 마귀가 바로 뒤에서 돌다리 위를 치달려 다가오고 있었던 것이다. 그 마귀는 거대한 몸집에 혹이 주렁주렁 달려 이목구비를 분간할 수 없었다. 또 유난히 짧은 두 다리, 그것과는 정반대로 땅으로까지 길게 늘어진 두 팔, 바위처럼 울퉁불퉁하고 거친 피부를 하고 있었다. 그 마귀에게 남아 있는 감정이라곤 저주와 고통뿐인 듯 얼굴이 몹시 일그러져 있었다.

불뚝 솟아 있는 마귀의 어깨 위에는 반으로 꺾인 죄인이 걸쳐져 있었다. 마귀가 억센 손으로 발목을 꽉 잡고 있어서인지 아니면 기절한 탓인지 죄인은 맥을 놓고 몸을 쭉 뻗은 채 움직이질 않았다. 미처 둘을 발견하지 못한 마귀는 다리 위에 서서 뒤통수까지 찢어진 입을 벌려 쩌렁쩌렁한 목소리로 말했다.

"여봐라, 8옥을 지키는 흉측하고 사악한 마귀 놈들아! 여기 루카의 치타마을을 다스리던 의정관 한 놈을 잡아왔다. 곧 던질 테니 놈을 저 아래 깊숙한 역청 한가운데에 처박아 두어라. 그 마을에는 아직도 이런 탐욕스런 관리가 그득하다. 나는 다시 그놈들을 잡으러 떠나야 한다."

그러자 다리 밑에서 쥐새끼처럼 꾀죄죄하고 손톱이 긴 마귀가 고개를 삐쭉 내밀며 대답했다.

"돈으로 공직을 마음대로 사고팔았고 가난한 주민들을 못살게 굴었던 그 탐관오리를 어서 던져라. 그놈은 전혀 얼토당토않은 일에도 돈만 쥐어주면 쉽게 좋다고 한 놈이니 우리가 그에 응당한 고통을 주리라."

그러자 다리 위에 있던 덩치 큰 마귀가 죄인을 머리 위로 번쩍 치켜올렸다가 아래로 힘껏 내동댕이쳤다. 그 죄인이 역청 속에 '풍덩'하고 잠기는 소리가 들리자 마귀는 날다시피 왔던 길로 재빨리 되돌아갔다. 아마 포승줄을 끊고 도망가는 도둑일지라도 이처럼 빠르지는 못했을 것이다. 그 마귀 놈은 혼잣말로 '바쁘다, 바빠! 그런 놈들을 다 잡아들이려면 내 몸이 열 개라도 모자라겠어!' 라고 계속 중얼거렸다. 단테가 마귀의 혼잣말을 듣고 심각한 표정을 짓자 베르길리우스가 말했다.

"저 마귀의 말에 너무 신경 쓰지 말게. 저 녀석은 인간의 역사가 시작된 이래 항상 똑같은 말만 중얼거리며 죄인들을 역청 속에 처넣기에 정신이 없는 녀석이니까. 그의 일거리는 고되지만, 인간의 역사가 계속되는 한 아마도 영원히 끊이지 않을 것이네."

단테는 다리 아래로 고개를 숙여 부글부글 끓어오르는 역청 속에 빠진 죄인의 모습을 찾아보았다. 다리 아래에서는 몸집이 작고 교활해 보이는 마귀들이 백 개도 넘는 긴 쇠갈고리로 그 영혼을 찌르며 소리 지르고 있었다.

"비록 루카의 대성전에 있는 십자가의 성스러운 얼굴을 한 자일지라도 이곳에서는 아무 소용이 없다. 또한 루카의 세르키오 강에서처럼 헤엄을 칠 수 있는 곳도 아니다. 우리들의 쇠갈고리에 갈가리 찢기고 싶지 않거든 역청 위로 고개를 내밀지 마라."

죄인들이 고통을 견디지 못하고 비명을 지르며 허우적거리자 마귀들은 더욱 신이 나서 그 죄인들을 쇠갈고리로 마구 찔러댔다.

"이 못된 탐관오리들아, 펄펄 끓는 역청 속에서 춤이라도 한바탕 추어 보렴. 살아 있을 때 그랬던 것처럼 남몰래 도둑질 하려거든 어디 한번 해봐라."

포크로 넓찍한 국 냄비 속에 든 고깃덩어리를 가라앉히려는 요리사처럼, 마귀들은 죄인들이 고개를 들지 못하도록 쇠갈고리를 휘둘러 댔다.

그때 베르길리우스가 단테의 팔을 이끌고 바위 뒤로 데려갔다.

"자네가 이곳에 있다는 사실을 마귀들이 눈치채지 못하도록 바위 뒤에 몸을 숨기고 있게. 나에게 어떤 위험이 닥치더라도 걱정할 것 없으니 절대로 내 허락 없이 함부로 몸을 드러내서는 안 되네. 항상 하느님께서 우리를 지켜보고 계시다는 사실을 잊지 말게. 만약 우리에게 위험이 닥친다면 분명 그분께서 도와주실 걸세."

말을 마친 베르길리우스는 다리를 건너 여섯 번째 둑에 이르렀다. 그러나 처음에는 담담하고 침착해 보이던 베르길리우스도 곧 이맛살을 찌푸리며 한 걸음 뒤로 물러섰다. 왜냐하면 다리 밑에서 미쳐 날뛰던 마귀들이 다리 위로 올라와 일제히 베르길리우스를 쇠갈고리로 찍으려 했기 때문이었다.

곧 자세를 가다듬은 베르길리우스가 당당하게 외쳤다.

"멈춰라! 네놈들이 그 쇠갈고리로 나를 내리찍기에 앞서 할 말이 있으니 누구든 한 놈만 앞으로 나오너라. 일단 내말을 들은 후 해칠 것인지 말 것인지를 결정해도 늦지는 않을 것이다."

서로 얼굴을 마주 보며 두리번거리던 마귀들은 입을 모아 한 목소리로 외쳐댔다.

"말라코다, 네가 나서라. 너는 사악한 꼬리를 갖고 있고 이곳 우두머리니 당연히 네가 나서서 저자의 말을 듣고 그 이후를 결정해라."

그들 중 자기 몸의 두 배 길이나 되는 긴 꼬리를 가진 자가 앞으로 나섰다. 그는 마귀들의 우두머리답게 교활한 눈동자를 이리저리 굴리며 베르길리우스의 모습을 샅샅이 훑었다. 이어서 몹시 건방지고 불손한 태도로 말을 내뱉었다.

"네놈의 말을 몇 마디 들어본다 하더라도 우리들의 결정에는 변함이 없으리라. 그러나 네놈이 굳이 쇠갈고리에 갈가리 찢기기 전에 한마디라도 남기고 싶다면 어디 한번 해봐라. 단, 짧게 말해라. 나는 인내심이 없어 네놈의 말을 채 다 듣기도 전에 네놈 모가지를 비틀어 버릴지도 모르니까."

말라코다가 건들건들 거들먹거리며 가까이 다가오자 베르길리우스가 거침없이 말했다.

"말라코다, 너는 내가 하느님의 뜻과 그분의 도우심 없이 그 많은 방해꾼들을 물리치고 그 험한 골짜기들을 넘어 여기까지 무사히 올 수 있었을 거라고 생각하느냐? 나는 하늘의 뜻에 따라 어떤 한 사람을 안내하며 이 지옥을 순례하고 있는 중이다. 그러니 우리의 앞을 가로막지 말고 어서 비켜서라."

베르길리우스에게서 하늘의 뜻이라는 말이 나오자 말라코다는 등등하던 기세가 한풀 꺾여 쇠갈고리를 발밑에 떨어뜨리고 말았다. 그리고 뒤를 돌아보며 동료 마귀들에게 말했다.

"이자를 해쳐서는 안 되겠어."

그러자 마귀들은 한동안 '우우' 소리를 내다가 모두 쇠갈고리를 발밑에 내려놓았다. 비로소 깊은 안도의 한숨을 내쉰 베르길리우스는 바위 뒤에 숨어 있는 단테를 돌아보며 말했다.

"단테, 이젠 염려 없으니 바위틈에서 나와도 괜찮네. 자, 어서 내 곁으로 오게."

단테는 벌떡 일어서서 베르길리우스의 곁으로 뛰어갔으나 마음속 깊은 곳에는 여전히 두려움이 자리 잡고 있었다.

단테가 스물네 살 때인 1289년, 겔프당이 피사의 성을 함락했을 때 그는 공격군의 일원이었다. 그때 생명의 안전을 보장한다는 조건으로 항복의 언약을 받고 피사의 성에서 나온 병사들은 자신들을 겹겹으로 둘러싸고 있는 겔프당의 군대를 보더니 두려움에 벌벌 떨었다. 아마도 그들은 이들이 언약을 깨고 자신들을 몰살할까봐 그랬던 것 같다. 단테는 생각해보니 지금 자신의 처지가 그때 피사의 성에서 나온 병사들과 조금도 다를 바 없었고, 오히려 그 대상이 사람이 아니라 사악한 마귀였기에 더욱 불안했다.

단테의 움직임을 본 마귀들은 재빨리 쇠갈고리를 움켜쥐고 앞으로 뛰어나왔다. 공포로 얼굴이 새파랗게 질린 그는 베르길리우스의 옷자락을 잡고 뒤에 숨어 부들부들 떨었다.

"스승님, 저들이 약속을 어길 셈인가 봅니다."

"우두머리 말라코다가 하는 대로 그냥 지켜보도록 하세."

베르길리우스의 너무나 태연한 말에 그는 무안하여 얼굴이 화끈 달아올랐다. 그렇지만 흉물스러운 그 마귀들에게서 잠시도 눈을 떼지 않으려고 애썼다. 그때 마귀들 중 한 녀석이 앞으로 나서며 말했다.

"나는 저놈의 엉덩이를 이 쇠갈고리로 긁어주고 싶은데 너희들 의견은 어떠냐?"

그러자 몇몇 녀석들도 들고 있던 쇠갈고리를 높이 치켜들며 '와글와글' 소리쳤다.

"아무렴, 좋고말고. 내 쇠갈고리는 저놈의 머리통을 후려갈길 준비가 되어 있는 걸."

"난 저놈의 등짝을 갈가리 찢어버릴 테야."

그들의 말을 들은 나머지 마귀들도 동요되어 점점 많은 수가 쇠갈고리를 치켜들며 웅성거리는 통에 도저히 종잡을 수 없는 분위기가 되어버렸다. 그때 우두머리 말라코다가 손을 높이 치켜들며 큰소리로 호통을 쳤다.

"그만둬, 스카르밀리오네."

그러자 찬물을 끼얹은 듯 한순간 사방이 잠잠해졌다. 말라코다는 위엄 있는 목소리로 단테와 베르길리우스를 향해 말했다.

"여섯 번째 다리가 죄다 허물어져 골짜기 밑으로 내려앉았기 때문에 더 이상 돌다리를 건너갈 수가 없게 되었소. 그럼에도 굳이 이곳을 지나가겠다면 이쪽 벼랑을 타고 가시오. 곧장 가다 보면 또 하나의 돌다리가 나타날 테니 그 다리로 건너가시오."

베르길리우스는 서두르지 않고 매우 여유 있게 질문했다.

"말라코다, 이 돌다리가 무너지게 된 내력을 내게 들려주겠나?"

"그거야 어려운 일이 아니지. 이곳에 있는 바위가 무너진 것은 예수 그리스도께서 십자가에 못 박혀 죽었을 때의 일이오. 앞으로 다섯 시간만 더 지나면 이 다리가 무너진 지 꼭 1266년째가 된다오."

단테와 베르길리우스는 동시에 고개를 끄덕였다.

말라코다는 동료들의 기세를 살피다가 서둘러 말했다.

"아까도 말했지만, 우리들은 성격이 급하고 귀가 여려 동요되기 쉬우니 무슨 일이 생기기 전에 어서 이곳을 떠나는 게 좋을 거요. 내 부하 몇 명을 딸려 보내 몸을 바깥으로 내밀고 당신들을 노리는 자가 없는지 살피도록 하겠소."

하지만 단테는 호의를 베푸는 마귀들의 안내를 받으며 함께 간다는 것이 못내 꺼림칙했다. 안내자로 나섰던 마귀들이 돌연 마음이 변하여 다시 쇠갈고리를 겨눌지도 모를 일이 아닌가! 그러나 그의 걱정과는 다르게 베르길리우스는 말라코타가 하는 대로 내버려두었다. 말라코타는 제 부하들 중 몇몇을 앞으로 불러냈다.

"알리키노, 칼카브리나. 앞으로 나오너라. 그리고 카냐초도, 바르바리치아는 이 열 놈들을 지휘하도록 하고 리비코크, 드라니냐초, 어금니를 드러낸 치리아토, 그라피아카네, 파르파넬로, 미친 루비칸테도 따라가도록 해라. 역청이 끓어오르는 곳을 잘 살피면서 저쪽 계곡에 놓여 있는 다음 돌다리까지 두 분을 잘 모셔다 드리도록 해라."

우두머리의 명령을 받은 마귀들은 베르길리우스와 단테를 둥글게 에워싸며 곧 떠날 준비를 했다. 단테는 더 이상 참지 못하고 베르길리우스에게 물었다.

"스승님, 이게 무슨 일입니까? 어찌 이 마귀들을 믿고 지옥의 밑바닥을 지나간단 말입니까? 스승님이 길을 알고 계신다면 우리가 가던 길을 계속 가는 게 옳다고 생각합니다. 저는 마귀들의 안내를 받고 싶은 생각이 추호도 없습니다. 스승님은 지혜로운 분이시니 모든 걸 아실 게 아닙니까? 보십시오, 안내를 맡겠다고 나선 자들이 순종하기는커녕 오히려 이를 갈며 험악한 눈초리로 우리를 노려보고 있잖습니까!"

그러나 베르길리우스는 여전히 태연했다.

"당황할 것 없네. 마귀들이 이를 갈든 험악한 눈초리로 우리를 노려보든 제멋대로 하게 내버려두게. 놈들이 그렇듯 증오의 대상으로 삼는 것은 우리가 아니라, 바로 끓고 있는 역청 속에 잠겨 신음하고 있는 죄인들이라네."

결국 스승과 제자는 마귀의 무리들과 함께 왼쪽 언덕으로 향하게 되었다. 떠나기 전에 마귀들은 모두 우두머리를 향해 눈꺼풀을 뒤집어 보이면서 신호를 보냈고 거기에 우두머리는 궁둥이를 삐죽 내밀어 나팔 소리로 답했다.

단테는 기병들이 들판을 행군하며 열병식을 행하고 돌격하는가 하면 때로는 퇴각하는 것을 본 적이 있다. 혹은 나팔이나 종소리로, 아니면 북소리나 연기를 이용하여 서로 신호를 보내는 것도 종종 봤다. 그렇지만 마귀들의 이 기묘한 신호는 도무지 이해하기 힘든 우스꽝스러운 모습이었다.

그들이 무엇을 하고 있는지 영문도 모른 채 둘은 그저 바쁜 걸음을 재촉했다.

속임수의 난무

단테는 탐탁찮은 동반자들을 둘러보며 스스로를 위로했다.

'그래…… 옛 속담에도 있듯, 성전에서는 성인과 함께 하고 술집에서는 술꾼과 함께 하는 것이다.'

길을 가는 도중 내내 그의 관심은 역청 쪽에 쏠려 있었다. 역청 속에서 고통받는 죄인들의 사연이 궁금하기도 했지만 혹시 그들 중 아는 얼굴이 있을까 해서였다.

역청 속의 죄인들은 괴로움을 덜기 위해서 등을 구부려 재빨리 올라왔다가 다시 번개처럼 역청 속으로 들어가곤 했다. 그들의 모습은 마치 돌고래가 뱃사공들에게 나타나 등을 활 모양으로 구부려 보이며 태풍이 몰려올 것을 예견해 줄 때와 흡사했다. 그리고 곳곳에는 콧구멍만 수면으로 얕게 내밀고 있는 죄인들의 모습도 보였다. 그러나 함께 가고 있는 바르바리치아의 모습을 발견한 죄인들은 한 명도 어김없이 펄펄 끓는 역청 속으로 순식간에 몸을 숨겼다.

그 순간, 생각만 해도 끔찍한 일이 벌어졌다. 다른 죄인들은 모두 역청 속으로 숨었으나, 무리에서 낙오된 한 마리의 개구리처럼 죄인 하나가 꾸물거리고 있는 것이 보였다. 그러자 그 곁에 있던 마귀 그라피아카네 가 역청으로 범벅이 된 그의 머리를 쇠갈고리로 찍어 끌어올렸다. 죄인 은 쇠갈고리 끝에서 버둥거리며 귀청이 찢어질 듯한 비명을 질러댔다. 머리에서 솟구친 피가 쇠갈고리를 타고 바닥으로 떨어지자 금세 주위 에 흥건하게 고였다.

"저놈의 꼴이 꼭 물개 같구나!"

마귀들은 죄인을 손가락질하며 낄낄거렸다.

"이봐, 루비칸테. 네 날카로운 손톱으로 그놈의 가죽을 벗겨버려!"

마귀들 중 누군가가 죄인을 희롱하며 앞으로 나섰다. 단테는 마귀들 의 잔혹한 짓을 어떻게든 늦추려고 궁리를 하다가 재빨리 베르길리우 스에게 청했다.

"스승님, 마귀들에게 붙잡혀 고통당하고 있는 저 가엾은 영혼은 누구 입니까? 가능하다면 그와 직접 얘기를 나누고 싶습니다."

베르길리우스는 말없이 고개를 끄덕이더니 마귀들 앞으로 나서서 그 들에게 호통을 쳤다.

"너희들이 아무리 이 지옥에서 활개를 치는 마귀들일지라도 섣불리 행동하다가는 하느님의 노여움을 사게 될 것이다. 지금 너희가 희롱하 는 자에게 물어볼 말이 있으니 어서 내려놓도록 해라."

마귀들은 잔뜩 못마땅한 표정으로 꾸물거리다가 그 죄인을 바닥에 내 팽개쳤다. 단테는 재빨리 그에게 달려가 부축하며 물었다.

"당신은 어디에서 왔으며 이곳까지 오게 된 사연이 무엇입니까?"

그는 몸을 반쯤 일으킨 채 한숨을 내쉬었다.

"나는 이베리아 반도 북동쪽에 있는 나바라 왕국에서 태어난 사람이오. 난봉꾼인 나의 아버지는 방탕한 생활 끝에 재산을 모두 탕진했고 끝내는 자살로써 스스로의 생을 마감했소. 그 이후 홀로 남겨진 어머니는 나를 어느 귀족 집의 하인으로 들여보냈다오."

단테는 그의 불행했던 어린 시절에 동정을 보내지 않을 수 없었다.

"나는 그 이후 귀족들의 생활에 대한 동경을 버리지 못하고 신분상승을 위해 뼈를 깎는 노력을 하게 되었소. 돈을 버는 대로 공직을 샀고 끝내는 역대 나바라 왕 가운데 누구보다도 인자하고 공정했던 테오발도 5세의 신하가 될 수 있었지요. 나는 왕의 눈에 들기 위하여 갖은 아첨과 사기와 모략을 일삼았소. 그래서 지금 그 대가를 치르기 위해 이 뜨거운 역청 속에서 벌을 받고 있는 것이오."

"정말 테오발도 5세의 눈에 들었다는 거요?"

죄인은 고개를 내저으며 고개를 숙였다.

'그가 현명하고 어진 왕이었다면 신하를 선택하는 일에도 분명 신중했을 것이고, 충신과 간신을 분별하는 데에도 탁월한 안목을 지녔을 것이다.'

단테가 혼자서 이런 상념에 잠겨 있을 때 멧돼지처럼 입 양쪽 어금니가 튀어나온 마귀 치리아토가 그 죄인의 등 뒤를 덮쳤다. 그러더니 긴 손톱으로 그 죄인의 등을 후벼파고 튀어나온 어금니로 살점을 질근질근 씹는 것이 아닌가! 단테는 눈앞에서 벌어지고 있는 광경에 아연실색하여 한동안 꼼짝도 못했다. 죄인은 고양이에게 붙잡힌 생쥐처럼 비명 한마디 지르지 못한 채 고통으로 온몸을 부르르 떨었다. 그때 그들의 지휘자 바르바리치아가 나서서 치리아토의 행동을 저지했다.

"그놈을 놓아줘라. 이미 역청 속에서 온몸이 검게 타들어가는 벌로 충

분히 고통받고 있는 자다. 그러니 장난을 그만두고 가던 길이나 어서 계속 가자."

죄인에게서 한 걸음 물러선 치리아토가 씩씩거리면서 바르바리치아에게 덤벼들었다.

"함부로 역청 위로 고개를 내미는 놈들을 그냥 둬서는 안돼. 이런 놈들은 교활하고 말재주가 뛰어나 호시탐탐 달아날 기회만 노리고 있다고. 그러니까 미리부터 달아나지 못하도록 초주검을 만들어 놔야 돼. 아마 우리가 그냥 내버려둔다면 곧장 달아나고 말 걸."

그 말을 들은 바르바리치아가 갑자기 죄인을 끌어당기며 대꾸했다.

"이놈이 꼼짝 못하도록 내가 잡고 있을 테니 너는 한 발자국 뒤로 물러 서거라."

바르바리치아는 베르길리우스에게 시선을 옮겼다.

"자, 베르길리우스! 이 죄인에게 묻고 싶은 것이 있거든 어서 묻도록 하라. 지금 동료들의 눈에 살기가 등등하여 언제 이 자를 해칠지 모르니 빨리 끝내도록 해라."

마귀치고는 둘에게 상당한 호의를 베푸는 녀석이었다.

베르길리우스는 기회를 놓칠까봐 얼른 죄인을 흔들어 고개를 들게 한 후 물었다.

"이 역청 속에 네가 알고 있는 이탈리아인은 모두 몇 명이나 되느냐?"

그는 맥 풀린 목소리로 순순히 대답했다.

"마귀들이 몰려오기 전 내 옆에 있던 자는 이탈리아의 사르데냐 섬 출신이오. 내가 만일 그자처럼 재빨리 피하여 몸을 숨길 수만 있었다면 마귀들의 쇠갈고리나 손톱, 어금니쯤은 조금도 두려워하지 않았을 거요."

말을 듣고 있던 마귀 리비코크 놈이 화가 나서 길길이 날뛰었다.

"저놈이 입을 제멋대로 놀리는 꼴을 보니 이젠 더 이상 봐줄 수가 없다!"

리비코크는 드디어 제 분을 이기지 못하고 달려들어 쇠갈고리로 죄인의 팔을 찍어 절반쯤 떼어갔다. 그러자 드라기냐초도 기다렸다는 듯 죄인의 정강이를 쇠갈고리로 세차게 내리찍었다. 이 모습을 보고 흥분한 마귀들이 떼를 지어 한꺼번에 모여들려고 하자, 바르바리치아가 사나운 표정으로 그들을 쏘아보았다. 그 위세에 눌린 마귀들은 찬물을 끼얹은 듯 조용해졌다. 그러나 한 걸음 물러서며 쇠갈고리를 내려놓는 그들의 표정에는 불만의 빛이 역력했다.

"자, 묻던 말을 계속해도 좋다."

바르바리치아는 동료 마귀들을 경계하면서 다시 한 번 베르길리우스에게 기회를 주었다.

"방금 네 곁에 있었다는 자가 누구인지 나에게 얘기해 줄 수 있겠느냐?"

스승의 물음에 대해 죄인은 자세히 설명하기 시작했다.

"그는 갈루다의 영주 밑에서 서기 일을 보던 사르디니아의 수도자 고미타라는 자요. 사기와 공금횡령에 아주 능했소. 그는 자신이 섬기는 영주의 포로들에게 자기를 받들게 하고 그들에게서 돈을 갈취했을 뿐만 아니라, 또 돈에 매수되어 죄인들을 마음대로 석방하기도 했소. 게다가 직책을 남용하여 많은 사람들로부터 엄청난 뇌물을 챙긴 교활한 자요."

단테는 그의 말끝을 다급하게 붙잡았다.

"그자 말고 다른 자는 없소?"

"그자와 친했던 미켈창케라는 자가 있소. 미켈창케는 로고도로 출신으로, 페데리코 2세의 아들 엔초가 사르데냐 섬 왕으로 있을 때 그 나라 지사의 직책에 있었다오. 그자는 엔초가 죽자 그의 부인을 겁탈하여 딸을 낳더니 결국 로고도로의 영주가 되었소. 간계가 뛰어났고 호색가였지만 결국 며느리에 의해 피살된 자라오."

"두 사람은 어떤 계기로 친하게 된 거요?"

죄인은 힘없이 고개를 내저었다.

"그것까진 나도 잘 모르겠소. 그러나 고미타와 미켈창케, 두 놈의 혀가 어찌나 부드러운지 만날 때마다 쉼 없이 떠들곤 했다오. 계속해서 자세히 말하고 싶지만 마귀 한 놈이 날카로운 이빨을 드러낸 채 나를 노리고 있으니 무서워서 더 이상 입이 떨어지지 않는구려."

이 말을 들은 바르바리치아는 덤벼들 태세로 눈을 부릅뜨고 있는 마귀 파르파넬로에게 호통을 쳤다.

"이 흉측한 날짐승 놈아, 저리 비켜라! 못된 놈 같으니라고……!"

바르바리치아는 파르파넬로의 등에 날개가 달려있었기 때문에 날짐승이라고 표현한 것 같았다. 바르바리치아의 말을 듣고 기운을 얻은 죄인은 제법 여유 있는 미소까지 지으며 베르길리우스와 단테를 향해 말했다.

"당신들이 토스카나인이나 롬바르디아인들과 대화하길 원한다면 내가 도와주겠소. 우리들끼리는 서로 약속된 신호가 있어서 내가 휘파람을 불면 그들은 곧 역청 밖으로 고개를 내밀 것이오."

단테는 사실 그곳에 있는 죄인들과 좀 더 많은 이야기를 나누고 싶은 호기심에 사로잡혀 있었다. 그래서 넌지시 베르길리우스의 안색을 살피고 있을 때 그 죄인이 다시 말을 이었다.

"그렇지만 이곳에 마귀들이 있는 것을 안다면 그들은 혼비백산하여 도망치고 말 것이오. 그러니 내가 신호를 한 다음 그들이 나오는 동안엔 마귀들이 이곳에서 한 걸음 물러나 있어야 할 게요. 내가 이곳에 앉아서 아무도 없으니 안심하고 나오라고 신호를 보내면 최소한 일곱 명 이상은 나올 것이오."

그러나 마귀들은 모두 미심쩍은 표정을 지었다. 더욱이 어금니를 드러낸 카냐초는 이를 삐죽 내밀며 휘휘 머리를 내저었다.

"모두들 이놈의 말을 들었겠지? 이놈은 교활한 술책으로 우리들을 혼란스럽게 만든 후 도망가려는 수작임이 틀림없다. 그러니 절대 속아서는 안돼."

하지만 온갖 술책과 능란한 말재주로 사람을 속여 왔던 죄인답게 또 다른 말로 현혹하기 시작했다.

"하긴, 내가 나쁜 놈이지. 친구들을 꾀어 마귀들에게 봉변이나 당하게 하려는 것이니……."

드디어 알리키노가 유혹에 말려들기 시작했다.

"좋다. 우선 우리가 이곳에서 물러나 저쪽 바위 뒤에 숨어 있을 테니 어서 네놈의 친구들을 불러내 봐라. 하지만 만약 우리의 손아귀를 벗어 나려고 네놈이 꾸민 수작이라면 그 대가를 톡톡히 치러야 할 것이다. 네 놈 혼자서 우리 모두를 따돌릴 수 있을 거라고 생각했다면 큰 오산이다."

드디어 마귀들과 죄인과의 미묘한 게임이 시작되었다. 이 게임에 대 해 찬성하는 마귀들은 물론이고 마음에 썩 내켜 하지 않던 마귀들까지 바위 뒤로 어슬렁어슬렁 몸을 숨겼다.

그때 죄인이 갑자기 몸을 틀어 마귀들을 인솔 해 온 바르바리치아의 손을 뿌리치고는 눈 깜짝 할 사이에 도망 치기 시작했다.

모두들 '아뿔 싸' 후회를 해봤 지만 죄인은 벌써 저만큼 도망가고 있었 다. 그중에서도 자기 탓이라고 생각한 알리키노는 너무 급한 나머지 날아 가서 잡으려는 생각은 하지도 못한 채 허둥지 둥 달리며 뒤쫓기 시작했다.

"이놈아, 내가 너를 놓칠 성싶으냐? 서라, 어 서!"

그러나 시위를 떠난 화살처럼 필사적으로 도

망치는 죄인을 붙잡기란 역부족이었다. 죄인은 부글부글 끓는 역청 속이 마치 피신처라도 되는 듯 재빨리 그곳으로 뛰어들었다. 알리키노는 날개를 펴고 역청 위를 맴돌다가 맥없이 동료들이 있는 곳으로 되돌아왔다.

알리키노는 감쪽같이 속은 것이 분하여 씩씩거렸으나 어금니를 드러낸 칼카브리나와 서로 눈이 마주치자 으르렁대며 달려들었다. 둘은 끓는 역청 언저리에서 엎치락뒤치락하면서 혈투를 벌였다. 알리키노가 발톱으로 칼카브리나를 할퀴었고, 칼카브리나는 어금니로 알리키노의 날개를 물어뜯었다. 승패를 가늠할 수 없는 혈투가 계속되었고 결국 두 마귀는 역청 속으로 굴러 떨어지고 말았다. 너무 뜨거운 나머지 둘은 발톱과 어금니를 놓고 떨어졌지만, 끈적끈적한 역청이 회색 털에 엉켜 붙어 꼼짝도 못한 채 비명만 질러댔다.

나머지 마귀들은 어찌할 바를 모르고 우왕좌왕 설치기만 했다. 그때 바르바리치아가 나서서 네 명의 마귀들에게 역청 속으로 쇠갈고리를 던지게 했다. 그는 알리키노와 칼카브리나에게 그 쇠갈고리를 붙잡으라고 소리쳤지만 이미 때는 너무 늦었다. 역청에 빠진 두 마귀는 벌써 가죽뿐만 아니라 살점까지 모두 녹아버려 기운을 쓸 수가 없었던 것이다. 두 마귀는 울부짖으며 살려달라고 애원했다. 그러나 위험을 무릅쓰면서까지 그들을 구하기 위해 나서는 마귀는 한 녀석도 없었다.

이 소동에 어쩔 줄 몰라 하며 이리 뛰고 저리 뛰는 마귀들을 뒤로하고, 스승과 제자는 몰래 그곳에서 빠져나와 가던 길을 재촉했다.

세상에서 가장 무거운 옷

　스승과 제자는 마치 수도자들처럼 나란히 서서 말없이 걸었다. 단테는 좀 전에 일어났던 일들을 떠올리며 생쥐와 개구리의 우화를 생각하지 않을 수 없었다.

　생쥐 한 마리가 길을 가다가 커다란 개울을 만나게 되었는데 수영을 못하는 생쥐는 잔뜩 겁을 집어먹고 그 자리에 털썩 주저앉고 말았다. 그때 그 개울에 살고 있던 개구리 한 마리가 나타났다. 개구리는 마침 심심하던 차에 생쥐를 곯려 줄 속셈으로, 개울 건너는 일을 도와주겠다고 선뜻 나서며 생쥐에게 거짓 친절을 베풀었다. 개구리의 제안대로 서로의 발목을 묶은 생쥐는 개구리의 등에 덥석 올라탔다. 그러나 개울 한가운데쯤 이르자 개구리가 갑자기 물속 깊숙이 들어가 버렸다. 발이 묶인 생쥐는 도망치지도 못한 채 그대로 물에 빠져 죽게 되었다. 마침 그곳을 지나가던 매가 있었는데, 죽어서 둥둥 뜬 생쥐의 시체를 발견하고는 얼른 낚아챘다. 개구리로서는 전혀 예측하지 못했던 상황이 벌어진 것이었다. 결국 개구리는 생쥐와 묶인 채 매의 먹이가 될 수밖에 없었다. 묵묵히 걸으면서 생각해 보니 죄인과 마귀들 사이에 있었던 일이 생쥐와 개구리 사이에 있었던 일과 별반 다를 바 없었다. 생각은 꼬리에 꼬리를 물고 계속되어 괜한 근심을 불러일으켰고 나중에는 그것이 공포심으로 바뀌어 거대하게 덮쳐왔다.

'우리 때문에 죄인에게 조롱당하고 동료까지 잃게 된 마귀들은 틀림없이 몹시 화가 났을 거야. 만약 그놈들의 타고난 악독함에 분노까지 더해진다면, 토끼를 물어뜯는 들개보다 더 광폭해져서 우리를 뒤쫓아 올지도 모른다.'

불길한 생각으로 온몸에 소름이 끼쳤고 머리털까지 쭈뼛쭈뼛 서는 것 같았다. 단테는 자꾸 뒤를 돌아보며 베르길리우스에게 바짝 붙어 섰다.

"스승님, 잠시 동안만이라도 몸을 숨기는 게 낫지 않을까요? 행여 마귀들의 손에 붙잡히지나 않을까 두렵습니다. 제 귀에는 벌써 그들이 뒤쫓아 오는 발자국 소리가 들리는 듯합니다."

베르길리우스는 걸음을 멈추더니 단테를 돌아다보았다.

"자네가 지금 무슨 생각을 하고 있고 얼마나 겁에 질려 있는지 잘 알고 있네. 설사 내가 거울이라 할지라도 자네의 마음을 읽는 것보다 더 빨리 사물을 비춰보지는 못할 걸세. 자네가 두려워하는 모습과 표정은 이미 내 마음 안에 들어와 있으며 현재 자네 심정은 나와 하나가 되어 있다네. 만약 오른쪽 언덕이 가파르지만 않다면 우리가 내려갈 수 있는 다른 길을 발견할 수 있을 걸세. 그렇게 다음 골짜기까지 갈 수만 있다면 그때는 마귀들이 쫓아온다고 해도 안전하게 이곳을 벗어날 수가 있네."

그러나 베르길리우스의 말이 채 끝나기도 전에 펄럭이는 날갯짓 소리가 들리더니 그리 멀지 않은 곳에서 마귀들이 날아오는 것이 보였다.

베르길리우스는 즉시 단테를 덥석 안아 올렸다. 마치 소란에 놀라 잠이 깬 어머니가 이웃에서 불길이 타오르는 것을 발견하고는 자기보다 아이 걱정에 속옷도 채 걸치지 못한 채 아이를 안고 부리나케 달려 나가는 모습과 같았다.

베르길리우스는 거친 바위가 솟아 있는 절벽 꼭대기에서 다음 골짜기의 모퉁이 쪽을 향해 바위의 급경사면을 미끄러져 내려갔다. 물레방아를 돌리기 위해 끌어들인 물이 바퀴 날에 맞부딪칠 때도 이처럼 기세 좋게 달리지는 못하리라 싶을 만큼 빠른 속도였다.

베르길리우스는 단테의 안내자라기보다는 아버지 같은 보호자였다. 베르길리우스의 발이 골짜기 밑 돌에 닿았을 때 마침 마귀들이 꼭대기의 벼랑 가에 이르렀다. 하지만 이제 아무것도 두려울 것이 없었다. 마귀들은 다섯 번째 구덩이에서 파수꾼 노릇을 하고 있었지만 그 구덩이 밖으로 빠져나올 수 있는 능력은 없었기 때문이다.

주위를 돌아보니 이 골짜기 밑에는 화려한 옷을 입은 무리가 무거운 걸음으로 천천히 걷고 있었다. 그들은 울부짖으며 한 발 한 발을 간신히 옮기고 있었다. 모두가 지치고 피곤한 패배자의 모습 같았다. 또한 몸에 소매 없는 망토를 걸치고 베일이 길게 드리워진 모자를 쓰고 있었다. 그들의 모습이 어찌나 화려하고 부유하게 보이는지 마치 쾰른의 수도자들 차림새 같았다.

그러나 그들의 옷은 눈이 부실 정도로 현란한 금칠이 된 겉과는 달리 그 안이 모두 납으로 되어 있어 굉장히 무거운 것 같았다. 프리드리히 2세가 반역자를 처벌할 때 죄인들을 모두 벌거벗긴 다음 두꺼운 납 옷을 입혀 가마솥에 넣고 불을 피워 처참하게 죽였다는데 그 옷을 지금 이곳 영혼들이 입고 있는 망토에 비교한다면 그것은 한낱 지푸라기에 불과할 것 같았다.

둘은 이번에도 왼쪽으로 돌아 그들의 한탄을 들으려고 했으나 그들은 외투의 무게 때문인지 피곤에 지쳐 걸음이 몹시 느렸다. 스승과 제자가 걸음을 내디딜 때마다 옆에 선 영혼이 바뀔 정도였다.

"스승님, 이들 가운데 명성과 업적이 세상에 널리 알려진 자가 있는지 살펴보는 게 어떻겠습니까?"

"내가 먼저 사방을 눈여겨본 후 그런 자를 찾아 자네에게 알려 주겠네."

둘은 토스카나의 사투리로 말하면서 걷고 있었다. 그러자 이들 언어를 알아들은 한 영혼이 등 뒤에서 소리쳤다.

"여보시오, 좀 멈춰서시오. 이 어둠 속에서 그렇게 빨리 걸을 수 있다니 거 참 신기한 일이로군. 만약 당신들이 이곳에 대해 알고 싶은 것이 있다면 나에게 물으시오. 기꺼이 친절하게 대답해 주겠소이다."

그의 말을 들은 베르길리우스는 몸을 돌려 단테를 바라보았다.

"단테, 잠깐 멈추게. 저자의 말대로 함께 걸으며 얘기를 듣도록 하세."

걸음을 멈추고 뒤를 돌아보니 단테가 있는 쪽으로 조금이라도 빨리 오기 위해 두 남자가 안간힘을 쓰고 있는 것이 보였다. 그러나 망토가 무거운데다 길마저 혼잡하여 걸음이 무척 더뎠다.

한참만에야 둘이 서 있는 곳으로 가까이 온 그들은 말없이 단테를 훑어보았다. 그러더니 깜짝 놀라며 저희들끼리 수군거렸다.

"저것 좀 보게. 저자의 목이 움직이고 있어."

"정말 그렇군, 마치 살아 있는 사람처럼 말이야."

단테는 그들의 목을 자세히 살펴보며 물었다.

"그렇다면 당신들은 목을 움직이지 않고 숨을 쉰단 말이오?"

219

"이곳에 와 있는 우리들 모두는 숨을 쉬지 않기 때문에 목이 움직이질 않는다네. 그런데 자네는 무슨 특권으로 이 무거운 납 망토도 걸치지 않고 이곳을 지나간단 말인가?"

그러자 곁에 있던 다른 영혼이 덧붙여 말했다.

"토스카나의 친구여, 당신은 도대체 누구이기에 불쌍한 위선자들과 함께 걷게 되었소?"

베르길리우스는 우선 그들에게 단테를 소개했다.

"내가 태어나고 자란 고향은 아름다운 아르노 강변에 있는 피렌체요. 나는 당신들과 달리 살아 있는 자로서 육신과 영혼을 모두 지니고 있소."

두 영혼은 감탄의 눈으로 단테를 바라보았다. 단테는 이 틈에 얼른 그들에게 질문을 던졌다.

"당신들은 도대체 누구요? 눈물로 뺨이 짓무르고 두 눈이 썩는 것으로 보아 그 고통이 얼마나 큰지 가히 짐작할 만하오."

단테의 말에 한 명이 나서서 대꾸했다.

"겉보기에 그럴 듯한 이 황금빛 망토는 사실 납으로 되어 있다네. 어찌나 무거운지 어떤 저울로도 무게를 잴 수가 없을 정도이지."

옆에 있던 다른 자가 말을 받았다.

"우리는 볼로냐에 있는 수도회의 수사들이었다네. 나는 카탈라노라고 하는데 한때는 볼로냐에서 창립된 성모 마리아 기사단에도 속해 있었고 후에는 자네의 고향 피렌체의 평화를 유지하기 위해 그곳 시장을 지낸 적도 있었지. 그리고 내 옆에 있는 이 사람은 로데링고라고 하는데, 내 동료이자 함께 피렌체의 시장을 지냈다네. 우리가 둘 다 얼마나 부지런히 일했는지는 현재의 가르딩고를 살펴보면 잘 알 수 있을 것이네."

"오, 너희가 바로 그 고약한 수사들이로구나!"

단테는 기가 막혀서 말을 이을 수가 없었다. 이들은 사리사욕에 눈이 어두워 교황에 뜻에 따라 겔프당에게만 유리하도록 일을 처리했었다. 그래서 결국 가르딩고는 민중봉기에 의해 파괴되고 폐허만이 남게 되었다. 수사들을 시장의 자리에 앉힌 이유는 시 내부 당파간의 알력을 막기 위한 것이었으나 오히려 더 나쁜 결과를 초래한 꼴이 되고 말았던 것이다.

"수사들이여, 당신들의 죄는……!"

그러나 단테는 더 이상 말을 잇지 못했다. 자신의 발 아래에서 뭔가가 꿈틀대는 것이 느껴졌기 때문이다. 단테는 소스라치게 놀라 한 걸음 물러서며 땅바닥을 내려다보았다. 거기에는 커다란 세 개의 나무 말뚝에 못 박혀 형벌을 받고 있는 자가 있었다. 그는 얼굴을 잔뜩 찌푸리더니 몸을 뒤틀었다.

단테가 한동안 그의 모습을 뚫어지게 바라보고 있자 카탈라노가 참견했다.

"자네의 눈앞에서 말뚝에 못 박혀 형벌 받고 있는 저자는 원죄에 물든 세상 사람들을 구하러 오신 예수 그리스도를 죽여야 마땅하다고 주장했던 대사제 가야파라네. 지금 그 죄의 대가로 알몸인 채 길 한가운데 못 박혀 납 망토를 걸친 자들이 지나갈 때마다 짓밟히며 그 무게를 견뎌 내고 있지. 그리고 그의 장인 안나스도 이 구덩이에서 벌을 받고 있는데 그 일에 동조한 유다인들 역시 마찬가지의 형벌을 받고 있다네."

이번에는 베르길리우스마저 매우 놀란 표정으로 비참하게 바닥에 못 박혀 있는 가야파를 내려다보았다. 이윽고 베르길리우스는 수사에게 말을 걸었다.

"만약 그대가 알고 있다면 대답해 다오. 우리 두 사람이 밖으로 나갈

수 있는 출구는 없는가? 만약에 있다면 구태여 지옥의 마귀들과 실랑이를 벌이지 않아도 될 텐데…….'

그러자 로데링고가 대답했다.

"당신이 생각하는 것보다 훨씬 가까이에 돌다리가 하나 있소. 비록 다리가 무너져 제 구실을 하지는 못하지만, 무너진 돌이 계곡에서부터 수북이 쌓여 있으니 그 위로 지나갈 수 있을 거요."

베르길리우스는 잠시 생각에 잠겼다가 이내 흥분된 표정으로 혼잣말을 했다.

"으음, 마귀에게 속아 길을 잘못 들다니……!"

단테는 얼른 베르길리우스에게 물었다.

"무슨 일입니까, 스승님?"

"제8옥 마귀들의 우두머리 말라코다가 우리에게 거짓말을 했던 거라네. 그자가 부하들을 시켜 우리를 안내한 곳은 목적지와 전혀 동떨어진 곳이었어!"

이 말을 들은 수사들이 나서서 참견을 했다.

"나는 살아 있을 때 마귀들의 사악한 짓에 대해서 많은 얘길 들었소. 놈들은 모두가 거짓말쟁이이고 다른 사람이 잘되는 모습을 보면 배가 아파 어떻게든 괴롭히려고 한다더군요."

베르길리우스는 말라코다에게 기만당한 것이 괘씸하여 얼굴에 노기를 띠고 성큼성큼 걸어갔다. 단테 역시 할 수 없이 망토를 걸친 자들의 곁을 떠나 공손하게 베르길리우스의 뒤를 따랐다.

단테의 미래

베르길리우스의 얼굴이 노여움으로 흐려지자 단테는 몹시 당황하여 어쩔 줄 모르고 쩔쩔맸다. 그러나 이들이 무너진 다리에 이르렀을 때 베르길리우스의 표정은 이미 온화하게 바뀌어 있었고 그제야 단테도 마음의 안정을 되찾았다.

베르길리우스는 무너진 다리들을 자세히 살펴보더니 팔을 들어 뒤에서 제자를 밀어 올려 주었다. 행동하며 생각하고 그러면서도 항상 앞일에 대해 모든 것을 알고 있는 사람처럼, 베르길리우스는 단테를 바위 꼭대기로 밀어 올리면서도 벌써 다른 바위를 발견하고는 뒤에서 주의를 주었다.

"저 바위 위로 올라가 보게. 그러나 오르기 전에 먼저 바위가 자네의 몸무게를 지탱해낼 수 있는지부터 확인해봐야 하네."

그 길은 아무리 살펴봐도 납 망토를 입은 영혼들이 지나가는 길은 아니었다. 베르길리우스는 무게가 없는 영혼임에도 불구하고 이쪽 절벽에서 저쪽 절벽으로 기어오르는 데 무척이나 곤혹스러워했고 그의 도움을 받으며 올라가는 단테 또한 곤혹스럽기는 마찬가지였다. 만약 이쪽 절벽이 저쪽 절벽보다 더 높았더라면 베르길리우스는 모르겠지만 단테는 도저히 올라가지 못했을 것이다.

그러나 사악한 구덩이 말레볼제에는 그 복판의 깊은 구덩이를 중심으로 비스듬히 경사져 있었기 때문에 구덩이 하나하나를 살펴보면 바깥 둘레의 절벽이 높고 안쪽은 낮게 되어 있다는 것을 알 수 있었다.

그들은 마침내 마지막 바위가 솟아 있는 꼭대기에 다다르게 되었다. 그러나 그곳에 도달했을 때는 이미 숨이 턱까지 차올라 더 이상 앞으로 나아갈 수 없는 상태였다. 단테는 맥을 놓고 그 자리에 털썩 주저앉아 거친 숨을 몰아쉬었다.

"단테, 자네 마음속에 있는 나태함을 몰아내게."

단테의 모습을 지켜본 베르길리우스는 호되게 꾸짖었다.

"지금 우리에게는 편히 앉아서 쉴 만한 여유가 없네. 예로부터 깃털 방석에 앉거나 비단 이불에 누워 편안하고 좋은 것만을 추구하는 자가 명성을 얻은 예는 없었지. 이름 없이 생애를 마치는 자가 이 세상에 남기는 유일한 흔적이란 공중의 연기나 물 위의 거품에 불과한 것. 자, 있는 힘을 다하여 일어나게. 만약 자네의 정신력으로 지친 육체를 다시 일으켜 세울 수만 있다면 이후 감당해내지 못할 일이 무엇이겠는가. 겨우 마귀들의 손아귀에서 벗어난 것만으로 모든 일이 끝난 것은 아니라네. 우리의 눈앞에는 더욱 길고 험한 언덕이 겹겹으로 놓여 있다는 사실을 잊지 말게. 자, 이 모든 일이 자네를 위한 것이니 어서 기운을 내서 일어나게."

단테는 사실 숨이 가빴지만 기운찬 표정으로 자리에서 벌떡 일어났다.

"스승님, 감사합니다. 스승님의 말씀을 듣고 용기를 얻었습니다. 이제는 제 마음이 기쁨으로 충만하여 어디든 갈 수 있을 것 같습니다."

둘은 다시 바위 위로 걸어갔다. 그 길은 울퉁불퉁하고 좁았으며 이제까지 오던 길보다 훨씬 험했다. 단테는 베르길리우스에게 약한 모습을 보일까봐 일부러 계속 무슨 말인가를 하면서 걸었다.

마침내 그들 앞에 커다란 구덩이가 나타났고 그 구덩이에서는 무슨 뜻인지 알 수 없는 말소리가 들려왔다. 그러나 그 말소리가 어찌나 기괴하던지 도저히 사람의 소리라고는 믿어지지 않을 정도였다. 아마도 그 사람은 뛰어다니면서 말을 하거나 비명을 지르는 것 같았다. 단테는 궁금하여 구덩이 아래쪽을 내려다보았다. 그러나 바닥이 어두워서 육안으로는 전혀 분간할 수가 없었다.

"스승님, 어서 저쪽 둑으로 건너가 절벽을 내려가는 게 좋을 듯싶습니다. 여기서는 목소리는 들려도 도무지 뜻을 헤아릴 수 없고 굽어보아도 형체를 분간할 수 없습니다."

"나도 그럴 생각이었네. 당연한 이치는 마땅히 행동으로 옮겨야 하는 법. 자! 조심조심 내 뒤를 따르게."

그들은 여덟 번째 둑에 걸려 있는 다리 밑으로 내려가서야 비로소 구덩이 속의 광경을 뚜렷하게 볼 수 있었다.

그곳에는 교활하고 음흉하며 간계가 뛰어난 뱀의 무리가 우글거리고 있었다. 그것들의 모습이 어찌나 흉측하고 혐오스럽던지 피가 얼어붙을 정도였다. 날아다니는 뱀, 흙을 파는 뱀, 머리가 둘 달린 뱀, 꼬리를 들어 요란한 방울소리를 내는 뱀.

점박이 독사들이 많기로 유명한 리비아 사막도 이곳과는 도저히 비교할 수가 없을 것이다. 아니, 에티오피아와 홍해 근처에 있는 온갖 흉물스러운 뱀을 다 합치더라도 이곳에 있는 뱀들과는 상대가 안 될 것이다.

그런데 이렇듯 발 디딜 틈조차 없이 뱀들이 우글거리는 구덩이 속에서 영혼들이 벌거벗은 채 허둥지둥 도망 다니고 있었다. 그 영혼들에게는 몸을 숨길 만한 곳이 없었으며 뱀의 독을 해독시킨다는 혈 보석조차 찾아낼 가망이 없어 보였다. 그들이 뒷짐을 지고 있는 양손은 마치 포승줄처럼 뱀으로 칭칭 동여매져 있었고 그 뱀이 다리 사이로 꼬리와 머리를 내밀며 허리를 감아 배 앞에서 뒤엉켜 도사리고 있었다.

잠시 서서 그들의 모습을 지켜보고 있을 때, 뱀 한 마리가 지나가던 저주받은 한 영혼에게 날아올라 그의 목덜미를 물어뜯었다. 그러자 뱀에 물린 영혼은 순식간에 불에 타 새카맣게 재로 변해 버렸다.

그것은 외마디 비명을 지를 틈도 없이 순식간에 일어났다. 그러나 재가 되어 땅으로 쏟아졌던 것이 자석에 이끌리듯 다시 모이더니 눈 깜짝할 사이에 본래의 모습으로 되돌아갔다. 너무나 짧은 순간에 일어났던 일이라 단테는 자신의 눈을 의심하지 않을 수 없었다.

일찍이 학자나 시인들이 말하기를, 불사조는 오백 살이 되면 한 번 죽었다가 다시 부활하여 일생 동안 풀이나 모이를 먹지 않고 오직 향기로운 이슬과 향료로 쓰이는 아모모만 먹으며 산다고 했다. 그러다가 마지막에는 몰약沒藥과 감근甘根에 싸여 죽는다는 것이다.

이처럼 마귀의 힘으로 쓰러졌었는지, 아니면 간질병의 발작으로 마비가 되었던 것인지 그 영문도 모른 채 쓰러졌던 죄인은 부스스 다시 일어나 앉았다. 그러나 자신이 겪었던 고통의 무게 때문인지 망연자실하여 주위를 두리번거리다가 길게 한숨을 내쉬었다.

단테는 그에게 가까이 다가갔고 그를 유심히 살피던 베르길리우스가 먼저 말을 걸었다.

"자네의 이름은 무엇이고 어디에서 왔는가?"

그러자 그는 마지못해 대답했다.

"나는 며칠 전 토스카나로부터 이 무서운 구덩이 속에 비처럼 떨어졌소. 내게는 인간적인 것보다 짐승 같은 생활이 더 잘 어울렸소. 나는 피스토이아 귀족의 의붓아들로 태어났고 이름은 반니 푸치라고 하오."

단테는 베르길리우스를 바라보며 부탁했다.

"스승님, 저자에게 도망가지 말고 잠시만 이곳에 머무르라고 말씀해 주십시오. 무슨 죄로 이 구덩이에 떨어지게 되었는지 알고 싶습니다. 언젠가 저자가 피사인의 소요를 진압하기 위하여 피렌체 군에 가담하여 출전했던 것을 본 적이 있습니다. 또한 성격이 포악하여 피스토이아에서 난폭한 행동을 저지르는 것도 보았습니다."

단테의 말을 듣고 있던 죄인은 변명하지 않고 단테 쪽으로 고개를 돌려 위아래로 훑어보았다. 곧 단테의 얼굴을 알아보았는지 그는 수치스런 표정으로 말했다.

"살아 있을 때 온갖 굴욕을 다 겪어 보았지만 지금보다 더 비참했던 적은 없었다. 이런 모습을 네게 보이는 것이 더욱 괴롭고 분하구나. 그러나 네가 나에게 어떠한 질문을 하든지 거짓으로 대답하지는 않겠다."

단테는 반니푸치를 바라보며 그에게 직접 질문했다.

"당신은 살아 있을 때 무슨 죄를 지었기에 이곳으로 오게 된 것이오?"

반니푸치는 이제 담담한 듯 차근차근 이야기해나갔다.

"내가 이처럼 깊은 구덩이에 빠지게 된 것은 성당에 있는 보석과 성구聖具를 훔쳤기 때문이다. 타고난 성품이 뻔뻔스러웠던 나는 라누치오라는 자에게 누명을 씌웠는데 결국 그것이 발각되어 사형을 당하게 된 것이다. 너는 내가 이런 꼴을 당하고 있는 것이 기쁠 테지만 분명코 그 기쁨은 오래가지 못할 것이다."

반니푸치는 교활한 웃음을 터뜨리며 단테를 노려보았다.

"이제부터 내 말을 잘 듣고 명심하는 게 좋을 게다. 피스토이아에서는 흑당이 망하겠지만 피렌체에서는 흑당이 득세하여 백당을 몰아낼 것이다. 전쟁을 상징하는 불의 신 마르스는 발디마그라 골짜기에서 흑당의 우두머리에게 승리의 깃발을 안겨줄 것이다. 피체노 벌판에서 한바탕의 결전이 있은 후 불꽃과 안개의 구름이 걷히면, 그곳은 흑당의 세계가 되는 것이다. 그래서 네가 속해 있는 백당은 뿔뿔이 흩어지게 되고 그때부터 너의 고통과 방랑이 시작될 것이다."

단테는 그자의 예언에 몸서리를 치며 날카롭게 되물었다.

"당신은 나를 싫어하면서 왜 나의 앞날에 대해 그토록 상세히 알려주는 것이오?"

"그야 간단해. 고통은 아무것도 모르는 상태에서 갑작스럽게 맞부딪쳤을 땐 오히려 견뎌내기 쉬운 법이지. 그러나 정해진 고통을 기다리며 살기란 지옥에서 사는 삶과 조금도 다를 바가 없기 때문이다."

반인반사 半人半蛇

　말을 마친 반니푸치는 검지와 중지 사이에 엄지를 끼워 주먹을 만들더니 하늘을 향해 높이 쳐들면서 소리쳤다.

　"하늘에 있는 자야, 이거나 먹어라. 내가 지은 죄가 얼마나 크다고 나에게 이런 고통의 형벌을 주느냐! 나는 과감히 너에게 도전장을 던진다."

　하느님을 향해 그런 불손한 말을 서슴없이 하는 반니푸치를 본 단테는 하느님의 노여움이 두려워 어찌할 바를 몰랐다. 이때 뱀 한 마리가 휙 날아올라 그의 목을 칭칭 휘감더니 이어서 또 한 마리가 두 팔을 옭아맸다. 반니푸치는 꼼짝도 할 수 없게 되어 버렸다.

　단테는 그를 향해 호통을 쳤다.

　"지은 죄가 쌓여 하늘까지 치솟은 어리석은 자여! 네놈은 어찌하여 스스로 재가 되어 사라져 버리지 않느냐? 지옥의 여러 곳을 지나쳐 왔지만 너처럼 하느님께 불손한 짓을 하는 불경의 망령은 일찍이 본 적이 없다. 테베의 성벽에서 벼락에 맞아 죽은 카파네우스도 네놈 같지는 않았다."

반니푸치는 단테의 호통에 아무런 반박도 하지 못한 채 멀찍이 도망쳐 버렸다. 그런데 상체는 인간이요, 하체는 소인 켄타우로스가 벽력같은 소리를 지르며 그의 뒤를 쫓아가기 시작했다.

"어디로 도망가느냐, 이 고약한 놈! 감히 네가 하느님께 욕된 행동을 하고도 무사할 줄 알았더냐?"

켄타우로스의 허리에는 수많은 뱀들이 서로 뒤엉켜 달라붙어 있었는데 그 수가 토스카나 해안지대 마렘마 늪에 가득한 뱀들보다도 더 많아 보였다. 그리고 켄타우로스의 어깨 위에는 날개 달린 용 한 마리가 도사리고 앉아서 아무 데나 닥치는 대로 불을 내뿜었다.

단테가 주춤거리고 한 걸음 물러서자 베르길리우스가 말했다.

"저자는 불가누스의 아들로 아펜티노 산 동굴에 살던 카쿠스라는 녀석이라네. 저 녀석은 겁도 없이 헤라클레스가 제리온의 소를 몰고 돌아오던 도중 그 소를 훔쳐 잡아먹었지. 잡아먹힌 소의 수가 얼마나 많았던지 저 녀석 때문에 가끔씩 아펜티노 산기슭이 피의 호수로 변하기도 했다네."

"그렇다면 카쿠스가 천하 영웅인 헤라클레스에게 도전하여 그의 소를 빼앗았단 말입니까?"

"아니지. 그는 헤라클레스가 낮잠을 잘 때 몰래 소를 훔친 거라네. 그러고는 헤라클레스의 추적을 피하기 위해서 소꼬리를 쥐고 뒷걸음질치게 하여 자기 동굴로 끌어들였지. 그러나 소의 울음소리 때문에 숨은 장소가 발각되어 결국 헤라클레스에게 죽음을 당했다네."

"카쿠스는 다른 동료들과 같이 일곱 번째 지옥에 있지 않고 왜 이곳에 있는 겁니까?"

"그 이유는 저 녀석이 자기 동료를 교활하게 속여 그들의 가축을 빼앗거나 훔쳤기 때문이라네. 그래서 동료들과도 함께 있을 수 없게 된 거지. 그 못된 버릇은 헤라클레스의 몽둥이를 맞고 잠시 없어졌다네. 그러나 애석하게도 저 녀석은 백 대의 매 중 겨우 열 대밖에 맞지 않고 죽었기 때문에 끝내 그 버릇을 고치지는 못했지.”

베르길리우스가 카쿠스에 대해 설명하는 동안 그는 멀리 사라져 버렸다.

“너희들은 누구냐?”

뒤에서 누군가가 소리치는 바람에 놀란 베르길리우스와 단테는 뒤를 돌아보았다. 그곳에는 이들이 알지 못하는 사이에 세 명의 망령이 다가와 있었고 그들은 둘을 유심히 살펴보고 있었다. 이들 또한 뒤돌아서서 그들을 주의 깊게 보았지만 한 번도 본 기억이 없었다.

그때 그들 중 하나가 단테의 귀에 익은 자의 이름을 불렀다.

“치안파는 어디서 어정거리고 있지?”

치안파라면 가축을 훔치거나, 가게를 털거나 또는 금고를 깨뜨려 상습적으로 남의 물건을 훔쳤던 피렌체 명문가 출신의 귀족이 아니던가.

단테가 평소 알고 지냈던 치안파의 안부를 묻기 위해서 막 입을 열려는 순간 베르길리우스가 검지로 그의 입을 막으며 아무 말도 하지 말라는 신호를 보냈다.

그때 단테의 눈앞에서 기괴한 광경이 벌어졌다. 두 눈으로 직접 목격한 일이지만 사실 도저히 믿기 어려운 일이었다.

단테가 눈을 들어 그들을 똑바로 주시하고 있자니 갑자기 발이 여섯이나 돋친 큰 뱀 한 마리가 그중 하나에게 달려들어 온몸을 휘감았다. 그러고는 가운데 발로 그의 아랫배를 조이고 앞발로는 팔을 움켜쥐더니 천천히 양쪽 볼을 물어뜯었다. 나머지 뒷발은 그자의 넓적다리에 붙

이고 꼬리는 사타구니 사이로 집어넣어 엉덩이를 거쳐 등까지 올려 뻗쳤다. 이 징그러운 짐승이 사람의 몸을 칭칭 감은 꼴은 담쟁이덩굴이 나무에 얽힌 것보다 더 심했다.

이윽고 녹아서 눌어붙은 양초처럼 서로 뒤엉키면서 색깔마저도 뒤섞여 누가 사람이고 누가 짐승인지 전혀 분간할 수 없게 되었다. 그것은 불붙은 종이가 누렇게 갈색 빛을 내며 타들어 가다가 미처 까맣게 변하기도 전에 흰 재가 되어 바람에 날리는 것과 같았다. 이것을 지켜보던 나머지 두 망령이 애절하게 소리쳤다.

"아, 참혹하다. 아넬로야, 이게 무슨 일이냐! 순식간에 이렇게 변해 버리다니…… 너는 이제 둘도 아니고 하나도 아니로구나."

알 수 없는 그들의 말이 곧 현실로 나타나 눈앞에 펼쳐졌다. 이미 두 개의 머리는 하나가 되어 있었으며 두 모습이 섞여 한 얼굴로 변해 있으니 그의 모습은 찾아볼 수가 없었다. 그들은 본래의 모습이 완전히 사라져 사람도 짐승도 아닌 괴물의 형체가 되어 둘의 왼쪽을 지나 천천히 걸어갔다.

단테는 당황하여 남아 있는 두 망령에게 물었다.

"방금 뱀에게 몸이 휘감겨 괴물로 변해버린 그자는 도대체 누구요?"

그들 중 키가 작고 눈매가 날카로운 자가 대답했다.

"그는 피렌체의 명문 귀족 출신으로 이름은 아넬로라고 합니다. 권력으로 힘없는 사람들을 괴롭히고 공금을 횡령하여 끊임없이 세인들의 입에 오르내렸죠."

그때 후추 씨처럼 검은 뱀 한 마리가 그들 둘의 배를 향해 달려들었다. 마치 번개가 번쩍이듯이 순식간에 일어난 일이었다. 뱀은 그들 중 하나의 배꼽을 깨물더니 쇠꼬챙이처럼 단단하게 몸을 쭉 뻗었다. 물린 자는 물끄러미 뱀을 바라보더니 아무 말도 없이 그 자리에 버티고 선 채 하품을 계속 해댔다. 그의 표정은 마치 열병이나 졸음에 시달리는 것처럼 흐리멍텅해 보였다. 단지 그는 뱀을, 뱀은 그를 쳐다보는 데 정신이 팔려 있었다.

그때였다. 뱀이 아가리를 벌려 연기를 내뿜자 물린 자의 상처에서도 연기가 뿜어져 나왔다. 이윽고 주위가 연기로 뒤덮여 뿌옇게 흐려졌다.

'아, 시인 루카누스여. 입을 다물라. 카토의 부하인 사벨로가 리비아 사막에서 뱀에게 물려 재가 되고, 나시디오도 뱀에게 물려 갑옷이 찢어질 정도로 몸이 부어 죽고 말았다는 당신의 서사시를 이제는 그만 읊고 나의 이야기에 귀를 기울이라. 사랑을 노래한 오비디우스여, 당신 또한 입을 다물라. 사내를 뱀으로, 계집을 샘으로 형상화하여 시를 읊었지만 본질까지 완전히 바꾸지는 못했지 않았는가.'

그러나 단테가 본 것들은 두 시인이 노래한 그 모든 것보다 훨씬 놀랍고 신기한 것이었다.

실뱀이 꼬리를 잘라 가랑이를 만들자 뱀에게 물린 자의 다리가 하나로 합쳐져 미끈미끈한 살덩이로 변했다. 사람의 다리가 완전히 뱀의 꼬리 형태를 갖추자 뱀에게서는 완전히 두 다리가 생겨났다. 사람의 양팔이 겨드랑이 밑으로 들어가 버렸고 그 대신 사람의 팔이 오그라든 만큼 뱀의 짧은 두 앞발이 길게 늘어나 끝이 다섯 개로 갈라졌다. 뱀의 뒷발이 둘 다 뒤틀리더니 남자들의 성기로 변했고 그것은 다시 둘로 갈라져 짧고 보기 흉한 두 개의 다리가 되었다. 연기가 서서히 걷힐 무렵 둘의 살갗 색이 변하면서 뱀의 껍데기 일부에서 털이 자랐고 반대로 사람의 살갗 일부에서는 머리카락과 털이 빠졌다.

연기가 완전히 사라지자 땅을 기어 다니던 뱀은 완전히 일어서고 걸어 다니던 사람은 반대로 배를 깔고 엎드려 있었다. 일어선 자가 관자놀이를 실룩거리자 관자놀이 언저리에 살점이 밀려 귀가 생기고 움푹하던 볼을 메웠다. 밀려서 눈 아래 남아 있던 살점은 코가 되는 동시에 도톰한 입술로 변했다. 그러나 땅바닥에 엎드려 있는 자는 얼굴을 앞으로 내밀더니 달팽이가 더듬이를 오므리듯 두 귀를 머리 안으로 끌어들였다. 그리고 지껄이기를 잘하던 혀가 둘로 갈라지면서 입 밖으로 길게 늘어났다.

이윽고 둘의 모습이 완전히 뒤바뀌자 뱀으로 변한 자는 씩씩거리며 골짜기로 도망쳤다. 그러자 사람으로 변한 자가 뭔가를 중얼거리더니 바닥에 침을 한 번 뱉고서는 뒤뚱거리는 걸음으로 뱀으로 변한 자의 뒤를 따라갔다. 그러나 몇 걸음 가지 않아서 뒤를 획 돌아다보았다. 그러더니 남아 있던 다른 한 망령에게 소리쳤다.

"부오소 그놈에게도 내가 땅을 기어 다니면서 겪었던 고통을 똑같이 겪게 하겠다."

단테는 눈앞에서 일어난 일들이 믿기 힘들었기에 그때까지도 정신을 차리지 못하고 있었다. 바람에 의해서 천만번 변한다는 모래 바닥일지라도 이렇게 변화무쌍하지는 않을 것이다. 그는 눈이 혼탁해지고 정신 또한 몽롱해져서 한동안 자리에 꼿꼿이 서 있었다. 그렇지만 그런 상태에서도 처음에 다가왔던 세 명 중에 마지막으로 남은 자가 피렌체의 유명한 도둑 푸치오 쉬앙카토인 것을 알아볼 수 있었다. 오직 그자만이 변하지 않은 본래의 모습으로 또 다른 뱀을 피해 도망치고 있었다.

오디세우스

단테는 조국 피렌체의 부패가 지옥에서 그대로 드러난 것을 보고 가슴이 찢어지는 것처럼 아팠다.

"아, 피렌체여! 너의 깃발과 영광스런 날개가 바다와 육지를 넘나들고 그것도 모자라 지옥 곳곳에서까지 그 명성을 드높이고 있구나. 이곳에서 만난 도둑의 무리 중에서 끔찍한 몰골로 변한 너의 시민을 다섯이나 보고 나는 부끄러워 얼굴을 들 수가 없었다. 설마 너는 이것을 명성을 드높이고 그 위용이 높아진 걸로 착각하고 있는 것은 아니겠지? 새벽녘의 꿈이 올바르다면, 머지않아 피렌체 북쪽의 프라토가 너에게서 무엇을 바라고 있는지 곧 깨닫게 될 것이다. 프라토 시민들의 너에 대한 불만은 지금 당장이라도 폭발할 듯이 가득하다. 비통의 슬픈 날이 이미 닥쳤더라도 결코 이른 것은 아닐 것이다. 언젠가 닥칠 일이라면 차라리 조금이라도 더 빨리 겪어 기다리는 동안의 불안을 줄이는 것이 나을 테니…… 내가 젊음을 잃고 기력이 쇠잔했을 때 피렌체 너의 참상을 처음으로 지켜보게 되었다면, 난 아마도 괴로움에 몸을 떨다가 사지가 굳어져 죽어버렸을 것이다."

단테의 한탄을 묵묵히 듣던 베르길리우스가 천천히 발걸음을 옮겨 그 곳을 떠나자 제자도 뒤를 따랐다. 이들이 내려왔던 절벽을 따라 베르길리우스가 먼저 올라갔으며 팔을 뻗어 그를 끌어올려 주었다. 내려올 때는 미처 알지 못했으나 오를 때 보니 그곳은 무척이나 길이 험한 곳이었다. 암벽과 바위틈 사이에 있는 좁은 길이라 손으로 짚고서야 간신히 발을 뗄 수 있었다.

단테는 착잡한 상념에 잠겨 걸으면서 지금까지 보아 온 것들이 비수가 되어 자신의 가슴속에 날카롭게 꽂혀 있는 것을 깨달았다. 그것은 견딜 수 없는 괴로움이었다. 그 모든 괴로움을 지금까지의 마음가짐으로는 감당해내기 힘들었다.

그는 전보다 더 굳게 마음을 먹고 베르길리우스의 지혜와 덕으로 올바르게 인도되기를 바라면서 하느님께서 자신에게 주신 행운의 은총이 헛되지 않도록 기도했다. 그리고 지옥 순례의 길을 자청하여 나선 것에 대해 결코 후회하지 않으리라 스스로 다짐했다.

여덟 번째 구덩이 바닥을 볼 수 있는 곳에 이르렀을 때 이들은 그곳에서 수많은 불꽃이 반짝이는 것을 보았다. 순간 해가 길어지고 파리 대신 모기가 나오는 초여름 무렵, 포도를 따고 밭을 갈던 농부가 쉬기 위해 언덕에 올라가 골짜기 사이를 날아다니는 수많은 반딧불을 바라보는 것 같은 느낌이 들었다. 그러나 구약의 예언자 엘리야가 불 수레를 타고 하늘을 오를 때 그 광경을 제자 엘리사가 보려했으나 회오리바람에 휩싸여 불꽃밖에 볼 수 없었던 것처럼, 이곳 여덟 번째 구덩이에서도 불꽃만 보일 뿐 갇혀 있는 죄인들의 모습은 보이지 않았다.

"스승님, 이곳에는 불꽃만 가득하고 죄인들의 모습이 보이지 않으니 어찌 된 일입니까?"

단테가 조급하게 베르길리우스에게 물었다.

"이곳에 있는 죄인은 불꽃 하나하나에 휩싸여 있어서 그 모습 대신 타오르는 불꽃만 보이는 것이라네."

그는 베르길리우스의 말을 듣고, 아래로 떨어지지 않도록 조심하면서 바위 모서리를 붙잡고 발돋움하여 구덩이 속을 유심히 살펴보았다. 그가 바짝 긴장하고 있는 것을 눈치챈 베르길리우스는 자상하게 설명해 주었다.

"저 불꽃은 죄지은 영혼들이 저주 속에 스스로를 불태우고 있는 것이기 때문에 영원히 꺼지지 않는다네. 저주가 사악하고 분노가 깊을수록 불꽃은 더욱 활활 타올라 죄인의 모습을 전혀 분간할 수 없게 되지."

"아마 그럴 것이라고 속으로 짐작하고 있었는데, 스승님의 말씀을 들으니 제 생각이 맞았군요."

베르길리우스는 대견한 듯이 제자를 바라보며 미소 지었다.

"스승님, 저 불길 속에는 어떠한 자들이 있습니까?"

그는 손가락을 들어 어느 불꽃보다도 거세게 타오르는 불꽃 하나를 가리켰다.

"사이가 나빴던 형제가 같은 날 죽게 되어 한곳에서 화장을 했는데 서로를 너무나 싫어했던 나머지 연기마저도 따로따로 하늘을 향해 올라갔다는 얘기를 들은 적이 있습니다. 그런데 저 불꽃 또한 서로에게서 멀리 떨어지려는 기색이 역력해 보입니다."

베르길리우스는 고개를 끄덕이며 말했다.

"자네가 옳게 보았네. 저 속에는 트로이를 정복하기 위해 수단과 방법을 가리지 않았던 죄로 형벌을 받게 된 오디세우스와 디오메데스가 있다네. 그들은 트로이 목마 속에 몰래 병사들을 숨겼던 일을 저 불꽃 속에서 한탄하며 뉘우치고 있지."

"하지만 그 목마가 아니었더라면 그들은 승리하지 못했을 텐데요?"

"목마에 병사들을 숨겼던 잔꾀로 트로이를 함락시킬 수는 있었지만 결국 아이네이아스에게 지나갈 길을 터준 셈이 되었지. 아이네이아스는 트로이를 지나 이탈리아로 가서 강대한 로마 제국을 건설했잖은가."

"아, 그때부터 고귀한 로마의 혈통이 시작된 거로군요."

단테는 평소 로마의 혈통임을 무척이나 자랑스럽게 생각하고 있었다.

"하지만 오디세우스와 디오메데스의 죄는 거기에서 끝난 게 아니라네. 그들은 교활한 계략으로 아킬레우스를 원정군에 참가시켜 죽게 했지. 그때 아킬레우스의 애인 데이다메이아는 그의 아이를 잉태하고 있었다네. 그런데 불행하게도 아킬레우스의 전사 소식을 들은 그녀는 너무 상심한 나머지 비탄에 잠겨 스스로 죽음을 선택했지."

단테는 혼잣말처럼 작게 중얼거렸다.

"만약 저들이 불 속에서도 말을 할 수 있다면……!"

베르길리우스는 단테의 말을 자세히 들으려고 몸을 기울여 가까이 다가섰다. 용기를 낸 그는 베르길리우스에게 부탁하기로 마음먹었다.

"스승님, 간절하게 부탁드립니다. 깊은 생각 끝에 부탁드리는 것이니 허락해 주십시오. 만약 저들이 불꽃 속에서도 말을 할 수가 있다면, 저 불꽃이 우리가 서 있는 곳으로 가까이 다가올 때까지 조금만 걸음을 늦 춰 주십시오. 스승님도 알고 계시듯이 제 마음은 저들의 얘기를 듣고자 하는 욕구로 강렬히 타오르고 있습니다."

단테가 간절하게 부탁을 하자 베르길리우스는 인자한 표정으로 고개 를 끄덕였다.

"자네의 부탁이 기특하기에 들어주도록 하겠네. 단, 자네는 아무 말도 하지 말게. 자네가 묻고자 하는 것들을 이미 내가 다 알고 있으니 내가 대신 질문하도록 하겠네. 저들은 그리스인들이라 자네의 말을 알아듣지 도 못할 뿐더러, 오만하기 짝이 없어 자네를 무시하려 들 것이네."

그 불꽃이 다가와 시간과 거리가 적당하다고 여겨졌을 때 베르길리우 스가 그들에게 말을 걸었다.

"불 속에 있는 자들이여! 나는 시인 베르길리우스요. 내가 살아 있을 때 당신들에게 조금이라도 도움이 되었다면…… 칭송받던 내 시가 당 신들에게도 알려져 내 이름을 단 한 번이라도 들은 적이 있다면 움직임 을 멈추고 내 물음에 대답해 주시오."

그러자 불꽃이 머뭇머뭇 제자리에 멈춰서더니 베르길리우스 쪽으로 비스듬히 기울었다. 베르길리우스는 단테가 묻고자 했던 말들을 서두르 지 않고 여유 있게 질문했다.

"오디세우스, 나는 당신이 어떻게 해서 죽게 되었는지 알고 싶소. 호메 로스가 말하기를 당신이 20여 년을 떠돌다가 고향인 타게 섬으로 귀환

했다고 하고, 또 누군가는 부하들을 이끌고 미지의 바다로 탐험을 떠났다가 조난을 당해 죽었다고도 하던데 과연 누구의 말이 사실이오?"

거대하고 오래된 오디세우스 불꽃은 마치 바람과 싸우는 듯 신음 소리를 내며 흔들거렸다. 같은 불꽃이긴 하나 오디세우스의 불꽃이 디오메데스의 불꽃보다 월등하게 컸다. 그것으로 미루어볼 때 아마도 오디세우스가 더 위대하고 지은 죄 또한 컸기 때문이리라.

마치 무엇인가를 말하려는 혀처럼 한동안 불꽃 끝을 이리저리 흔들더니 불꽃 속에서 말소리가 새어나오기 시작했다.

"트로이를 점령하고 귀국하는 도중 우리는 태양신의 딸 키르케가 살고 있는 아이아이에라 섬에 잠시 머물렀는데 그때 키르케는 나의 동료들을 돼지로 만들어 버렸소. 할 수 없이 나는 그 섬에서 일 년 동안 키르케와 살면서 그녀와의 사이에 아들 텔레마코스를 두기도 했소. 그러나 나의 외아들 텔레마코스에 대한 사랑도, 늙으신 아버지 다에르테스에 대한 효심도, 아내 페넬로페를 행복하게 해 주어야 할 의무도, 세상을 좀 더 알고 싶은, 특히 인간이 가지고 있는 선과 악, 덕과 부덕에 관한 문제들에 좀 더 접근하고픈 나의 강한 욕망을 억제시킬 수 없었소. 그래서 나는 그때까지 사람의 모습으로 남아 있던 몇 명의 동료들을 이끌고 넓은 바다로 탐험을 떠났소."

베르길리우스와 단테는 오디세우스의 이야기에 점점 빠져 들어갔다.

"바다로 나선 우리는 지중해의 북쪽과 남쪽 해안을 보았고 스페인의 모로코도 사르데냐 섬도, 그밖에 바다에 잠기는 수많은 주위의 섬들도 보았소."

"당신의 여정이 얼마나 길고 험난했을지 짐작이 가는군."

베르길리우스는 고개를 끄덕이며 그의 이야기를 받아주면서 다음 이야기를 재촉했다.

"지브롤터 해안에 다다를 무렵, 나와 동료들 모두 백발이 성성해졌고 기운도 쇠잔하여 의지마저 약해져 있었다오. 그래서 그 해안에 꽂혀 있는 '더 이상 나아가지 말라'는 말뚝을 보고는 그만 모두 주저앉고 말았소. 그때 나는 동료들에게 이렇게 말했소. '여러분, 수많은 위험을 무릅쓰고 당신들은 드디어 세계의 서쪽 끝에 왔습니다. 비록 여생이 얼마 남지는 않았지만, 사람이 살지 않는 태양 저편 남반부를 찾으려는 의욕을 결코 버려서는 안 됩니다. 위대한 그리스인들이여, 그대들은 짐승 같은 일생을 보내기 위해 태어난 것이 아니라 지식을 구하고 덕을 쌓기 위하여 태어난 것입니다' 나의 말에 용기와 힘을 얻은 동료들은 앞다투어 항해를 서둘렀소. 그땐 오히려 그들을 진정시키느라 곤혹스러울 지경이었소."

오디세우스는 그때를 회상하는지 목소리 가득 당당함이 묻어났다.

"우리는 뱃머리를 동쪽으로 돌려 노를 날개 삼아 미친 듯이 질주하며 계속 내려갔소. 그런데 갑자기 북극성이 차츰 낮아지더니 마침내 하늘 위로 떠오르지 않게 되었소."

단테는 그제야 비로소 오디세우스가 남극까지 갔었다는 사실을 알 수 있었다.

그는 계속 말을 이었다.

"우리가 남극을 향해 바다로 나선 지 5개월이 지났을 때 아득히 먼 저편에서 산 하나가 희미하게 보이기 시작했소. 그것은 일찍이 본 적이 없는 웅장한 산이었소. 그러나 흥분으로 들뜨기도 잠시뿐……."

오디세우스는 갑자기 말꼬리를 흐리더니 한동안 입을 다물었다. 단테는 베르길리우스가 말을 재촉하길 바랐으나 그조차 입을 다물고 가만히 오디세우스의 말을 기다리고 있었다. 잠시 후 긴 한숨을 내쉰 오디세우스는 아픈 기억을 되살리며 어렵게 말을 이었다.

"그 미지의 땅에서 회오리바람이 불어와 뱃머리를 치자 배는 종잇조각처럼 물속에 휩쓸렸고, 결국 세 번, 네 번 연거푸 몰아치는 바람과 파도에 견디지 못하고…… 하느님의 뜻이었는지, 갑작스럽게 배의 꼬리가 치솟아 우리는 뱃머리와 함께 서서히 바닷속으로 가라앉았소. 순식간에 빛은 우리를 버렸고 영원한 어둠이 시작된 것이라오."

영원히 불타오르는 영혼들

오디세우스의 거대한 불꽃은 그 기운을 조금 누그러뜨리고 조용히 타
오르다가 힘없이 말했다.

"위대한 시성 베르길리우스여, 이제 이곳을 떠나 나의 길을 가도 되겠
소?"

"물론이오. 우리를 위해 아픈 과거를 꺼내 상세히 들려주어서 고맙소.
가시오, 더 이상 물을 게 없소."

불꽃은 스승과 제자의 곁을 떠나 무겁게 발길을 옮겼다.

그때 곧이어 뒤따라 온 새로운 불꽃 하나가 요란한 소리를 내며 시선
을 모았다. 그 소리는 마치 시칠리아 섬에서 사용했던 구리로 만든 황소
동상 속에서 나는 소리와 비슷했다. 시칠리아 섬에서는 죄인을 고문하
거나 처형할 때 구리로 만든 황소 안에 죄인을 집어넣고 밖에서 불로 달
구는 의식이 있었다. 그 황소 동상 속의 죄인들은 고통으로 몸부림치면
서 마치 황소처럼 울부짖었다고 한다. 그런데 이들에게 다가온 불길 속

에서 헤어나거나 모면할 수 없는 고통으로 절박하게 울부짖는 소리가 들려왔다. 잠시 후 그 울부짖음이 조금씩 잦아지면서 사람의 말소리가 들리기 시작했다.

"오, 방금 롬바르디아 말로 '자, 가시오. 더 이상 물을 게 없소'라고 자상하게 말하던 사람이 누구요? 당신이 누군지는 모르지만 사정이 허락한다면 내 말 좀 들어 주시오. 나는 기벨린 당의 우두머리였던 구이도 다 몬테펠트로요. 눈이 어두워 소리만을 좇아오느라 좀 늦었지만 당신들과 얘기를 나누고 싶은 마음이 간절하오. 내 비록 불꽃 속에서 고통받고 있지만 말하는 데는 별 어려움이 없소."

단테는 그와 이야기를 나누어도 괜찮은지 망설이면서 베르길리우스와 불꽃을 번갈아 보았다. 그러자 구이도 다 몬테펠트로는 거의 애원하는 목소리로 다시 말을 이었다.

"당신들이 저 아름다운 이탈리아 땅으로부터 지금 이 암흑의 세계로 떨어져 왔다면 그곳 소식을 좀 전해 주시오. 로마냐는 지금 아름다움을 간직한 채 평화로움을 노래하고 있소? 아니면 전쟁으로 황폐하여 고통의 비명이 울려 퍼지고 있소? 나는 그 나라 사람으로, 우르비노와 테베레 강이 흐르고 있는 산 계곡에서 살았다오."

베르길리우스가 팔꿈치로 단테의 옆구리를 조용히 찌르며 낮게 속삭였다.

"자네가 저자의 말에 대답해 주게. 저자는 자네와 같은 이탈리아인이라네."

그러잖아도 망설이고 있던 단테는 베르길리우스의 말을 듣고 용기를 얻어 서슴지 않고 대답했다.

"불꽃에 휩싸인 영혼이여! 내가 떠나올 무렵에는 당신의 조국 로마냐에 공공연한 싸움은 없었소. 그렇지만 예나 지금이나 전제군주의 가슴에 싸움이 없었던 적은 없잖소. 근래 몇 해 동안 로마냐의 도시 라벤나가 누렸던 행운은 폴렌타 가문의 보호 때문이었소. 그러나 일찍이 오랜 저항 끝에 프랑스군을 학살하고 피투성이 무덤을 쌓았던 그 도시는 지금 또다시 오르델라피 가문에 의해 위협을 받고 있소."

"나와 나의 일파 기벨린당이 그곳을 통치할 때 교황 마르티누스 4세는 프랑스와 이탈리아의 연합군으로 포를리를 공격했지만 지혜와 책략이 뛰어난 우리 연합군은 그곳에서 대승을 거두었다오."

구이도 다 몬테펠트로는 살아 있을 때 자신의 전적을 자랑스럽게 거들먹거렸다.

단테는 그에게 벌컥 화를 냈다.

"하지만 당신들의 전쟁 때문에 무고한 시민들이 대학살 되지 않았소. 도대체 당신들은 누구를 위해, 무엇 때문에 전쟁을 했단 말이오?"

그때까지 말없이 곁에 서 있던 베르길리우스가 제자의 손을 가볍게 쥐며 말했다.

"단테, 너무 화내지 말게. 그래도 이자는 살아 있을 때 인생의 허무함을 깨닫고 수사가 되었다네. 그러나 끝내 타고난 교활함과 권모술수를 버리지 못하여 이 지옥으로 오게 되었지만……."

베르길리우스의 말을 듣고 마음을 가라앉힌 단테는 다시 구이도 다 몬테펠트로와 대화를 계속했다.

"몬타냐를 감금하여 결국 죽게 만든 베루키오 부자父子는 아직도 그곳에서 모진 정치로 악명이 높소. 그리고 라모네와 산테르노 두 마을은 당파들 간의 싸움이 가장 치열한 곳으로, 여름에서 겨울에 걸쳐 주도세력이 바뀌어 지금은 마키나르도 파가니가 다스리고 있소. 또한 평야와 산

악 사이에 있어 도시 외각으로 사비오 강이 흐르는 체세나의 시민들은 폭정과 선정 사이에서 살고 있소이다."

불꽃은 큰바람 앞에서처럼 어지럽게 흔들리더니 이내 깊은 한숨을 내쉬었다. 단테는 그를 뚫어지게 바라보며 말했다.

"구이도, 그대 이름이 세상에서 오래 빛나기를 바란다면 당신에 대해 자세히 말해주시오."

불꽃은 끝을 혀처럼 이리저리 날름거리더니 신세타령을 하기 시작했다.

"만약 이승으로 돌아가는 자의 귀에 내 말이 조금이라도 들어간다면 나의 불꽃은 더 이상 흔들리지 않을 것이오. 그러나 그것은 나의 희망에 불과할 뿐, 그 어느 누구도 살아서 이 지옥을 벗어났다는 말을 들어본 적이 없소. 어차피 모두가 죄를 짓고 지옥에 떨어진 몸인데 누가 누구의 죄를 탓하겠소? 세상에 오명을 남길 것이 더 이상 없으니 당신의 물음에 솔직하게 대답하리다."

구이도는 자신의 형벌을 죄에 대한 당연한 결과로 받아들이고 있는 것 같았다. 그는 잠시 말을 끊었다가 천천히 시작했다.

"나는 원래 군인이었지만 후에 프란치스코 회會 수도자가 되었고 이듬해 72세의 나이로 죽어 이곳에 오게 되었소. 성 프란치스코 수도회는 근검, 절제, 인내의 정신을 상징하는 밧줄을 허리에 매고 다녔는데 나는 그것만으로도 내 죄가 모두 속죄되리라 믿었다오. 그러나 내 믿음대로 뜻이 이루어질 무렵, 저주받을 교황 보니파티우스 8세가 나를 다시 죄악에 빠져들게 만들었소. 분명 그자도 이 지옥 어딘가에서 고통으로 몸부림치고 있을 것이오."

구이도는 떨리는 목소리로 저주의 말을 퍼부었다. 그의 말을 듣고 있던 베르길리우스는 이맛살을 찌푸리며 가볍게 고개를 내저었다. 그러자 구이도는 목소리를 누그러뜨리고 이야기를 계속해 나갔다.

"나란 인간은 부모의 사랑으로 뼈와 살을 이루고 인간의 모습으로 태어났으나 하는 짓거리가 모두 여우의 간사한 꾀에서 비롯된 것이었다오. 권모술수가 뛰어나 어떤 일을 시작하기에 앞서 이미 끝을 알고 빠져나갈 구멍을 미리 생각해 두는 등 나는 잔꾀를 마음껏 활용하여 그 명성을 온 세상에 드높였소."

단테 또한 구이도의 활약에 대해서는 익히 들어 알고 있었다. 그는 잠시 말을 끊었다가 한숨을 내쉬더니 다시 말을 이었다.

"나이가 들어 인생의 돛을 내리고 닻줄을 감아야 할 시기에 이르자 전에는 재미있었던 일들이 짐으로 변해 후회와 참회로 하루하루가 괴로움의 연속이었소. 그래서 머리를 깎고 수도자가 되기로 결심을 했던 거요. 아, 구원의 희망이 있었음에도 불구하고 구원받지 못한 불우비참한 내 신세여……."

구이도는 뼈저리게 후회하고 있었지만 이미 생을 마감한 처지로서 그에게는 자유의지를 펼칠 만한 자격이 상실되었으므로 선택의 여지가 없었다.

"추기경과 고위 성직자들 그리고 그들의 두목인 교황 보니파티우스 8세는 로마 근처에서 콜론나와 전쟁을 벌였소. 그들이 적으로 삼았던 콜론나는 아크리를 탈취한 회교도도 아니요, 회교도에게 무기를 판 상인도 아니었소. 단지 같은 그리스도교인일 뿐이었소. 평소 보니파티우스 8세는 자신이 거룩한 교황의 지위에 있다는 것도, 내가 수도자의 길을 걷기 위해 허리에 밧줄을 두르고 있다는 것도 염두에 두지 않았소. 어느 날 그가 나를 찾아왔소. 자신의 마음속에 열병처럼 타오르는 교만에 대해 조언을 구하기 위해서라고…… 하지만 나는 입을 굳게 다물었소. 그

자의 말이 술주정꾼의 넋두리와 조금도 다를 바가 없었기 때문이오."

"도대체 교황 보니파티우스 8세가 무슨 말을 했기에 그렇소?"

아무리 죽은 이후라고 하지만 당의 우두머리였고 수도자였던 자가 교황에 대해 불경스럽게 말하는 것이 단테는 다소 귀에 거슬렸다. 하지만 교황이 무슨 생각을 하고 어떤 말을 했는지 알지 못하는 상태에서 무작정 구이도만 탓할 수도 없었다.

"교황은 콜론나 가문을 멸망시키고 자기 혼자 권력을 잡으려고 했던 거요. 그러기 위해서는 여우처럼 간교한 나의 꾀가 필요했던 거지. 사실 그는 교만을 고치려고 나를 찾아왔던 것이 아니라 더 큰 권력을 손에 넣어 모든 것을 자기 뜻대로 움직이려고 내게 도움을 청했던 거요. 그리고 그 꾀를 빌려주는 대신, 교황은 나의 죄를 용서하여 천국에 들어갈 수 있게 해 주겠다고 약속했소."

구이도의 말을 들은 단테는 그의 분노가 당연한 것이라고 생각했다. 재물과 권력에 눈이 어두워 남의 것까지 눈독을 들인 교황이라면 다른 사람들보다 훨씬 더 멸시를 받아야 마땅한 것이 아닌가!

"구이도, 당신 말대로 보니파티우스 8세는 지옥 어딘가에서 고통을 받고 있을 것이오."

베르길리우스는 제자의 말이 맞다는 것을 입증이라도 하려는 듯 말없이 고개를 끄덕였다.

구이도는 계속 말을 이었다.

"난 금과 은으로 된 천국의 열쇠를 두 개나 갖고 있었소."

천국의 열쇠 중 금 열쇠는 인간의 죄를 용서해 주시는 하느님의 권능을 표시하는 것이고, 은 열쇠는 인간의 판단에 맡겨지는 학문과 지성을 나타내는 것이었다. 그는 성직자였고 또한 학문과 학식이 뛰어났으므로 자신 있게 말했다.

단테는 그가 교황에게 간교한 책략을 세워주었는지 궁금하여 견딜 수가 없었다. 그래서 얼른 말꼬리를 돌리며 재촉했다.

"당신이 교황의 간청에 끝까지 침묵을 지켰으리라고는 생각되지 않소. 당신이 교황에게 어떤 말을 했는지 그 내용을 듣고 싶소."

구이도는 고개를 끄덕이더니 질문에 대답해 주었다.

"나는 그가 나의 죄를 용서해 주겠다고 한 약속을 믿고 다음과 같이 말했소. '교황님, 그건 간단한 문제입니다. 약속은 길게 하고 이행은 짧게 하면 되지요.' 내 말의 뜻을 눈치챈 보니파티우스 8세는 곧 콜론나 측에 사신을 보내어 죄를 묻지 않을 테니 빨리 성문을 열라고 했다오. 교황의 말을 믿고 콜론나가 성문을 열자 교황은 철저하게 성을 파괴하고 말았소."

단테는 혀를 차며 구이도를 노려보았다.

"쯧쯧, 겨우 그것이 당신이 말해줄 수 있었던 최상의 조언이었단 말이오? 남에게 속임수를 쓰게 하는 책략이……?"

구이도는 다시 한 번 길게 한숨을 내쉬었다.

"나는 수도자가 된 지 일 년 만에 검은 천사의 손에 이끌려 죽음의 길로 접어들었다오. 그때 성 프란치스코께서 마중 나와 나를 데리고 가려 했는데, 시건방진 검은 천사가 앞을 가로막으며 소리쳤소. '그자에게 손대지 마시오. 그자를 데리고 가는 것은 내 의무이며 권리이니 간섭하지 마시오. 그자는 남에게 속임수를 쓰도록 조언했으니 마땅히 지옥으로 가서 형벌을 받아야만 하오.' 그는 내 머리채를 움켜잡고 질질 끌면서 지옥으로 향한 것이오."

"그때 검은 천사의 판단이 옳았던 것 같소. 뉘우치지 않는 자는 용서받을 수 없으며, 또 뉘우침과 악의는 누가 보더라도 모순되는 것이므로 그 두 가지가 함께 공존할 수는 없는 일이오."

구이도는 단테의 말을 못 들은 척하며 자신의 이야기를 계속했다.

"나는 그 검은 천사의 손아귀에서 비명조차 지르지 못한 채 벌벌 떨고 있었소. 그는 나를 지옥의 심판관인 미노스 앞으로 끌고 갔소. 미노스는 나를 보자마자 딱딱한 꼬리로 내 등을 여덟 번 휘감더니 노발대발했소."

"그런데 왜 여덟 번째 지옥 중 하필이면 이렇게 고통스런 불꽃 속에 갇히게 된 것이오?"

"그것 또한 미노스의 심판이었소. 그는 분을 이기지 못해 마구 제 꼬리를 물어뜯으며 이렇게 말했소. '이런 놈은 영원히 타오르는 불꽃 속에서 형벌을 받아야 마땅하다!' 나는 곧장 이곳으로 오게 되었고, 보다시피 불꽃에 갇혀 고통을 당하며 후회와 한탄으로 하루하루를 보내고 있소."

말을 마친 구이도 다 몬테펠트로는 불꽃의 뾰족한 끝을 휘감았다. 그리고 짧은 비명을 한 번 지르고는 황급히 자리를 떴다.

베르길리우스와 단테는 그의 뒷모습을 지켜보다가 발길을 돌려 다음 구덩이로 향했다. 바위를 따라 걷다 보니 돌다리가 보였고 둘은 곧 아치형의 문 위에 이르러 아래를 내려다보았다. 그곳에는 살아 있을 때 이간질을 일삼던 무리들이 한데 모여 자신의 죗값을 치르느라 몹시 고통스러워하고 있었다.

이간질한 영혼들의 죄

아무리 말을 잘하는 사람일지라도 지금 두 사람이 목격한 이 끔찍한 상황을 충분히 묘사할 수는 없을 것이다.

그곳에 있는 죄인들은 온몸을 난도질당한 듯 몸 구석구석에서 계속 피가 흘러내렸고 그 피가 사방으로 튀어 바닥에 흥건하게 고여 있었다. 이런 모습은 사람의 말이나 머리로는 도저히 표현하거나 상상할 수 없는 것으로 그 누구라도 이런 광경을 보았다면 새파랗게 질려 아무 말도 하지 못할 것이다.

비옥한 땅은 예부터 주변 세력들로부터 잦은 침략을 받기 마련이다. 그중 특히 숙명의 땅 폴리아에서는 전쟁이 그칠 날이 없었다. 전쟁이 일어날 때마다 무수한 사람들의 목숨이 승리를 위해 바쳐져야 했고, 그들이 흘린 피로 강산이 온통 붉게 물들었다.

로마의 역사가인 리비우스에 의하면, 16년 동안 계속된 제2차 포에니 전쟁 때 죽은 로마 병정들의 손에서 빼낸 전리품 가락지가 산더미 같이 쌓였다고 한다. 그러나 그때 흘린 피를 한곳에 모두 모은다 할지라도 여기 제8옥의 아홉 번째 구덩이 같지는 않을 것이다.

노르망디의 모험가 로베르토 구이스카르도가 사라센 제국에 대항하다가 결국 참패하고 말았는데 그의 군사들 대부분이 아직도 체페란과 탈리아 쿠초에 뼈를 드러낸 채 누워 있다고 한다. 그러나 그때 창칼에 찔리고 사지가 잘린 자들을 다 모아 놓는다 할지라도 이 지옥의 참상과는 비교가 되지 않을 것이다.

이곳에서 가장 먼저 눈에 띈 죄인은 끊어진 술통처럼 완전히 두 동강이 나 있는 자로 그는 턱에서부터 엉덩이에 이르기까지 찢겨진 채였다. 그의 두 다리 사이로는 큰 창자가 늘어져 있었고 삼킨 음식물을 받는 커다란 위와 쓸개, 허파 등 모든 내장들이 몸 밖으로 돌출되어 있었다.

돌다리 위에서 몸서리를 치며 그 처참한 모습을 내려다보고 있는 단테의 모습을 발견한 그 죄인이 두 손으로 가슴의 상처를 쩍 벌리더니 미친 듯이 소리쳤다.

"자, 볼 테면 봐라. 내 몸이 얼마나 처참하게 찢겼는지를! 비록 지금은 난도질당하여 사람의 형상이 아니지만 나는 이슬람교를 창시한 마호메트시다!"

단테는 깜짝 놀라 말을 더듬었다.

"다, 당신이 진정 마호메트란 말이오?"

"그렇다. 그리고 내 앞에서 울며 가는 저자는 내 사촌이자 사위이기도 한 알리이다."

"알리라면 회교의 제4대 후계자이며 반대파에 의해 암살된 자가 아니오? 그런데 왜 그가 이곳에 와 있는 거요?"

이곳은 마치 이교도 교주들의 모임 장소라도 되는 것 같았다.

"알리가 회교도에 분파를 일으킨 장본인이기 때문이지. 네가 이곳에서 보고 있는 자들은 살아 있을 때 이간질을 일삼고 분열의 화근을 뿌린 놈들이라 온몸이 갈기갈기 찢기는 벌을 받는 것이다."

그들은 구덩이의 가장자리를 따라 둥글게 원을 만들며 걷고 있었는데 신기하게도 그들이 걸음을 옮길 때마다 상처가 조금씩 아무는 것이 눈에 보였다.

단테는 그들에게 조금이나마 위안을 주기 위하여 담담한 표정으로 자신 있게 말하였다.

"당신들의 상처가 이렇게 쉽게 낫는 것으로 보아 고통은 곧 사라지게 될 것이오."

마호메트는 자조하듯이 크게 웃음을 터뜨렸다.

"남을 이간질하고 분열을 일으킨 죄가 그리 가벼우리라 생각하는가? 우리가 지나온 바로 뒤쪽에는 시퍼런 칼날을 높이 치켜든 지독한 마귀가 서 있다. 그놈은 우리가 이 참혹한 구덩이를 한 바퀴 돌아 제자리로 돌아오면 다시 칼날을 들어 우리의 몸을 사정없이 난도질하지. 그 이유는 이곳을 한 바퀴 돌고 나면 우리의 상처가 모두 아물어 다시 본래의 모습으로 되돌아가기 때문이다. 그래서 우리는 칼날에 난도질당하는 고통에서 영원히 벗어날 수가 없다."

단테는 손가락만 베여도 그 아픔이 며칠 동안 계속되는데 이렇듯 사지가 갈가리 찢기는 고통은 오죽하랴 생각하니 정신이 아찔했다.

그때 마호메트가 다시 단테에게 호통을 쳤다.

"그 돌다리 위에서 우리를 구경하듯 느긋하게 굽어보고 있는 너는 도대체 누구냐? 아마 죄를 고백한 뒤 형벌을 받는 것이 두려워 도망쳐 나온 영혼인 모양이구나."

마호메트의 말을 들은 베르길리우스가 그 대신 대답을 해 주었다.

"이 사람은 아직 죽지 않았으며 또한 죄 때문에 벌 받는 것이 두려워 도망쳐 나온 영혼도 결코 아니다. 다만 충분한 견문을 쌓기 위하여 이곳을 순례하는 중이며 나는 이 사람을 도와 지옥의 여러 골짜기를 돌아서 저 아래까지 안내하는 임무를 맡고 있다."

마호메트는 살아 있는 사람이 망령들의 세계를 순례하고 있다는 사실을 도저히 믿을 수 없다는 듯 의심스런 눈초리로 둘을 쳐다보며 호통을 쳤다.

"내가 지옥에서 형벌을 받고 있는 죄인이라 하여 네놈들이 나를 업신여기며 속이려고 작당을 하는 모양이구나!"

그러나 베르길리우스는 매우 차분하고 냉정한 목소리로 그의 기세를 제압했다.

"네가 우리에게 한 말이 모두 사실이라는 것을 알고 있다. 그런데 우리가 무슨 이유로 너를 속이려 하겠는가. 나의 말은 모두 사실이며 이 모든 것은 하느님의 뜻대로 이루어진 것이다."

베르길리우스의 목소리가 구덩이에 울려 퍼지자 그 속에 있던 죄인들이 일제히 걸음을 멈추고 고통마저 잊은 채 단테를 올려다보았다. 마호메트는 휘둥그레진 눈을 몇 번 끔벅이더니 단테에게 말했다.

"그렇다면 너는 다시 찬란한 태양을 볼 수 있겠구나. 어렵지만 네게 한 가지 부탁이 있다. 돌치노 수사를 만나거든 부디 내 말을 전해 다오. 당장 이리로 나를 쫓아올 생각이 없다면 준비를 갖추고 군량을 충분히 준비하여 겨울에 대비하라고…… 난공불락의 성이라 할지라도 노바라인들에게 언제 빼앗길지 모르니까."

마호메트는 말을 하는 도중 뒷사람에게 밀려 할 수 없이 그 자리를 떠나야 했다.

그때 목에 구멍이 뚫리고 코가 눈썹 밑까지 도려졌으며 귀가 한쪽밖에 없는 자가 다른 자들과 함께 걷다가 단테를 보더니 깜짝 놀라며 발걸음을 멈춰섰다. 그러더니 구멍이 뚫려 시뻘게진 목으로 반갑게 말했다.

"오, 죄의 형벌에서 벗어나 있는 행복한 영혼이여. 잘못 본 것이 아니라면 내가 살아 있을 때 분명 그대를 이탈리아 땅에서 본 기억이 있다."

누군지 알아볼 수는 없는 자가 선뜻 나서서 아는 체를 하는 것으로 보아 단테에 대해 잘 알고 있는 게 분명했다.

"단테. 자네가 다시 이승으로 돌아가거든, 혹 북부의 피에몬테 지방 베르첼리에서 포 강 어귀의 요새 마르카보에 이르는 아름다운 평야를 보게 되거든 메디치아의 피에르를 기억해주게. 그리고 파노의 착한 두

신사 구이도와 안지올렐로에게 전해주게. 나의 예감이 틀리지 않는다면, 그 두 사람은 흉악한 폭군에게 배반당하여 배를 타고 가는 도중 바다로 던져져 카톨리카 근방에서 익사하게 될 것이네. 키프로스 섬과 마료르카 섬 사이 지중해에서 해적이든 그리스 사람이든 이렇듯 큰 죄를 저지른 예는 아마 바다의 신조차 본 적이 없을 걸세."

"당신의 말이 사실이고 또 내가 그 말을 전달함으로써 두 사람의 목숨을 구할 수만 있다면 기꺼이 그렇게 하겠소. 하지만 이 모든 것이 운명이라면 내 말이 그들의 죽음을 막지는 못할 게요."

"그 일에 가담한 배신자 애꾸눈 말레테스티노는 리미니의 땅을 차지하고 있는데 '차라리 그 언덕과 도시를 보지 않았으면 좋았을 걸' 하고 뉘우치는 사람이 내 곁에 있다네. 그는 말라테스티노가 협상을 핑계로 구이도와 안지올렐로를 불러들여 풍랑이 거센 곳에서 바다에 처넣는 모습을 전부 보았지."

단테는 그의 말을 찬찬히 듣고 있다가 되물었다.

"만약 당신의 말이 지상에 전해져 진실이 밝혀지길 원한다면 내게 가르쳐 주시오. 말레스티노가 그 두 사람을 죽이는 걸 보고 깊이 뉘우치고 있다는 그는 도대체 누구요?"

그는 곁에 서 있던 제 동료의 턱에 손을 대더니 입을 벌려 보이면서 말했다.

"바로 이자이네. 로마의 정치가로 가이우스 스크리포니우스 쿠리오인데 지금은 말을 할 수 없게 되었지. 시저가 호민관으로 선출되자 쿠리오는 시저의 반대파였던 제 아버지를 배신하고 시저의 부하가 되었다네. 그러자 시저가 공화제의 적으로 규탄 받게 되자 시저를 부추겨 이탈리아의 북부 아드리아 해로 흘러드는 루비콘 강을 건너게 했지."

단테는 비로소 쿠리오가 누구인지 확실하게 알 수 있었다.

"아, 그때 루비콘 강을 건너 진격하며 시저가 '주사위는 이미 던져졌다'라는 유명한 말을 남겼소. 결국 시저는 그곳에서 폼페이우스를 추방하고 정권을 장악하게 되었잖소?"

단테의 말이 끝나자 두 사람은 동시에 고개를 끄덕였다.

이것은 너무나 처참한 일이었다. 살아 있을 때는 자신이 생각하는 바를 담대하게 내뱉던 쿠리오의 혀가 목구멍에서부터 뽑혀져 있었다.

단테가 쿠리오에 대한 생각에 잠겨 있을 때 양팔이 모두 잘린 자가 나타나 그 잘린 팔을 암흑의 대기 속에서 번쩍 치켜들었다. 그러자 피가 사방으로 튀며 그의 얼굴을 적셨다. 그러나 그는 아랑곳하지 않고 긴 혓바닥으로 얼굴을 닦아 입맛을 다시며 외쳐댔다.

"나는 모스카다. 살아 있는 자여, 나를 기억해다오!"

"당신이 모스카라구? 피렌체에서 겔프당과 기벨린당 사이를 피로 얼룩지게 한 장본인?"

단테는 겔프당과 기벨린당의 끊임없이 계속되는 복수전에 치를 떨고 있었다. 그런데 그 일을 맨 처음 불러일으킨 장본인이 바로 눈앞에 있다니…… 단테는 울화를 참지 못하고 소리를 질렀다.

"그렇게 해서 진정 당신이 얻은 것이 무엇이오? 결국 당신네 가문 아미데이 가는 씨도 남지 않고 완전히 멸망하고 말았잖소?"

그의 말을 들은 모스카는 땅에 엎드려 머리를 찧으며 미친 듯이 몸부림쳤다. 결국 아픈 마음에 괴로움만 더한 채 피로 얼룩진 바닥을 대굴대굴 구르며 지나갔다.

단테는 멈춰서서 한 무리를 계속 지켜보았다. 거기에는 직접 눈으로 확인한 사실이 아니라면 감히 두려워 입조차 벙긋할 수 없는 모습을 한 자가 지나가고 있었다.

분명히 둘의 눈으로 보았고 눈앞에 그의 모습이 생생하게 보였다. 머리가 잘린 한 망령이 불행한 자들 일행에 끼어서 자신의 잘려진 머리의 머리카락을 움켜쥔 채 마치 등불을 밝힐 때처럼 손에 들고 가는 것이었다. 잘린 목 언저리에서는 걸음을 옮길 때마다 피가 한없이 쏟아졌고 머리에서는 끊임없이 한탄의 소리를 내뱉었다. 스스로 자신을 위해 눈을 등불 삼고 다리를 수레 삼아 걷고 있었는데, 그것은 둘이면서 하나이고 하나이면서 둘이었다. 어떻게 이런 일이 있을 수 있는지…….

그는 두 사람이 서 있는 다리 밑에 접어들더니 이들의 귀에 자신의 목소리가 잘 들리도록 잘린 머리를 움켜쥔 팔을 높이 치켜들었다.

"자, 보아라. 이 처참한 형벌을! 그대, 살아 있는 몸으로 지옥을 순례하는 자여. 그대는 지옥에서 참혹한 모습으로 형벌을 받고 있는 영혼들을 많이 보았겠지만, 아마 나보다 더 끔찍한 형벌을 받고 있는 자는 보지 못했으리라!"

단테는 떨리는 목소리를 진정시키려 애쓰며 그에게 물었다.

"당신은 누구이며, 대체 무슨 죄를 지었길래 그처럼 끔찍하게 목이 잘리는 형벌을 받게 된 거요?"

그는 깊은 한숨을 내쉬더니 맥없는 목소리로 이야기를 시작했다.

"내 이름은 베르트란, 프랑스 귀족 출신이며 시인이었소. 나는 잉글랜드와 헨리 2세의 장남 헨리를 꾀어 프랑스 영토 문제로 아버지와 다투게 만들었소. 그래서 그 부자를 평생 동안 서로 원수로 지내도록 했소. 후에 나는 수도자가 되어 일생을 회개하며 보냈지만 부자지간을 이간질하여 갈라놓은 죄만큼은 끝내 용서받지 못했소. 그렇기 때문에 죽어서 그 죄의 대가로 몸과 머리가 잘리는 형벌을 받게 된 거요. 압살롬을 충동질하

여 아버지인 다윗 왕에게 반란을 일으키게 했던 아히도벨도 아버지와 아들 사이를 나처럼 철저하게 갈라놓지는 못했소."

베르트란은 진심으로 죄를 뉘우치며 괴로워하고 있는 듯 보였다. 그는 혼잣말처럼 한마디 덧붙였다.

"지옥의 철칙이 인과응보라는 것을 내가 살아 있을 때 깨달았다면 이렇게 후회할 일은 하지 않았을 텐데……."

그가 말꼬리를 흐리며 흐느끼자 눈에서 새빨간 핏물이 하염없이 흘러내렸다.

연금술사

이 지옥에서 형벌을 받고 있는 영혼들의 모습을 본 단테는 눈앞이 캄캄하고 정신이 몽롱해져 그만 그 자리에서 울고 싶은 심정에 사로잡혔다. 슬픔에 잠겨 상심하고 있는 모습을 본 베르길리우스는 그를 깨우치기 위해 꾸짖는 투로 말했다.

"단테, 무엇을 보고 있는가? 자네는 왜 죄인들의 죄는 보지 못하고 그들의 몸이 비참하게 난도질당하는 것에만 집착하지? 다른 골짜기에서는 그러지 않더니 유독 이곳의 죄인들에게만 연민의 정을 품는구나. 만일 이곳에 있는 죄인들의 수를 일일이 세어 볼 셈이라면 이 구덩이의 둘레가 무려 22마일이나 된다는 사실을 미리 알아두는 게 좋을 걸세."

단테는 풀이 죽어 고개를 떨군 채 잠자코 베르길리우스의 말을 듣고 있었다.

"벌써 태양이 머리 위로 떠오르고 달은 우리 발 아래 놓였다네. 그것은 우리에게 허락된 시간이 얼마 남지 않았음을 의미하지. 그러나 갈 길은 아직 멀고 자네가 꼭 보아야 할 것들은 많다네."

단테는 변명처럼 떠듬떠듬 대꾸했다.

"스승님, 제가 왜 넋을 잃고 보고 있었는지 그 이유를 아셨다면 아마 제가 좀 더 머무는 것을 틀림없이 허락해 주셨을 겁니다."

그러나 베르길리우스는 그의 말을 흘려들은 채 벌써 앞장서서 걷기 시작했다. 단테는 떨어지지 않는 발걸음으로 할 수 없이 베르길리우스의 뒤를 따르며 덧붙여 말했다.

"지금까지 유심히 살펴보고 있던 저 골짜기에는 분명, 제 친척 중 한 명이 스스로 지은 큰 죄로 인해 감당하기 어려운 형벌을 받고 고통으로 몸부림치고 있을 것입니다."

베르길리우스는 계속 앞을 향해 걸으면서 말했다.

"이제부터는 자네가 좀 전에 보았던 것들을 잊도록 하게. 자네의 친척이란 자를 생각하다 보면 오히려 마음만 상처받을 뿐이네. 그에 대한 생각은 훌훌 떨쳐 버리고 다른 것에 관심을 갖도록 하게. 모든 것이 운명이려니 생각하고 그가 지은 죄에 따라 그를 어둠의 세계에 남겨둘 수밖에……."

"그렇지만 혈육의 정이란 끊기가 어려운 법입니다. 그에게로 향하는 정을 거두기가 힘들군요."

그러자 베르길리우스가 가던 길을 멈춰서며 혀를 찼다.

"이 사람아, 그것은 자네만의 생각이라네. 사실 나는 우리가 서 있던 다리 밑에서 자네의 친척이라는 그자를 이미 보았네. 그런데 그자는 손가락으로 삿대질을 하면서 자네를 향해 욕설을 퍼붓고 있더군."

단테는 도저히 그 사실을 믿을 수가 없어 고개를 내저었다.

"설마…… 그분은 제 숙부님이신데요?"

"함께 있는 자들이 그를 제리 델 벨로라고 부르는 소리를 내 귀로 똑똑히 들었네. 그는 피렌체의 사케티 집안과 다투다가 원한을 사서 살해되었지? 그렇지 않나?"

베르길리우스가 너무나 잘 알고 있었기에 그는 더욱 참담한 기분이 들었다.

"네, 그렇습니다. 숙부님이 살해된 지 30년이 지난 후 조카들이 숙부님의 복수를 함으로써, 두 가문은 아직까지도 서로가 서로를 죽이는 복수전을 계속하고 있습니다. 그래서 결국 제 숙부님은 두 가문을 분열시킨 장본인이 되고 말았지요."

"좀 전에 자네가 알타포르테의 옛 영주 베르트란에게 온 정신이 팔려 있었을 때 자네의 숙부 되는 자가 다리 밑을 지나고 있었네. 그러나 자네가 자기를 쳐다보지 않자 한참 동안 욕설을 퍼붓다가 휘적휘적 가 버리더군."

"아, 스승님! 제 숙부님은 치욕적으로 처참하게 살해되었습니다. 그것이 가슴속 깊이 한으로 남아 아마도 복수하는 데 앞장서지 못한 제게 화를 내셨을 겁니다. 거기까지 생각이 미치니 숙부님이 더욱 불쌍하고 측은하여 뭐라 말할 수 없는 심정입니다."

두 사람이 서로 이야기를 주고받으면서 돌다리를 지나 다음 골짜기가 보이는 곳에 이르렀다.

사방이 온통 어슴푸레하여 빛만 있었더라면 골짜기 밑바닥까지 훤히 보였을 텐데 하는 아쉬움이 남았다.

마지막 아홉 번째 구덩이가 이들 눈앞에 나타났을 때, 괴상한 비명 소리가 화살처럼 단테를 향해 곧장 날아왔다. 그것은 쇠로 만든 화살이 아닌 연민의 화살이라 그는 무의식중에 두 손으로 귀를 틀어막았다.

7월에서 9월에 이르는 여름철에 키아나 강 유역의 발디키아나와 토스카나 해변의 늪지대인 마렘마, 높이 솟은 섬 사르데냐는 모두 전염병이 자주 발생하는 곳이다. 이 세 곳의 의료원에서 흘러나오는 온갖 질병과 신음 소리를 다 합쳐 한곳에 모아 놓는다 하더라도 여기 눈앞에 보이는 고통만큼은 못하리라. 차마 말로 표현할 수 없는 참상이 끝없이 이어졌고 썩어 들어가는 시체에서는 악취가 풍기고 있었다. 이들이 긴 돌다리의 마지막 절벽을 언제나처럼 왼쪽으로 돌아 내려갔다. 그러자 시야가 한층 더 또렷해졌다.

높으신 주 하느님으로부터 임명받은 정의의 여신이 이 골짜기 밑에서 살아 있을 때 지은 죄가 낱낱이 적혀 있는 기록표를 손에 들고서 그곳에 온 영혼들에게 하나하나 형벌을 내리고 있었다.

아이기나 섬은 고대 그리스의 도리아 족이 세운 도시로 아테네 남쪽 살로니카 만灣에 있다. 이곳의 원주민들은 기원전 7세기 중엽부터 화폐를 사용했을 정도로 문화가 발달했으나 갑자기 전염병이 번져 사람과 가축, 작은 벌레에 이르기까지 하나도 남김없이 떼죽음을 당했다.

전설에 의하면, 제우스의 사랑을 받은 물의 요정 아이기나가 아들을 낳자 이를 시샘한 헤라가 이 섬에 전염병을 퍼뜨렸다고 한다. 이때 간신히 혼자 살아남은 아이기나의 아들 아이아코스는 외로움을 참지 못해 아버지 제우스에게 많은 사람을 보내 달라고 간청했다고 한다. 그러자 제우스는 많은 개미들을 그 섬으로 보내 사람으로 변하게 했다고 한다.

이처럼 살아 있는 모든 것들이 전염병으로 신음할 때의 비참함도 이 어두운 골짜기에서 망령들이 겹겹으로 쌓여 신음하는 광경보다 더하지는 않았을 것이다.

어떤 자는 엎드려 있고, 어떤 자는 다른 사람의 어깨에 기댄 채 몸을 축 늘어뜨렸고, 또 어떤 자는 네 발로 엉금엉금 기어 다녔다.

두 사람은 바닥에 썩어 문드러져 몸을 일으키지도 못하는 병자들을 바라보았다. 그리고 그들의 신음을 들으면서 한 발 한 발 말없이 나아갔다.

이때 머리끝에서 발끝까지 부스럼투성이인 두 망령이 새카맣게 타 밑바닥이 맞붙은 두 개의 냄비처럼 서로 등을 기대고 앉아 있는 것이 보였다.

이 두 망령은 못 견디게 가려운지 손톱으로 온몸을 미친 듯이 긁어댔다. 손톱으로 부스럼 딱지를 긁는 모습은 마치 물고기의 큼직한 비늘을 식칼로 긁어내는 것과 흡사했다. 그러나 딱지가 떨어진 자리에서는 다시 피고름이 줄줄 흘러나왔고, 그 주위로 어디선가 파리들이 날라들어 빨아먹거나 상처 위에 알을 낳았다.

베르길리우스는 두 망령 중에 한 명을 바라보며 말했다.

"너는 손톱으로 갑옷처럼 딱딱하게 굳어버린 부스럼 딱지를 벗겨내고 손끝을 집게 삼아 긁고 있구나. 가엾은 자여, 혹시 이 구덩이에 있는 자 중 이탈리아인이 있다면 가르쳐다오."

그러나 그는 못 들은 체하며 온몸을 긁는 데에만 열중했다. 그 모습을 지켜보고 있던 단테는 자신의 몸까지 근질근질해지는 것을 느꼈다. 그러자 베르길리우스는 그 망령에게 솔깃할 만한 제안을 했다.

"만약 네가 내 말에 친절하게 대답해 준다면, 네 손톱이 언제까지나 길어서 네 몸을 긁는 데 도움이 되도록 빌어주겠다."

그러자 두 망령이 모두 눈길을 모아 둘을 위아래로 훑어보았다. 그러더니 그중 하나가 의심스런 눈초리로 물었다.

"당신은 누구이며 왜 이탈리아인에 대해 묻고 있는 거요?"

베르길리우스는 단테를 손짓하며 대답했다.

"나는 여기 이렇게 살아 있는 이 사람에게 지옥의 모습을 보여 주기

위해 첫 번째 지옥에서부터 이곳까지 안내를 맡은 베르길리우스라고 한다. 그리고 내가 특별히 이탈리아인에 대해 물은 이유는 내 옆에 서 있는 이 사람이 이탈리아인이기 때문이다."

베르길리우스의 말에 두 망령은 기대고 있던 등을 떼더니 몸을 부들부들 떨었다. 그리고 주변에서 말을 엿듣던 자들도 모두 고개를 돌려 두 사람을 바라보고는 슬슬 피했다. 그렇지만 베르길리우스는 그들의 반응 따위에는 신경조차 쓰지 않고 계속 두 망령에게 말을 걸었다.

"자, 이제 내게 이탈리아인이 누구누구인지 알려줄 수 있겠나?"

두 망령 중 하나가 울먹이면서 간신히 입을 열었다.

"지금은 비록 흉한 모습으로 변해 있지만 사실 우리 두 사람도 이탈리아인입니다."

고개를 끄덕인 베르길리우스는 단테를 돌아보면서 자상하게 말했다.

"단테, 저들에게 물어보고 싶은 게 있거든 주저하지 말고 물어보게."

단테는 베르길리우스의 말대로 그 처참한 몰골의 이탈리아 망령에게 물었다.

"당신들의 추억이 세상 사람들의 머릿속에서 사라지는 일 없이 태양 아래서 오랫동안 전해지기를 바란다면 당신들이 누구이며 어디 사람인지 나에게 말해주시오. 지옥에서 처참한 형벌을 받고 있다 하여 부끄러워하거나 주저하지 말고 사실대로 말해주시오. 당신들의 이야기는 세상의 살아 있는 사람들에게 큰 교훈이 될 것이오."

"나는 아레초 출신이오."

그중 한 명이 대답했다.

"나는 그리폴리노라는 연금술사로 시에나의 귀족인 알베르토에 의해 화형을 당했소. 그러나 불에 타 죽은 일 때문에 지옥의 형벌을 받는 것은 아니라오. 내가 농담으로 '나는 하늘을 나는 재주를 가지고 있다'고 말한 것이 화근이 되어 그자는 나를 괴롭히며 재주를 보여 달라고 강요했소. 그러나 내가 크레타 섬의 연금술사인 다이달로스처럼 날지 못하자 그는 화형 판결을 내려 나를 태워 죽이라고 명령한 것이오. 그래서 화형을 당해 이곳으로 오게 되었소."

단테는 고개를 갸웃거리며 그에게 다시 물었다.

"그렇다면 당신은 농담을 한 죄로 억울하게 이곳 맨 마지막 열 번째 구덩이에 떨어졌단 말이요?"

"아니오. 내가 이 지옥으로 떨어진 진짜 이유는 가짜 돈을 만들어 사람들의 눈을 현혹시켰기 때문이오. 아무렴, 공정하고 냉철한 미노스의 판결인데 잘못될 리가 있겠소."

단테는 얕게 한숨을 내쉬며 베르길리우스에게 말했다.

"도대체 시에나인들처럼 허영심 많은 사람들이 또 있을까요? 사치스럽기로 유명한 프랑스인들조차 그들의 허영심은 따라가지 못할 겁니다."

그러자 단테의 말을 들은 또 다른 망령이 말했다.

"하지만 스트리카란 자는 예외일 거요. 그자는 부자인 아버지로부터 막대한 유산을 물려받았는데도 지나칠 정도로 절제력이 강하여 항상 거지 행색을 하고 다녔다오."

그는 잠시 멈추었다가 말을 이어 나갔다.

"니콜로 또한 마찬가지라오. 그자는 자신의 많은 재산을 오직 먹는 데만 투자한 놈이오. 그자는 음식에 온갖 향료를 넣어 즐기는 특별한 미식가였소. 카치아다쉬안은 그 넓은 삼림과 포도원을 팔아먹었고, 아발리아토는 그 이름 그대로 머리가 이상한 자였소. 그들은 막대한 재산을 갖고 있음에도 특별히 한곳에만 그것을 전부 쏟아 부었으니, 허영심이 많은 시에나인들과는 구분되어야 하지 않겠소?"

그렇게 말한 그는 코웃음을 쳤다. 그들이 말한 자들은 엉뚱한 곳에서 쓸데없는 일에 낭비를 일삼던 자들이었다.

갑자기 그는 웃음을 멈추고 정색을 하더니 단테의 눈을 뚫어지게 바라보았다.

"시에나인에게 비웃음을 던지고 있는 내가 누구인지 눈을 크게 뜨고 똑똑히 보라."

단테는 그의 말대로 그의 모습을 찬찬히 살펴보다가 깜짝 놀랐다. 머리카락과 손톱 발톱이 다 빠지고 얼굴과 온몸이 뭉그러져 처음에는 알아볼 수 없었지만 그는 분명 카포키오였다. 단테가 놀라는 모습을 보고 그는 다시 한 번 비웃음을 던지며 말했다.

"그래, 나는 사람들의 눈을 속이고 가짜 돈을 만들었으며 너의 친구이기도 했던 카포키오다. 비록 나의 속임수가 들통이 나 비참하게 화형을 당하고 말았지만, 너는 내가 얼마나 모방에 뛰어난 천재였는지를 기억하고 있을 것이다."

아다모

테베의 왕 카드모스의 딸인 세멜레는 제우스의 사랑을 받아 아들 디오니소스를 낳았다. 이 사실을 안 제우스의 아내 헤라는 질투심에 불타 복수를 하기 위해 세멜레의 유모로 변신했다. 그리고 세멜레에게 제우스의 신분을 의심하게 만든 다음 제우스가 진정 신들의 왕이라면 하늘에서와 같은 차림새로 찾아오도록 하라고 세멜레를 꾀었다.

아무것도 모르는 세멜레는 그 말에 따라 제우스를 졸랐고 스틱스 강을 증인으로 내세워 제우스에게 서약을 하도록 만들었다. 제우스는 뒤늦게 아차하고 후회를 했지만 이미 약속을 해버렸으므로 할 수 없이 하늘에서 입는 옷차림 그대로 세멜레를 찾아갔다. 신들은 무슨 일이 있어도 일단 약속한 것은 반드시 지켜야 한다는 철칙이 있었기에 제우스는 그 서약을 깰 수 없었던 것이다. 그로 인해 한낱 인간에 불과했던 그녀는 신의 광채를 견디지 못하고 끝내 그 빛에 타서 잿더미가 되고 말았다. 이렇게 해서 세멜레는 헤라의 간계에 빠져 죽은 것이다.

제우스는 세멜레의 죽음을 애통해하며 아들 디오니소스를 아타마스에게 맡겨 키우게 했다. 그러나 이 사실을 알게 된 헤라는 분노하여 아타마스를 미치게 만들었다. 미쳐버린 아타마스는 자신의 아들 레아르코스를 움켜잡아서 빙빙 돌리더니 바위에 내동댕이쳤다. 이것을 보고 충격을 받은 그의 아내 이노는 자신의 다른 한 아이를 끌어안고 물속으로 뛰어들어 자살해 버렸다.

이와 마찬가지로 운명의 여신은 마치 미쳐버린 아타마스처럼 두려움을 모르던 트로이인의 교만을 송두리째 뽑아 땅에 내팽개쳤다.

트로이의 왕 프리아모스와 왕국이 패망했을 때, 왕비 헤카베는 비참하게 오디세우스의 포로 신세가 되고 말았다. 헤카베는 자신의 딸 폴릭세나가 아킬레우스의 무덤에 제물로 바쳐지는 것을 두 눈으로 지켜봐야만 했으며 피 묻은 딸의 시체를 씻으려고 해변으로 갔다가 바닷물 위에 둥둥 떠오른 아들의 시체까지 발견하게 되었다. 모든 것을 잃고 사랑하던 자식들마저 잃게 된 헤카베는 미친 듯이 울부짖다가 암캐로 변하여 바다 속으로 뛰어들었다.

헤라나 트로이인이 제아무리 포악하고 잔인하다 할지라도 단테가 지금 이 지옥에서 본 두 벌거숭이 망령에는 못 미칠 것이다.

두 망령은 서로 상대방을 물어뜯으면서 치달렸는데 모습이 마치 굶주린 돼지가 우리에서 뛰쳐나온 듯이 보였다.

그중 하나가 단테와 얘기를 하던 카포키오에게 달려들어 재빨리 그의 목덜미를 물어뜯었다. 카포키오는 외마디 비명을 지르더니 곧 축 늘어졌다. 돼지 같이 성난 그 망령은 이빨로 카포키오의 목덜미를 문 채 돌투성이 골짜기로 질질 끌고 갔는데 그들이 지나간 자리에는 카포키오의 썩은 살점이 뭉텅뭉텅 떨어져 있었다.

남아 있던 아레초 출신 그리폴리노는 벌벌 떨면서 단테를 향해 말했다.

"저 미친놈은 잔니 스키키인데, 한 번 미쳐 날뛰기 시작하면 지옥에 있는 다른 영혼들에게까지 해코지를 하기 때문에 모두 피해 다닌다오."

잔니 스키키에 대해서는 단테도 익히 잘 알고 있었다. 그는 피렌체 카발칸디 가문의 사람으로 다른 사람들의 목소리를 흉내 내는 데 탁월한 재주가 있었다. 그래서 부오소 도나티가 죽었을 때 그 재산을 노리는 조카 시모네의 부탁을 받고 부오소 도나티가 살아 있는 것처럼 목소리를 똑같이 흉내 내어 시모네와 자기에게 유리한 유언장을 작성하도록 했다고 한다.

단테는 잔니 스키키와 함께 미쳐 날뛰던 자를 손가락으로 가리키며 물었다.

"또 하나 남은 저자는 누구요? 저자가 당신을 물어뜯지 말아야 할 텐데, 귀찮지 않다면 저자가 이곳을 떠나기 전에 이름을 가르쳐 주시오."

그는 미쳐 날뛰는 자의 눈치를 살피면서 대답했다.

"비록 우리가 지옥에서 형벌을 받고 있는 죄인이지만 저 여자와 함께 있다는 것은 말할 수 없는 수치라오. 저 망령은 고대 키프로스의 왕녀 미르라인데 평소 아버지에게 불륜의 연정을 품고 있다가 어머니가 없는 틈을 타서 다른 여자인 것처럼 변장을 하고 아버지의 침실에 들어가 동침을 하여 욕망을 채운 더러운 여자요."

"재물이 탐이 나 죽은 자를 살아 있는 것처럼 꾸며 유언장을 작성한 자나 자신의 욕정을 채우기 위해 변장을 하고 제 아비의 침실에 든 여자나 저울에 달아볼 필요도 없이 똑같은 자들이로군."

단테는 폭풍처럼 지나가 버린 두 미치광이의 뒷모습을 멀찍이 서서 바라보며 한숨을 내쉬다가 곧 시선을 돌려 품행이 나쁜 자들을 살펴보았다. 그곳에는 또 다른 악의 부산물들이 있었다.

그중 한쪽 넓적다리가 잘린 죄인은 말라빠진 얼굴과 불룩해진 배가 균형을 잃어 그 모습이 흡사 만돌린처럼 보였다. 심한 수종병水腫病으로 인해 체액이 흡수되지 않고 사지가 부었다 빠졌다 해서인지 그의 살갗은 자루처럼 늘어져 있었다. 또한 갈증으로 인해 혓바닥은 가뭄 때 갈라진 논바닥 같았고, 허옇게 말라붙은 입술은 갈라져 피가 흐르고 있었다.

두 사람의 모습을 발견한 그는 간신히 입을 열어 부러운 듯 말했다.

"오, 어떤 이유인지 모르겠으나 당신들은 이 처참한 지옥의 온갖 형벌들을 하나도 받지 않은 듯 하구려."

지옥 순례자는 걸음을 멈추고 그를 바라보면서 물었다.

"당신은 누구이며 왜 이곳에서 형벌을 받게 되었소?"

그의 갈라진 입술에서 나온 피가 턱 밑으로 흐르고 있었다. 질문을 던지긴 했으나 아무래도 그가 대답을 하는 것은 무리일 것이라는 생각이 들었다.

"내 이름은 아다모, 브레쉬아 출신의 연금술사로 금화를 위조해 피렌체에서 사용하다가 붙잡혀서 화형을 당했소."

그의 목소리는 마치 바람이 긴 동굴 속을 빠져나올 때의 소리 같았다.

"나는 살아 있을 때 원하는 것은 뭐든지 소유할 수 있었고 풍요로움을 만끽하며 일생을 보냈다오. 그렇지만 지금은 물 한 방울조차 제대로 마실 수가 없으니 카센티노의 푸른 언덕에서 흘러내려 아르노 강으로 들어가는 물줄기는 차가운 샘이 되고 혹은 짙푸른 목장이 되어 내 눈앞에 어른거린다오. 그곳에 흐르는 맑은 시냇물을 생각하면 병 이상으로 갈증이 나서 견딜 수가 없소."

그의 주위에는 온통 피고름과 진물만이 흥건하게 고여 있을 뿐 마실

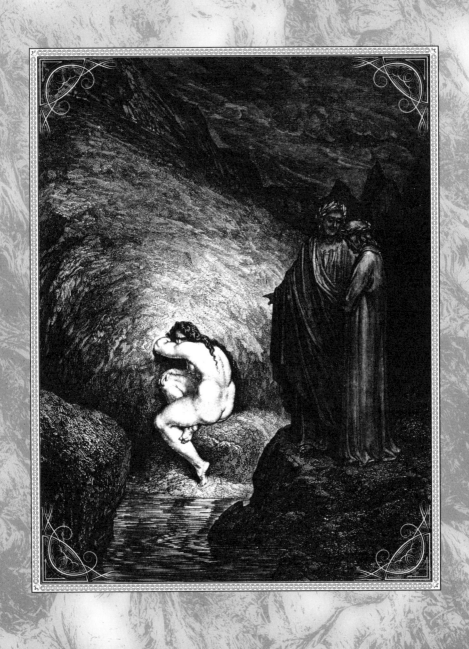

만한 물이라곤 찾아볼 수가 없었다. 그는 계속 말을 이었다.

"나는 로메나에서 세례자 요한의 초상이 새겨진 금화를 위조했소. 하지만 그때 나를 부추겼던 것은 구이도 2세와 그의 동생 알렉산드로 그리고 그의 아내 카테리나디 판도리니였소. 생각하기조차 싫은 그들의 망령을 만약 여기서 다시 만나게 된다면 난 브란다의 샘물을 못 먹는 한이 있더라도 상관없소."

아다모는 한쪽 손등으로 피를 닦아내며 한숨을 내쉬었다.

"이곳에서 미쳐 날뛰고 있는 망령들의 말에 의하면 구이도 2세는 벌써 이곳에 와 있다고 했소. 하지만 병으로 내 몸 하나 지탱하기 힘든 처지에 이제 와서 그를 만난들 무슨 소용이 있겠소. 만약 내 몸이 조금만 더 자유로워져 백 년에 한 발자국이라도 앞으로 나아갈 수만 있다면 둘레가 11마일이요, 너비가 반 마일은 족히 되는 이 구덩이 속을 헤쳐서라도 이 무리들 속에서 반드시 그놈을 찾아내고야 말 거요."

단테는 죽어서조차 원한을 버리지 못하고 복수를 꾀하는 그를 보면서 혀를 찼다.

"그를 찾아 도대체 뭘 어떡하겠다는 말이오? 이미 그자의 몸도 당신처럼 불구가 되어 고통을 받고 있다면?"

"내가 지옥에 온 것은 모두 그들의 꼬임에 넘어간 탓이오. 놈들이 나를 부추겨 24캐럿 순금에서 3캐럿을 빼내고 나머지 21캐럿에 다른 금속을 섞어 금화를 만들게 했소. 이때 빼돌린 금의 양이 얼마나 많았던지 피렌체의 재정이 흔들릴 정도였소. 그런데도 정작 위험을 감수하며 수고한 내게는 금을 조금밖에 나눠주지 않더니만 나중에는 그 죄를 전부 나에게 덮어 씌어 결국 화형을 당하게 만들었소."

단테는 더 이상 그의 넋두리를 들을 필요가 없다고 생각되어 화제를 돌렸다.

"당신의 오른편에 바짝 달라붙어 겨울철 더운물에 들어갔다 나온 것처럼 김을 무럭무럭 내는 저 두 망령은 도대체 어떤 자들이오?"

아다모는 자신의 오른쪽을 돌아보더니 대답했다.

"내가 이곳에 오기 훨씬 전부터 있었던 자들로, 여태껏 한 번도 자리에서 움직인 적이 없소. 아마 영원히 움직이지 못할 것이오."

"저 두 망령은 무슨 죄를 저질렀기에 영원히 저런 모습으로 뜨거운 김을 뿜어낸단 말이오?"

"하나는 이집트의 파라오 경호대장 보디발의 아내로 하느님의 축복과 보호를 받고 있는 젊은 요셉을 유혹하다가 거절당하자 이에 앙심을 품고 그를 모함한 고약한 여자요. 그리고 다른 하나는 트로이 전쟁 때 일부러 트로이군의 포로가 되어 그럴듯한 말로 프리아모스의 신임을 얻고, 목마를 성 안으로 끌어들이게 한 거짓말쟁이 시논이라오. 이 두 거짓말쟁이들은 몸속에서 끓어오르는 거짓의 독 때문에 무럭무럭 김을 내며 썩어가고 있는 것이오."

이렇듯 아다모가 험담하는 소리를 듣고 무척이나 원통하게 여겼던지 그중 하나가 주먹으로 딱딱하게 부푼 아다모의 배를 때렸다. 아다모의 배에서는 북소리 같은 둔탁한 소리가 났다. 그러나 아다모 역시 이에 질세라 자신의 팔을 들어 상대방의 얼굴을 호되게 후려쳤다.

"내 비록 다리를 움직일 수 없고 몸이 불편하기는 하지만 아직 이 정도의 힘은 쓸 수 있다."

상대인 시논 역시 만만치 않은 인물이었다.

"화형을 당할 때 만약 네놈의 손이 가짜 돈을 만들 때처럼 재빨랐더라면, 아마도 밧줄을 풀고 도망쳐 목숨을 부지할 수도 있었을 게다."

아다모는 비아냥거리는 시논의 말을 되받았다.

"네 말이 옳구나. 네놈 또한 트로이군의 포로가 되었을 때 지금처럼 옳은 말만 했더라면 지옥에서 이런 고통을 당하지는 않았겠지."

시논이 소리침으로써 두 망령의 말다툼은 계속되었다.

"나는 거짓말한 죄밖에 없지만 네놈은 가짜 돈을 만들었다. 나는 한 가지 죄 때문에 여기에서 죗값을 치르고 있지만 네 놈은 그 어떤 지옥에 있는 망령들보다 많은 죄를 지은 놈이다!"

이번에는 아다모가 맞받아쳤다.

"시논, 무엄하게도 하느님의 이름으로 거짓 맹세를 한 놈아! 트로이의 목마를 벌써 잊었단 말이냐? 그 전쟁으로 얼마나 많은 사람들이 죽었는지를 알고 있다면 지금의 형벌이 네놈에게 과분한 것이라는 사실을 깨달아야 한다."

시논은 이를 부득부득 갈았다.

"이놈, 아다모야! 네놈의 고통 또한 아직 멀었다. 갈증 때문에 네놈의 혓바닥이 갈라지고 그 배에 썩은 물이 가득 고여 터질 때까지 네놈의 고통은 계속되리라."

"네놈의 아가리는 전과 다름없이 죄를 짓기 위해 벌어져 있구나. 내가 갈증으로 시달리고 수종으로 배가 부풀어 있지만, 네놈 또한 뱃속에서 끓어오르는 거짓의 독 때문에 머리가 지끈거리고 온몸이 편치 못할 것이다."

단테는 두 망령이 싸우는 소리에 정신이 팔려 있었다. 그때 베르길리우스가 언성을 높여 제자를 꾸짖었다.

"자네는 마치 망령들의 싸움에 홀린 사람처럼 보이는군. 더럽다 싶으면 고개를 돌려야지, 어찌 그들의 어리석은 소리에 계속 귀를 기울이고 있는 건가?"

베르길리우스의 노기 띤 목소리를 듣고 부끄러워진 그는 스승 쪽으로 돌아섰다.

꿈속에서 가위에 눌려 괴로워하면서도 그것이 또 다른 꿈속이기를 바라는 사람처럼 단테는 죄인들의 말다툼에 홀려 있었던 것이 못 견디게 부끄러워 차라리 그때의 모든 일들이 없던 일이기를 바랐다. 베르길리우스에게 용서를 얻고 싶었지만 부끄러움이 앞서 입이 떨어지질 않았다. 그러나 그의 마음을 미리 다 읽은 베르길리우스가 부드러운 목소리로 타이르듯이 말했다.

"지금 실수보다 더 큰 실수를 저질렀다 할지라도 자네처럼 뉘우친다면 분명 용서받을 수 있을 걸세. 그러니 마음속의 불안은 떨쳐 버리게. 다시 이와 같은 다툼이 있는 곳을 지나게 되거든 자네 곁에는 언제나 내가 있다는 사실을 명심하게. 그따위 말들을 귀담아 듣는 것은 천한 욕망을 불러일으키는 법이라네."

신들의 아들

같은 사람의 혀라도 그 쓰임에 따라 어떤 경우에는 환희의 기쁨과 위안을 주고 또 어떤 경우에는 수치심과 화를 불러일으키기도 한다.

단테는 베르길리우스의 꾸중을 들으며 그러한 사실을 다시 한 번 확인했다. 처음에는 찌르는 듯 날카로운 꾸중 때문에 어쩔 줄 모르고 부끄러워했으나 베르길리우스가 다시 위로의 말을 해 주자 금세 마음이 편안해졌다. 그것은 마치 아킬레우스가 그의 아비 펠레우스에게서 물려받았던 마력의 창과 같았는데 그 마력의 창에 찔려서 생긴 상처는 반드시 다시 그 창에 찔려야만 낫는다고 했다.

둘은 처참한 골짜기를 등지고 한마디 말도 없이 골짜기 안쪽 벽을 둘러싼 둑을 가로질러 언덕 위로 올라갔다.

주위는 밤보다는 밝았으나 낮보다는 어두워 멀리까지는 보이지 않았다. 그때 천둥소리보다 더 큰 뿔 나팔 소리가 갑자기 울려 퍼졌다. 단테는 무의식적으로 소리 나는 곳을 향해 고개를 돌려 시선을 집중시켰다.

카롤링거 왕조의 프랑크 왕 샤를마뉴가 사라센을 쳐서 서로마 제국 황제가 되었을 때 공격을 하던 그의 조카 오를란도가 십자군을 잃고 구원을 요청하기 위해 온몸의 힘을 다하여 불어댄 뿔 나팔 소리도 이처럼 요란스럽지는 않았을 것이다.

좀 더 자세히 보기 위해 눈을 부릅뜨고 둘러보니 그곳에는 높은 탑 같은 것이 여러 개 보였다.

"스승님, 저기 멀리 보이는 것이 무엇입니까? 미루나무 같기도 하고 첨탑 같기도 한 것이 하늘을 향해 치솟아 있으니……."

"어둠 속에서 너무 먼 곳을 보려 했기 때문에 착시현상을 일으킨 거라네. 사람의 감각이란 멀리서는 믿을 것이 못되는 법이지. 가까이 다가가 보면 무엇인지 자연히 알게 될 테니 어서 가보세."

베르길리우스가 다정하게 제자의 손을 잡으며 말했다.

"앞으로 더 나가기 전에 자네가 실물을 보고 놀라지 않도록 미리 말해 주겠네. 저것들은 미루나무나 첨탑이 아니라 바로 거인들이라네. 그들은 자신의 힘을 과시하고 하느님께 반역을 꾀했던 무리들인데 그 죗값으로 배꼽 아래쪽이 구덩이 속에 묻히게 되었지. 그렇게 선 채로 벼랑 안쪽 둘레를 에워싸고 이 지옥의 마지막 관문을 지키는 것이 바로 그들의 임무라네."

안개가 걷힐 때 가려져 있는 무언가의 그림자가 서서히 그 본모습을 드러내듯 단테는 짙은 어둠 속에서 대기를 뚫고 다가감에 따라 두려움이 자꾸만 커지는 것을 느꼈다.

마치 몬테레지온 성이 성벽 위에 많은 탑을 거느리고 솟아있듯이 구덩이를 둘러싼 언덕 위에는 무서운 거인들이 상반신을 드러낸 채 탑처럼 우뚝 솟아 있었다. 그들은 비록 무서운 표정을 짓고 있었지만 얼굴에는 두려운 기색이 역력했다. 조금 전 들렸던 뿔 나팔 소리는 제우스가 하늘에서 내는 천둥소리였고 그 소리는 거인들을 위협하는 것이었다.

그 거인들 중에 한 명의 얼굴과 어깨, 가슴, 배 부분이 차츰 보이기 시작했는데 겨드랑이 양쪽으로는 긴 팔이 늘어져 있었다.

자연自然이 짐승 같은 이 거인들을 받아들이지 않고 제우스의 아들이며 전쟁의 신인 아레스로부터 그들을 빼앗아 멸종시킨 것은 정말 잘한 일이 아닐 수 없었다. 그러나 코끼리나 고래 같은 동물은 그대로 내버려두더라도 자연에게는 고통스러울 것이 없으니 그 순리가 얼마나 올바르고 위대한 것인가? 어쨌든 그 거인들에게 악의와 폭력 그리고 이성의 힘까지 합쳐졌더라면 사람의 힘으로는 도저히 막아낼 수 없었을 것이다.

거인의 얼굴이 얼마나 길고 거대한지 로마의 성 베드로 성당에 있는 솔방울처럼 보였다. 그 솔방울은 청동으로 만든 것으로 높이만 4m가 훨씬 넘는다. 거인의 다른 골격도 얼굴에 비례하여 엄청나게 컸다. 벼랑은 거인의 하반신을 가리는 앞치마 같았고 그만큼 상반신을 돋보이게 했다. 거인의 머리카락을 손으로 잡으려면 네덜란드 북쪽에 있는 프리지아의 유난히 키 큰 거인들 셋이 무등을 타고 선다 해도 모자랄 것이다. 어림짐작으로 볼 때 배꼽에서 어깨까지가 80m는 족히 될 것 같았다.

"라펠 마이 아메크 자비 알미!"

그 거인은 갑자기 입을 열어 주문을 외우기 시작했는데 그 목소리는 거인에게 딱 어울릴 만큼 괴상하고 우렁찼다. 거인의 주문을 들은 베르길리우스는 한 발 앞으로 나서서 호통을 쳤다.

"이 어리석은 영혼아, 화가 치밀어서 미쳐 날뛰려거든 차라리 뿔 나팔이나 불면서 한을 풀도록 해라. 네 목을 더듬어 봐라. 그러면 뿔 나팔을 묶은 가죽 끈이 잡힐 것이다. 불쌍한 영혼아, 네 커다란 가슴에 뿔 나팔이 대롱처럼 달려 있잖느냐."

한동안 훈계를 하던 베르길리우스가 이번에는 단테를 바라보며 말했다.

"우리 앞에 있는 저자는 니므롯이라고 하는데 바빌로니아의 신으로, 아시리아 최초의 왕이었다네. 처음에 인류는 하나의 언어를 사용했으나 점차로 교만해져 하느님의 능력을 믿지 않고 인간의 힘을 과시하려 들었지. 그러던 중 니므롯이 나서서 인간들을 선동하여 하늘까지 닿을 높은 바벨탑을 건설하자고 제안을 했다네. 이를 괘씸하게 여긴 하느님께서 그들의 언어를 여러 갈래로 흩어 갈라놓아 서로 의사가 통하지 않도록 벌을 내리셨지. 그 이후 지금까지 각 나라, 각 인종은 서로 다른 언어를 사용하게 된 거라네."

"니므롯과 얘기를 나눌 수는 없을까요?"

단테는 거인들 시대의 이야기를 그의 입을 통해 직접 들어보고 싶은 호기심에 조심스레 베르길리우스에게 청했다.

"소용없는 일이네. 그는 우리와 다른 언어를 사용하고 있기 때문에 우리의 말을 알아듣지 못할 뿐더러 우리말 또한 할 수 없다네."

단테는 아쉬움이 남았지만 달리 어찌해 볼 도리가 없었기에 가던 길을 다시 걷기 시작했다. 그곳에서 멀지 않은 곳에 이르러 아까 보았던 니므롯보다 더 크고 사나워 보이는 거인을 만났다.

그를 누르고 포박한 자가 누구일까. 그는 왼팔을 앞으로 오른팔은 뒤로 해서 사슬에 묶여 있었다. 그를 묶은 사슬은 다시 목에서부터 배꼽 부분까지 여러 겹으로 칭칭 감겨 있었다. 눈으로 확인할 수 있는 것만 해도 대여섯 겹의 사슬에 휘감긴 듯했다.

"스승님, 이 거인은 무슨 죄로 땅에 못 박히는 것만으로도 부족하여 쇠사슬로까지 묶여 있는 것입니까?"

"이 오만한 자는 에피알테스라고 하는데 제우스에게 자신의 힘을 과시하려고 했기 때문에 저렇게 고통을 당하고 있는 거라네. 한때는 신들의 동산에 쳐들어가 과감히 전쟁을 일으킨 적도 있었지만 지난날 위력을 발휘했던 팔도 이제는 움직일 수조차 없도록 쇠사슬에 묶여 있군!"

단테는 에피알테스가 두 눈을 감고 얌전히 있는 것이 이상하게 생각되어 베르길리우스에게 물었다.

"스승님, 앞서 보았던 니므롯은 괴상한 소리를 지르고 주문을 외면서 우리를 위협했는데, 에피알테스는 두 눈을 감은 채 명상에 잠긴 듯 얌전하니 어찌된 일입니까?"

"그가 눈을 감고 명상을 하는 것이 아니라 화살에 두 눈을 잃은 거라네. 올림포스의 신들을 상대로 전쟁을 할 때 아폴론의 화살에 맞아 왼쪽 눈을 잃고 헤라클레스의 화살에 오른쪽 눈마저 잃었지. 앞을 볼 수 없는 자들은 유독 두려움이 많고 그들은 소리를 통해 사물의 움직임을 알아내야 하기 때문에 스스로 조용할 수밖에 없다네."

눈을 감고서는 열 발자국도 마음대로 내딛지 못하고 불안을 느끼게 마련이다. 그런데 어둠의 지옥 한가운데서 몸이 묶인 채 홀로 못 박혀 있으니 그 두려움이 오죽하겠는가.

"스승님, 만약 가능하다면 어마어마하게 거대하고 팔이 백 개나 달린 브리아레오스를 보고 싶습니다."

"그를 만나기는 어려울 걸세. 그러나 이 근처에서 곧 안타이오스를 볼 수 있을 게야."

"안타이오스라면 바다의 신 포세이돈과 대지의 신 가이아 사이에서 태어난 아들이 아닙니까?"

베르길리우스는 살며시 웃으며 고개를 끄덕였다.

"안타이오스는 헤라클레스와의 결전 끝에 최후를 맞았다네. 그 싸움에서 안타이오스가 땅에 내동댕이쳐질수록 더욱 강해지는 것을 보고 헤라클레스는 당황했지. 하지만 곧 그 이유가 땅에 몸이 닿을 때마다 어머니인 대지의 신으로부터 힘을 얻기 때문이라는 사실을 알고, 헤라클레스는 안타이오스를 하늘로 치켜들어 목 졸라 죽였다네."

"그자 역시 땅에 못 박혀 있습니까?"

"그렇기는 하지만 제우스에게 대항한 적이 없기 때문에 말도 하고 몸도 비교적 자유로운 편이라네. 모든 악의 원천인 골짜기로 그가 우리를 보내 줄 걸세."

단테는 자신이 보고자 원했던 브리아레오스의 행방이 궁금하여 묻지 않을 수 없었다.

"스승님, 브리아레오스는 이곳에 없는 겁니까?"

"아니, 분명 이곳에 있긴 하네. 하지만 훨씬 더 멀리 떨어졌고 온몸이 칭칭 묶여 있어서 생김은 이자와 비슷하지만 모습이 훨씬 더 흉악하지."

이때 에피알테스가 별안간 성이 나서 몸부림쳤다. 제아무리 심한 지진이 일어난다 한들 이렇게 지옥 전체가 흔들리지는 않으리라. 단테는 전에 없던 죽음의 공포에 휩싸여 몸을 부들부들 떨었다. 만일 강철 사슬이 거인을 묶고 있지 않았다면 그는 겁에 질린 나머지 그 자리에 굳어버리고 말았을 것이다.

둘은 황급히 그 자리를 떠나 안타이오스가 있는 곳에 다달았다. 그는 구덩이에서 몸을 거의 다 드러내고 있었다.

베르길리우스가 안타이오스 앞에 서서 한 팔을 높이 치켜들고 말했다.

"사람들은 아직도 네 동료 거인들이 신에게 도전하여 일으킨 싸움에
네가 가담했더라면 반드시 승리를 거두었을 거라고 말하고 있다. 안타
이오스여, 추위 때문에 얼음으로 뒤덮인 코스코키토스의
땅 밑으로 우리를 내려 보내다오. 길을 잘못 들어 대지에
묶인 티티오스나 일백 개의 머리를 가진 티폰에게 가는
일이 없도록 네가 길을 안내해다오."

그러나 안타이오스는 인상을 잔뜩 찌푸린 채 단테를 내
려다보고 있었다. 그러자 베르길리우스가 제자를 가리키
며 말했다.

"여기에 있는 이 사람이야말
로 너희가 갈망하는 것처럼
너희의 명성을 지상에 전해
줄 수 있는 유일한 사람이다.
이 사람은 아직 살아 있는 자로
서 앞으로 긴 여생을 남겨
두고 있으니 살아 있
는 한 너를 유명하게
만들어 줄 수 있을 것
이다. 그러니 기쁜 마음으로 허리를 굽
혀 우리를 지옥의 맨 밑바닥으로 안내하라!"

베르길리우스의 말을 귀담아 듣고 있던 거인 안
타이오스는 허리를 굽히고 손을 내밀었다. 그리고
헤라클레스를 붙잡았던 억센 손으로 낚아채듯 베르
길리우스를 붙잡았다. 베르길리우스는 자신이 안전하

게 안타이오스의 손아귀 안에 있음을 확인한 후 단테를 향해 소리쳤다.

"단테, 어서 이리로 오게. 내가 자네를 안겠네."

이렇게 베르길리우스와 단테는 한 덩어리가 되어 안타이오스의 손에 의지했다.

카리센다 탑의 기울어진 쪽에서 하늘을 올려다보면 구름이 그 위를 지나갈 때마다 탑이 앞으로 거꾸러지는 듯한 느낌이 든다. 그런데 안타이오스가 둘을 향해 허리를 굽혔을 때는 그와 똑같은 기분이 들어 한순간 간담이 서늘했다. 안타이오스의 손아귀에 있을 때도 너무나 두려운 나머지 다른 길로 갔으면 싶을 정도였다. 혹 길을 잘못 들어 흉폭한 마귀에게 쫓기는 한이 있더라도…….

하지만 안타이오스는 둘을 골짜기 밑까지 안전하게 내려주고는 꾸물대지 않고 곧 배의 돛대처럼 똑바로 일어섰다.

스승과 제자가 도착한 곳은 지옥의 대마왕 루치펠로와 배반자 유다를 삼켜버린 제9옥의 골짜기였다.

마지막 지옥

'메마르고 거칠며 가혹하고 격렬한 시를 읊을 수 있는 재능이 만약 나
에게 있다면, 온갖 바위들이 내리누르는 이 음산한 구덩이 밑을 그대로
묘사할 수 있었을 것이다. 하지만 그런 시어詩語를 갖추지 못했기에 나는
표현하기에 앞서 주저하고 두려워할 수밖에 없었다.'

단테는 온 우주의 중심이며 이 땅덩어리의 가장 깊은 곳인 지옥의 맨
밑바닥을 묘사한다는 것은 인간의 능력 밖의 일이며 자신의 머리를 쥐
어짜 아무리 유창한 시어로 묘사한다 하더라도 그것은 갓난아기의 옹
알거림에 지나지 않을 것만 같았다.

'암피온의 음악에 취하여 테베의 성벽을 쌓도록 도와준 시와 음악의
여신들이여, 나의 시어들이 사실 그대로를 묘사할 수 있도록 도와주오!'

'한없는 악에 둘러싸여 태어난 천한 족속이여, 입에 올리기조차 괴로
운 인간들이여, 차라리 지상에서 양이나 염소였더라면 더 좋았을 걸, 사
람의 아들이라면 성서에 기록된 대로 죽음의 길로 가겠지만 사람의 아

들을 배반한 사람은 화를 입게 될 것이다.'

"스승님, 이곳이 어디입니까?"

"여기가 바로 지옥 중 가장 깊은 제9옥이라네. 이곳은 인류 역사상 최초의 살인자인 카인을 상징하여 '카이나'라고 이름 붙여졌는데 모두 네 개의 원으로 이루어져 있지."

둘은 캄캄한 구덩이 속을 향해 밑으로 계속 내려갔다.

깎아지른 듯이 높은 절벽을 쳐다보느라 발을 헛디디고 돌부리에 채이고 있을 즈음 어디선가 소리가 들려왔다.

"어디로 가든지 조심해서 발을 내디뎌라. 네 발이 비참하고 고달픈 동료들의 머리를 밟지 않도록 조심해라!"

단테는 너무나 놀라 그 자리에 꼿꼿이 서서 주위를 둘러보았다. 바로 앞쪽 발 아래로 꽁꽁 얼어붙은 호수가 펼쳐져 있었는데 얼음의 두께가 얼마나 두꺼운지 물이 흐르는 기미를 전혀 찾아볼 수 없었고 호수의 표면은 유리처럼 매끄럽고 단단했다.

겨울날 꽁꽁 얼어붙은 다뉴브 강이나 더 추운 곳에 있는 돈 강이라 할지라도 이보다 더 두꺼운 얼음이 언 적이 없었을 것이다. 설령 탐베르니키 산이나 피에트라피아나 산이 호수에 무너져 내린다 해도 얼음이 깨지기는커녕 오히려 그 위에 고스란히 쌓이게 될 것 같았다.

그런데 더욱 놀라운 것은 그 얼음 위로 울룩불룩하게 사람의 머리가 솟아 있다는 것이다. 선 채로 얼음 속에 얼어붙어 있어 목부터 그 아래까지는 보이지 않았고 단지 얼음 위로 분간할 수 있는 것은 그들의 머리뿐이었다.

농부의 아내가 이삭 줍는 꿈을 꾸는 계절에 개구리가 물 위로 고개만 내밀고 개굴개굴 우는 것처럼 망령들은 얼굴이 납빛이 되어 황새처럼 이빨을 딱딱 부딪치고 있었다. 누구라 할 것 없이 모두 얼굴을 숙인 채 입으로는 추위를, 눈으로는 애달픈 마음을 드러내고 있었다. 대개 고통을 견디다 못해 발악을 하다가 끝내 부끄러움도 잊고 대성통곡을 하게 마련인데, 그들의 눈물은 눈에서 떨어지자마자 곧 얼음 방울로 변해 주위에 수북하게 쌓였다.

잠시 주위를 둘러보고 나서 발 아래로 시선을 돌리니, 거기에는 서로 달라붙어 머리카락까지 한데 엉켜 있는 두 사람이 보였다. 단테는 그들을 발견하고는 흠칫 놀라 뒷걸음질을 치면서 물었다.

"가슴을 서로 맞대고 있는 당신들은 도대체 누구요?"

그들은 말소리에 떨구었던 고개를 가까스로 쳐들고 단테가 있는 쪽으로 얼굴을 돌렸다. 그들의 눈썹에는 아직 떨어지지 않은 눈물방울들이 고드름처럼 매달려 있었고 주위에는 작은 얼음 알갱이들로 가득했다. 그들이 고개를 조금씩 움직일 때마다 눈썹 끝에 매달린 눈물방울이 바닥에 떨어지며 타닥타닥 소리를 냈다.

그러나 그들은 단테의 물음에 대답하기는커녕 마치 두 마리의 숫염소처럼 미친 듯이 머리를 치받으며 싸우는 것이었다. 몸을 움직일 수 없었으므로 싸움이래봤자 서로 욕설과 저주를 퍼붓는 정도였다. 그러나 그 말들이 어찌나 날카롭고 잔인하던지 옆에서 듣기만 해도 두려움이 덮쳐 몸을 움츠리게 만들었다.

이때 베르길리우스가 나서서 그들을 향해 큰 소리로 호령했다.

"네놈들은 차라리 목 위까지 전부 호수에 잠기는 편이 낫겠구나. 너희들의 날카롭고 잔인한 말들이 이 얼음 위에 소금처럼 뿌려진다는 사실을 아직도 깨닫지 못하느냐? 소금은 얼음을 더욱 차고 단단하게 만들어 너희들의 몸을 고통스럽게 할 것이다."

베르길리우스의 호령에 기세가 꺾인 두 영혼은 입을 다문 채 다시 고개를 숙였다. 단테는 호기심을 억누르지 못하고 다시 한 번 그들에게 질문했다.

"꼿꼿이 서서 피와 살이 얼어붙는 형벌을 받고 있는 자들이여, 도대체 당신들은 누구이며 무슨 죄로 이곳까지 오게 된 것이오?"

그러나 두 망령은 대답하지 않고 고개만 숙이고 있었다. 그러자 추위 때문에 양쪽 귀가 떨어져 나간 한 망령이 그들 옆에 서서 얼굴을 숙인 채 말했다.

"그대는 무엇 때문에 우리에게 관심을 갖는 것인가?"

"나는 피렌체 사람이며 하느님의 은총을 입어 살아 있는 몸으로 지옥을 순례하고 있는 중이오. 나의 이 답사가 헛되지 않도록 당신들의 이야기를 듣고 싶소."

그는 고개를 끄덕이더니 부드러운 어조로 말했다.

"당신이 원한다면 저들이 누구인지 가르쳐 주지. 저들은 비센시오 강이 흘러내리는 골짜기에 많은 영토를 가진 귀족 출신의 형제요. 형 나폴레오는 기벨린당파이고 동생 알렉산드로는 겔프당파에 속해 있었는데, 권력과 아버지의 유산 문제로 싸우다가 결국 죽어서 이곳으로 온 놈들이지."

그는 슬쩍 눈동자를 굴려 형제의 눈치를 살피다가 조금 목소리를 낮춰 말을 이었다.

"이곳 카이나를 샅샅이 뒤진다 하더라도 저놈들처럼 얼음 속에 파묻히기에 마땅한 놈들은 찾지 못할 것이오."

그러자 그의 옆에서 고개를 숙이고 있던 망령 하나가 부스스 고개를 들면서 말참견을 했다.

"아더 왕의 보검 엑스컬리버에 찔려 가슴이 두 쪽으로 쪼개지고 그림 자까지 찢어진 모드리드일지라도 가문에 불화를 일으켜 풍비박산을 낸 포카치아일지라도, 자신의 큰아버지를 살해한 반니일지라도, 내 눈앞을 가로막고 있는 이놈 사솔 마르케로니일지라도 저놈들보다는 나을 게다."

"뭐, 당신 앞에 있는 자가 사솔 마르케로니라고?"

사솔 마르케로니는 피렌체 토스키 가문 출신으로 한때 피렌체에서 화제의 인물이었다.

그는 숙부가 늙게 되자 재산이 탐이 나 조카를 죽였으나 후에 그 죄가 발각되어 상자에 갇힌 채 장안에서 조리돌림을 당했다. 그리고 모든 사람이 지켜보는 앞에서 단두대에 올라 비참하게 목이 잘렸다.

단테가 사솔 마르케로니를 자세히 보고 있는 동안 다른 자가 나서서 말했다.

"내 이름은 알베르토 카미치온 데 파치이다. 성을 차지하기 위해 우벨타를 암살한 죄로 이곳에 오게 되었소. 하지만 곧 카를린 데 파치란 자가 이곳에 오게 되면 내 죄가 조금은 가벼워질 거요."

단테는 그의 말을 이해할 수가 없어 고개를 갸웃거렸다.

"카를린 데 파치란 자가 당신의 죄를 나눠 갖기라도 한단 말이오?"

"그런 건 아니오. 하지만 카를린 데 파치는 피렌체의 흑당과 루카 시민이 피스토이아를 공격했을 때 성문을 지키던 자인데 흑당에게 매수되어 동료들을 배신하고 그 성을 넘겨준 배신자요. 그자 때문에 같은 동료였던 백당의 무수한 사람들이 목숨을 잃었소. 그러니 그자가 이리로 오게 되면 상대적으로 내 죄가 가벼워지는 건 당연한 이치가 아니겠소?"

단테는 비로소 그의 말을 이해하고 고개를 끄덕였다.

두 사람은 그들 사이를 헤쳐 호수 위를 미끄러지듯 내려갔다. 하지만 그들은 지옥의 공포 때문인지 두텁게 얼어붙은 얼음 때문인지 알 수 없었으나 온몸을 부들부들 떨었다.

그때 그것이 의지나 천명, 아니면 운명이었는지 모르겠으나 단테는 머리와 머리 사이를 빠져나가다 어떤 자의 머리를 호되게 걷어차게 되었다. 그는 고통스럽게 울부짖었고 단테는 너무나 당황한 나머지 허둥지둥 사과를 했다.

"미, 미안하오. 절대 고의가 아니었소. 빙판 위를 걷자니 미끄럽기도 하고, 또 머리들이 너무 많이 솟아 있어서 피해 걷기가……."

그러나 꽁꽁 얼어붙은 머리통을 호되게 채인 그는 쉽사리 비명을 멈추지 않았다.

"왜 나를 차는 거냐? 만약 몬타베르티의 복수를 하려고 온 자가 아니라면 나를 괴롭힐 자격이 없다."

단테는 그의 말을 듣고 흠칫 놀라지 않을 수 없었다. 비록 고개를 숙인 채 고래고래 소리를 지르고 있었지만 그가 누구인지 알 수 있었기 때문이었다.

단테는 베르길리우스에게 말했다.

"스승님, 이곳에 잠시 머무르게 해 주십시오. 이자에 대해 품었던 한 가지 의문을 풀고 싶습니다."

베르길리우스는 말없이 고개를 끄덕인 뒤 걸음을 멈추었다. 단테는 호수에 얼어붙어 있는 그자에게 좀 더 가까이 다가가 시침을 떼고 물었다.

"아직도 자존심을 버리지 못하고 있는 당신은 도대체 누구요?"

그는 대답 대신 거만하게 목소리를 높여 되물었다.

"너야말로 누구냐? 제9옥 둘째 원을 가면서 조심성 없이 발을 헛디

더 남의 얼굴을 걷어차다니
……. 비록 네놈이 살아 있는
자라 할지라도 나에게 그렇
게까지는 하지 못할 게다."

단테는 참지 못하고 그에
게 쏘아붙였다.

"그렇다, 나는 살아 있는
자다. 그러나 네가 명성을 떨
치길 바란다면 내게 네 이름
을 말해다오. 그러면 내 기억

속에 영원히 네 이름을 남겨두겠다."

단테는 그가 스스로 이름을 밝히게 하기 위해 애를 썼다. 그러나 그는
오히려 사정하는 듯한 목소리로 말했다.

"제발 부탁이니 내 신상에 대해서 아무것도 묻지 말라. 나는 명성을
남기고 싶은 생각이 털끝만큼도 없다. 그러니 더 이상 나를 괴롭히지 말
고 어서 여기를 떠나다오. 이 지옥은 겉치레 인사말 따위는 필요 없는
곳이다."

단테는 그의 교만이 역겨워 참을 수가 없었다. 그래서 그에게 달려들
어 머리카락을 움켜잡으며 소리쳤다.

"남에게 밝히지도 못할 부끄러운 이름을 갖고 어찌 평생을 살았더냐?
하지만 나는 반드시 네 입을 통해 네놈의 이름을 듣고 싶다. 만약 네놈
이 끝내 이름 밝히기를 거부한다면 네 머리카락은 하나도 남아나지 못
할 것이다."

그러나 그는 단테의 노여움에는 아랑곳없이 오히려 눈을 희번덕거리

며 악을 썼다.

"네놈이 뭔데 내게 이름 밝히기를 강요하느냐? 설사 네놈이 내 머리 카락을 다 뽑고 내 머리를 천만번 후려친다 해도 절대로 나에 대한 얘기 는 하지 않을 것이다."

단테는 그의 말이 채 끝나기도 전에 그의 머리털을 한 움큼씩 뽑기 시 작했다. 그는 비명을 지르며 고통 때문에 몸부림쳤으나 여전히 대답을 하지 않았다.

그때 가까이 있던 다른 망령이 귀찮은 듯 냅다 소리를 질렀다.

"시끄럽다, 보카! 대답하지 않겠다고 마음먹었으면 그까짓 고통쯤은 참아야지 왜 소리를 빽빽 지르느냐?'

단테는 손을 털고 천천히 일어섰다.

"네놈은 끝내 교만함을 버리지 못했구나. 이 사악하고 극악무도한 배 반자야, 네놈의 부끄러운 행적을 세상에 널리 알려 너희 가문이 대대로 불명예를 안고 살아가도록 하겠다. 네놈이 기벨린당에게 매수되어 동료

들을 배반하고 아군의 군기 를 땅에 떨어뜨리지만 않았 어도 겔프당은 패전하지 않 았을 것이다. 매국행위를 한 네 이름이 세상에 알려지는 것이 이제 와서 두렵게 생각 되더냐? 그래도 일말의 양심 이 남아 부끄러움을 느낀다 니 참으로 다행이다!"

그제야 보카는 더 이상 숨

길 것이 없음을 깨닫고 고개를 들며 소리쳤다.

"냉큼 꺼져라. 그리고 세상에 돌아가 네가 지껄이고 싶은 대로 지껄여라. 그러나 여기에서 벗어나거든 헛바닥 가벼운 내 옆 이놈에 대해서도 세상에 널리 알려야 한다. 이놈은 프랑스인의 돈 때문에 여기에서 울고 있는 두에라는 놈이다. 너는 세상에 나가서 꼭 말해야 한다. 꽁꽁 얼어붙은 지옥에서 다른 죄인들과 함께 고통을 받고 있는 두에라를 보았노라고."

단테는 그의 뜻에 따르고 싶지는 않았지만 두에라 또한 조국을 배신했던 매국노였으므로 그 죄상을 낱낱이 밝혀야겠다고 생각했다.

보카는 계속 말했다.

"세상 사람들이 또 그곳에서 누구를 보았느냐고 묻거든 네 발 옆에 있는 베케리아도 보았다고 대답해라. 그놈은 발름브르사의 수도원장으로, 조국과 피렌체 시민을 배신하고 기벨린당과 내통한 놈이다. 잔니 데이솔다니에르는 좀 더 저쪽의 가넬로네와 테발델로와 같이 있을 것이다. 그놈은 피렌체의 기벨린 가문 출신으로 사리사욕을 채우기 위해 당파를 배신했던 자다.

단테는 보카의 말을 듣고 말없이 고개를 끄덕인 뒤 그 자리를 떠나 더 앞으로 나아갔다.

그때 한 구멍에 두 사람이 얼어붙어 있는 모습이 눈에 띄었다. 한 사람의 머리가 다른 사람의 머리 위에 모자처럼 얹혀 있었는데 굶주린 자가 빵을 게걸스럽게 먹듯이 위에 있는 사람이 아래 있는 사람의 머리와 목덜미를 마구 물어뜯고 있었다. 그 물어뜯고 있는 광경은, 테세우스가 증오에 넘쳐 빈사 상태에 있으면서도 멜라니포스의 머리를 깨어 그 골을 먹었다는 이야기와 별로 다를 바가 없었다.

단테는 그의 앞에 나서서 물었다.

"당신은 왜 이렇듯 증오에 불타 짐승처럼 상대방을 물어뜯고 있소? 만일 당신에게 그럴 만한 사연이 있다면 내게 그 사연을 말해주시오."

그러자 그는 눈을 힐끗 돌려 단테를 바라보았다.

얼마 후 단테는 그에게 다시 물었다.

"당신들이 누구이며 그 죄가 무엇인지 내게 말해 준다면, 내가 살아 혀뿌리가 마르지 않는 한 세상에 나가 당신들을 위해 변명해 줄 것을 약속하겠소."

톨로메아

　머리를 물어뜯고 있던 그 죄인은 잔인한 식사를 중지하고 입을 떼더니, 자기가 물어뜯던 피투성이 머리의 헝클어진 머리털로 자기 입을 닦고는 천천히 말문을 열었다.

　"생각만 해도 절망적인 고뇌로 슬픔에서 벗어나지 못하고 있는 나에게 사연을 말해달라고 하니 정말 난감하군. 그러나 내 말이 씨가 되어 내가 물어뜯고 있는 이 배신자에게 치욕적인 오명이 전해진다면 눈물이 흐르다 못해 마른다 하더라도 당신에게 얘기해주겠소."

　그는 말하는 도중 내내 단테의 모습을 아래위로 훑어보았다.

　"당신이 누구이며 어떻게 해서 이 지옥에까지 오게 되었는지 알 수 없지만, 말씨를 들으니 아무래도 피렌체 사람인 듯하오."

　단테가 고개를 끄덕이자 그는 마음이 놓이는 듯 차분히 이야기를 해나갔다.

　"나는 대대로 기벨린당의 영수를 지내온 가문의 백작으로 이름은 우골리노요. 넓은 영토와 남부럽지 않을 만큼 막대한 재산이 있었으나 겔프당의 수령 조반니 비스콘티와 짜고 피사의 실권을 잡으려다가 일이 발각되어 추방당하고 재산도 몰수당했소."

"당신 밑에서 말없이 물어뜯기고 있는 자는 누구요?"

우골리노는 깊은 한숨을 내쉬며 말했다.

"이놈은 한때 나의 신임을 받던 대주교 루지에리요. 나는 이놈의 악한 마음에 이용당하여 반역죄를 뒤집어쓰고, 두 아들 그리고 손자들과 함께 탑에 갇혀 굶어 죽었소. 아마도 당신이 비참한 나의 죽음에 대해 얘기를 듣는다면, 이놈이 살아 있을 때 나를 얼마나 학대했는지 알 수 있을 거요."

흘깃 고개를 돌려 베르길리우스를 바라보니 그는 고개를 끄덕이며 제자에게 시간을 허락해 주었다.

단테는 베르길리우스에게 고마움을 표하고 우골리노에게 사연을 들려주기를 재촉했다.

"당신의 얘기를 어서 들려주시오. 죄지은 자들이 죽어서 어떠한 대가를 받게 되는지 세상 사람들에게 낱낱이 알려 줄 수 있도록……!"

우골리노는 단테의 말에 용기를 얻어 과거의 기억들을 하나둘씩 끄집어냈다.

"나는 이자의 명령에 의해 높은 첨탑 꼭대기에 갇히게 되었소. 그곳에는 손바닥만한 창문과 기어서나 겨우 드나들 수 있는 문이 있었는데, 그 문은 언제나 바깥에서 잠그도록 되어 있었소. 나와 두 아들과 손자들은 한 조각의 빵과 한 그릇의 물로 하루하루를 버텨야 했소. 그 탑에 갇혀 달이 기울고 다시 차는 모습을 여섯 번 보았는데, 그 무렵부터 나는 아주 불길한 꿈을 꾸었소. 그 꿈은 휘장을 찢고 나에게 미래를 보여 주었소."

"미래를 알려 주었다는 그 꿈의 내용이 무엇이었는지 말해 주겠소?"

"루지에리가 대장이 되어 산에서 늑대와 그 새끼들을 사냥하는 꿈이었소. 루지에리와 그 일당들은 굶주려 깡말랐지만 날쌔고 잘 길들여진 암캐를 앞장세우고 구알란디와 시스몬디, 란프란키를 이끌고 있었소. 한참 동안 쫓고 쫓기던 끝에 늑대와 그 새끼들이 모두 지쳐 걸음이 느려지자, 날쌘 암캐는 날카로운 이빨로 늑대의 옆구리를 물어뜯기 시작하더군. 그때 늑대의 모습이 돌연 변하여 나의 모습이 되었고, 그 새끼들은 두 아들과 손자들의 모습으로 변했소. 비록 꿈속이긴 했지만 그때의 고통이 어찌나 생생하던지 잠에서 깨어난 후에도 한동안 옆구리가 얼얼할 정도였소."

단테는 우골리노의 이야기를 들으며 그의 표정을 살펴보았다. 처음부터 썩 유쾌한 표정은 아니지만 우골리노는 한마디, 한마디 내뱉을 때마다 얼굴을 찌푸리며 고통스러워했다. 그래서 섣불리 질문하지 못하고 계속 그의 말을 들었다.

"아침에 일어나 보니 손자들이 두 아들에게 매달려 빵을 달라고 울면서 조르고 있더군. 그때 내 심정이 어떠했겠소. 당신도 한번 생각해 보시오. 내 말을 듣고 마음에 고통을 느끼지 않는다면 당신은 아주 매정한 사람이오. 만약 그 일에 눈물을 흘리치 않는다면, 당신은 도대체 언제 눈물을 흘릴 거요?"

그의 사정이 딱했던 것은 사실이지만 인과응보라고 생각하니 눈물을 흘릴 만큼 안쓰럽지는 않았다. 우골리노는 단테가 자신을 동정하지 않는 것을 보고 조금은 실망한 듯했다. 그는 더욱 비통한 표정으로 말을 이었다.

"여느 때와 같이 아침식사 시간이 되었으나 유독 그날따라 빵이 지급

되지 않았소. 그 대신 한꺼번에 여럿이 몰려와서 문 밖에서 못질하는 소리가 들리더군. 그로써 우리는 완전히 고립된 채 굶어 죽기만을 기다리는 신세가 되었던 것이오. 자식들과 어린 손자들은 눈물을 흘렸지만 나는 울지 않았소. 나의 몸은 돌처럼 굳어지고 얼굴은 흙빛이 되었소. 그때 제일 가슴 아팠던 것은 나이 어린 손자 안셀무치오가 울면서 내게 '할아버지, 왜 그런 얼굴을 하고 계세요?' 하고 물었을 때였소. 나는 눈물을 보이지 않기 위해 하루 종일 한마디 말도 하지 않고 그날을 보냈소."

"그럼 하루 종일 다섯 식구가 모두 굶었단 말이오?"

그는 고개를 끄덕이더니 자기 머리 밑에 깔린 루지에리를 저주스런 눈초리로 쏘아보았다.

"그렇게 이틀을 보내고 나자 손자들은 탈진하여 눈을 허옇게 뒤집은 채 쓰러졌고 자식들은 공포에 질려 부들부들 떨었소. 나는 그들의 모습을 지켜보다 괴로움을 견디지 못하고 내 팔을 물어뜯었지. 그러자 큰아들은 내가 배고픈 나머지 그렇게 한 줄로 착각하고 벌떡 일어서며 말하더군. '아버지, 차라리 저희들을 잡수세요. 그러면 오히려 저희들의 고통도 덜어질 것입니다. 아버지께서 입혀 주셨던 이 육신이 저들에게 모욕을 당하느니 차라리 아버지께 벗겨지는 것이 훨씬 행복한 일입니다.' 이 말을 듣는 순간 나는 가슴이 미어지는 슬픔이 격렬하게 밀려왔소. 그러나 자식들에게 더 이상의 슬픔을 주지 않기 위해 진정할 수밖에 없었소."

"그렇게 며칠을 지냈던 거요?"

"나흘째 접어들자 아들 가도가 내 발 밑에 몸을 내던졌소. '아버지, 어찌하여 저를 돕지 않으십니까? 어차피 이렇게 쓰러져 구더기가 들끓는 시체가 될 텐데요' 말을 마친 가도는 숨을 거두고 말았소."

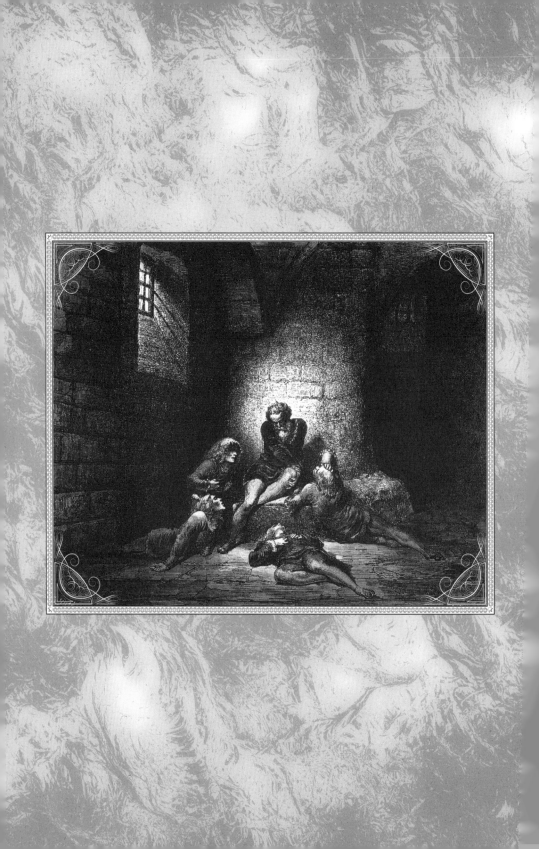

단테는 자식의 죽음을 눈앞에서 지켜봐야 하는 아비의 심정이 어떨까 생각하며 가슴이 찡해지는 것을 느꼈다.

"이어서 닷새와 엿새째가 되던 날, 다른 세 아이들도 차례차례 내 눈앞에서 죽어갔소. 그 비통함을 무엇에 비교할 수 있겠소? 차라리 늙은 내가 먼저 죽었더라면 어린 자식들이 굶어 죽어 가는 그 처참한 광경을 직접 보지는 않았을 텐데……."

붉게 충혈된 그의 눈에서 뜨거운 눈물이 뚝뚝 떨어졌다. 그러나 이상하게도 그의 눈물은 얼음이 되지 않고 촉촉한 상태 그대로 흘러내렸다.

"나는 그 충격으로 두 눈까지 멀어 버렸소. 그래서 손으로 하나하나 더듬으며 아이들을 확인했고 꼬박 이틀 동안 그들의 이름을 부르며 오열했소. 하지만 고뇌에 지지 않았던 나도 굶주림에는 별다른 방법이 없더군."

우골리노 백작은 말을 마치더니, 마치 미친 개가 쥐를 잡아 물어뜯듯 루지에리 대주교의 상처투성이 머리를 다시 물어뜯기 시작했다.

"아, 피사. 아름다운 이탈리아의 수치여!"
"이탈리아어를 쓰는 모든 국민들의 치욕이여!"

"그대는 어찌하여 이런 죄악을 잉태했단 말이냐. 만일 네 이웃이 어물거리며 너 피사를 징계하지 않는다면, 아르노 강 입구에 있는 카프라이아와 고르고나 섬이 무너져 둑이 되어 아르노 강 어귀를 막을 것이다. 그리하여 피사 안에 있는 모든 것들을 물에 잠겨 죽게 만들 것이다."

백작 우골리노가 피사를 배반하여 성을 적에게 넘겼다는 소문이 있긴 했지만 아무도 그것을 증명할 수는 없었다. 그런데도 백작과 그 자식들을 그렇게 처형했다니……. 그의 손자들은 죄를 짓기에는 너무 어린 나이였고, 더욱이 굶주림으로 죽어야 함은 너무도 가혹한 형벌이었다. 그러므로 너희 역사 속에는 또 하나의 범죄가 기록될 것이다.

두 사람은 백작 우골리노의 곁을 떠나 다시 앞으로 나아갔다. 그곳에는 얼굴을 앞으로 숙이지 못하고 목을 뒤로 젖힌 무리들이 얼음 속에 꽁꽁 얼어붙어 있었다.

거기서는 눈물조차 흘릴 수 없었는데, 고뇌의 눈물은 눈시울에 나타났다가 다시금 눈 안으로 스며들어 고통을 더했다. 수정과 같이 눈 안에서 그대로 얼음덩이가 된 눈물은 눈꺼풀처럼 눈동자를 뒤덮어, 슬픔을 밖으로 드러내지 못하고 몸 안에서만 맴돌게 했다.

추위 때문에 단테의 얼굴은 감각을 잃고 굳은살이 박힌 듯 둔했지만, 그래도 살을 에는 듯한 찬바람이 어디선가 불어오는 것을 느낄 수 있었다.

"스승님, 이 바람은 어디에서 불어오는 겁니까? 이렇게 깊은 땅속에서도 기류가 흐르고 있다니요."

단테가 의문을 품고 묻자 베르길리우스는 차분하게 말했다.

"얼마 안 있으면 자네는 이 바람을 일으키는 근원을 볼 수 있을 걸세. 지금 굳이 설명하지 않는 이유는 눈으로 직접 보는 게 더 이해하기 쉽기 때문이지."

이때 얼음을 뒤집어쓴 사악한 망령 하나가 둘에게 외쳤다.

"지옥의 가장 깊은 곳으로 떨어진 흉악한 망령들아! 제발 좀 내 눈에서 이 얼음 막을 벗겨다오. 잠시나마 가슴에 사무치는 울분을 마음껏 내뿜고 싶다."

단테는 그가 누구인지 알고 싶어서 물었다.

"내 도움이 필요하다면 먼저 당신이 누구인지를 말해주시오."

그러나 그는 한동안 아무 말도 하지 않았다. 그러더니 미심쩍은 말투로 되받았다.

"내가 누구인지 알고 나면 나를 도와주고 싶은 마음이 사라질 것이다. 그런데 어떻게 내가 먼저 그 일을 자초하란 말이냐?"

지옥 깊숙한 곳으로 내려갈수록 죄인들은 더욱 의심이 많아져 서로를 경계했다. 단테는 세상 사람들을 모두 자기 기준에 맞춰 생각하는 그들이 불쌍하게 느껴졌다.

"염려하지 마시오. 내가 만약 약속을 어기고 당신을 돕지 않는다면, 차라리 나 스스로 얼음 바닥에 들어가겠소."

그러자 그가 대답했다.

"나는 로마냐 지방 파엔차의 수도자 알베르고 데 만프레디이다. 악의 동산에 열린 과일 때문에 이곳에서 무화과 대신 대추를 따고 있다."

수도자 알베리고는 겔프당의 총수였다. 그는 자신의 형 만프레디와 조카를 연회에 초대한 뒤 자객을 시켜 살해하게 했는데 그때의 암호가 '과일을 가져 오너라'였다고 한다. 그가 살던 토스카나 지방에서 가장 싼 과일은 무화과이고 가장 비싼 과일은 대추이다. 그러나 그 범죄는 알베리고를 제9옥 세 번째 원에 떨어뜨려 값비싼 대가를 치르게 하고 있었다.

단테는 알베리고를 잘 알고 있었기 때문에 눈이 휘둥그레져서 물었다.

"그렇다면 당신이 벌써 죽었단 말이오?"

"글쎄, 아직까지는 육체가 이승에 머물러 있긴 하지만…… 도대체 왜 내 육체가 아직도 그곳에서 움직이고 있는지 나도 모르겠다."

"그렇다면 당신 또한 나처럼 살아 있는 자란 말이오?"

단테는 그의 말을 이해하기 힘들었다. 육체는 지상에 머물러 살고 있는데, 영혼은 지옥 구덩이 속에서 고통을 당하고 있다니…….

그러자 옆에 서 있던 베르길리우스가 그 이유를 설명해 주었다.

"이곳 제9옥의 세 번째 원은 '톨로메아'라고 불리는데 이곳에 있는 자들은 대다수가 지상에 육체를 갖고 있다네. 수명이 다 되어 생명의 실을 끊는 여신 아트로포스가 혼을 날리기도 전에 이따금씩 영혼이 먼저 이 나라로 떨어져 들어오기도 하지."

옆에 있던 알베리고가 끼어들었다.

"내 눈앞을 가린 얼음 막을 네가 떼어 주기를 바라는 뜻에서 한 가지 교훈을 가르쳐 주겠다. 나처럼 배신을 저지른 자들은 곧 육체를 악마에게 빼앗기고 말지. 그 후로는 수명이 다할 때까지 계속 악마가 육체를 지배하고 영혼은 곧장 이 지옥으로 떨어지게 되는 것이다."

그의 말을 어렴풋이 이해할 수는 있었지만 도저히 불가능한 일이라 쉽게 수긍이 가지 않았다. 그러자 알베리고는 혀를 빼물더니 자신의 왼쪽에 있는 죄인을 가리켰다.

"지금 내 옆에 얼어붙어 있는 저 영혼의 육체도 지상에서 만나볼 수 있을 것이다. 네가 이곳에 온 지 얼마 되지 않는다면 너도 저자를 알 것이다."

단테는 알베리고가 가리킨 죄인의 얼굴을 자세히 살펴보았다.

"아니, 저자는 브랑카 도리아?"

브랑카 도리아는 제노바의 귀족으로 미켈창케의 사위였다. 그는 영지를 빼앗을 목적으로 조카와 짜고서 장인을 살해했다.

알베리고는 비웃음을 띠며 말했다.

"네 눈으로 똑똑히 봐서 알겠지만 그자는 분명 브랑카 도리아다. 이제 내 말을 믿겠느냐?"

단테는 고개를 내저으며 반박했다.

"당신이 나에게 거짓말을 하는 게 분명하오. 브랑카 도리아에 대한 소문은 최근에도 세인들의 이야깃거리가 되고 있소. 그자는 아직 죽지 않았고, 버젓이 지상에서 활개를 치며 돌아다니고 있소."

알베리고는 여전히 비웃음을 흘리고 있었다.

"역청이 부글부글 끓어오르는 지상 악마들의 구렁텅이 속에서."

물론 브랑카 도리아는 지금도 조카와 더불어 배반과 모략을 일삼고 있었으므로 알베리고의 표현이 틀린 것은 아니었다. 이미 영혼이 지옥의 구덩이 속에 빠진 빈 육체들이 세상에서 활보하고 있다고 생각하니 허탈하기 그지없었다.

알베리고는 음흉한 흉계를 품은 듯 미소를 지으며 말했다.

"자, 네게 모든 것을 말해 주었으니 이번에는 네가 손을 뻗어 내 눈을 열어 줄 차례다."

그러나 단테는 양심에 거리낌 없이 그 약속을 지키지 않았다. 지옥의 규율을 깨뜨리지 않기 위한 것도 있었지만 그런 배신자들에게는 약속을 지키지 않는 것이 오히려 당연한 일이라는 생각이 들었기 때문이다.

단테는 가슴을 치며 한탄했다.

"아, 제노바의 사람들아! 미풍양속을 저버리고 부패와 타락으로 가득 차 있는 사람들아! 너희들은 왜 이 세상에서 사라지지 않느냐? 너희들은 로마냐의 극악무도한 망령을 곁에 두고도 그것을 알지 못하는구나. 그 영혼이 이미 지옥에 얼어붙어 있는데 육체는 악마의 뜻에 따라 온갖 죄악을 저지르며 돌아다니고 있다니……."

DANTE LA DIVINA COMMEDIA 34

가리옷 유다와 대마왕 루치펠로

탄식하며 슬퍼하는 단테에게 베르길리우스는 손을 뻗어 등을 토닥이며 위로해 주었다.

"세상의 이치와 사후세계를 모두 다 알면서 사는 사람이 과연 얼마나 되겠는가? 지옥에 떨어진 뒤에도 자신의 죄를 뉘우치지 못하는 자가 태반이라네."

단테는 스승의 위로에 기운을 차리고 다시 길을 재촉하여 걸었다. 두 사람이 향해 가는 곳은 지옥의 맨 밑바닥인 제9옥의 네 번째 원이었다. 베르길리우스는 말없이 길을 걷다가 갑자기 멈춰섰다.

"지옥의 제왕이 여섯 날개를 깃발처럼 펄럭이며 우리를 향해 다가오고 있다."

베르길리우스의 목소리는 전과 다르게 잔뜩 겁에 질려 있었다.

"단테, 앞을 똑똑히 보게. 곧 자네의 눈에도 그의 모습이 보일 걸세."

하지만 사방은 안개가 자욱하게 깔린 북반구의 밤처럼 희미하여 한

치 앞도 분간하기 힘들 지경이었다.

단테는 앞으로 계속 나아가면서 거대한 물체가 풍차처럼 무언가를 돌리며 바람을 일으키고 있는 것을 보았다. 바람이 거세지자 숨이 탁 막혀 가슴이 답답했으며 발걸음을 옮길 때마다 균형을 잃고 비틀거리게 만들었다.

단테는 그 바람을 피하기 위해 베르길리우스의 등 뒤로 몸을 숨겼다. 그곳에서 달리 몸을 숨길 만한 곳을 찾기도 힘들었지만 베르길리우스는 그 어떤 고난으로부터도 자신을 보호해 줄 것이라는 강한 믿음이 있었기 때문이다.

단테는 계속 망설이다가 온몸을 떨면서 고개를 살짝 내밀었다. 사방을 둘러보니 거기에는 망령들이 모두 꽁꽁 얼어붙어 있어 유리 밑에 있는 투명한 볏짚처럼 보였다. 어떤 자는 머리로, 어떤 자는 발끝으로 서 있고 또 어떤 자는 활처럼 몸이 휘어 얼굴과 발을 마주 대고 있었다.

"단테, 내가 자네를 지켜줄 테니 염려하지 말고 뒤를 따르게."

둘은 다시 앞으로 한 걸음씩 나아갔다. 조금 걷다 말고 베르길리우스는 제자의 앞으로 비켜서서 나란히 옆으로 섰다.

"자, 보게나. 저자가 바로 대마왕 루치펠로라네. 전에는 모든 천사 중에서 가장 아름답다 하여 '빛을 몸에 지닌 자'라고 칭송을 받았지. 하지만 지금 그의 모습이 얼마나 흉폭하게 보이는가? 여기서부터는 마음을 굳게 먹어야 하네."

단테는 이미 온몸이 얼어붙고 숨이 멎을 듯한 공포에 휩싸여 있었다. 도저히 말로 다 표현할 수 없는 공포, 그것 때문에 자신이 살아 있음에도 불구하고 죽은 것 같은 느낌이 들었다.

지옥을 다스리는 대마왕 루치펠로는 가슴의 절반 위를 얼음 밖으로 드러내 놓고 있었는데 팔뚝 하나가 앞에서 보았던 거인들의 키보다도 컸다. 그의 몸 일부인 팔 하나가 그러하니 몸 전체에 대해서야 더 말해서 무엇하랴. 루치펠로는 자신의 아름다운 외모에 우쭐하여 자신을 창조하신 하느님께 반역을 했으니, 흉악한 몰골로 형벌을 받는 것은 당연한 일이었다.

단테는 그의 어깨 위에 놓인 세 개의 얼굴을 보았다. 얼마나 놀랍고 충격적이었는지 넋이 나간 사람처럼 입을 벌린 채 아무 말도 할 수 없었다. 그중 앞을 보고 있는 한 얼굴은 붉은 물감을 칠한 듯이 새빨갛게 보였다. 그 얼굴에 이어 좌우 어깨 한복판에 두 개의 얼굴이 놓여 있었는데, 오른쪽 얼굴은 흰빛과 누런빛의 중간이요, 왼쪽 얼굴은 나일 강 상류의 골짜기에서 온 흑인과 흡사한 빛깔이었다.

베르길리우스는 제자가 공포에 질려 아무 말도 못하는 것을 보고 설명을 해 주었다.

"하느님의 삼위일체가 성부, 성자, 성령인 것처럼, 루치펠로의 세 개의 얼굴은 지옥 왕의 삼위일체라 할 수 있지. 붉은색의 얼굴은 증오, 누런색은 무력, 검은색은 무지를 뜻하는 것이라네."

루치펠로의 얼굴 하나하나에는 거대한 날개가 둘씩 달려 있었다. 크기가 얼마나 큰지 배의 돛 중에서도 그처럼 큰 것은 일찍이 본 적이 없었다. 박쥐의 날개처럼 깃털 하나 없는 거대한 날개를 퍼덕이자 세 가닥의 바람이 일어 제9옥의 코키토스가 모두 얼어붙고 있었다. 루치펠로의 여섯 개의 눈에서는 싯누런 눈물이 흐르고 세 개의 턱에서는 피가 섞인 침과 눈물이 흘러내렸다.

루치펠로는 자신의 입마다 죄인 한 명씩을 물고 마치 삼 찢는 기계처럼 죄인들을 물어뜯고 있었다. 세 명의 죄인들은 바위 같은 이빨에 찢기고 짓이겨지는 고통 속에서 울부짖었다. 더욱이 정면에 있는 죄인은 다른 죄인보다 더 무참하게 갈가리 찢겨 등가죽이 벗겨지고 온몸의 뼈가 하얗게 드러나 있었다.

단테가 이맛살을 찌푸리자 베르길리우스는 정면에 있는 자를 손가락으로 가리키며 말했다.

"저 높은 곳 가운데에서 가장 무거운 형벌을 받고 있는 자가 바로 자기의 스승인 예수 그리스도를 배반하고 로마군의 손에 팔아넘긴 가리옷 유다라네. 그자의 머리는 대마왕의 입 속에서 씹히고 있고 입밖으로 삐쳐 나온 다리는 용광로 같은 턱에서 발버둥치고 있지."

세 명의 죄인 중 다른 두 명은 몸통 전체가 루치펠로의 입 속에 있었고 머리통이 밖으로 삐져나와 있었다. 베르길리우스는 손가락을 들어 왼쪽의 죄인을 가리켰다.

"시커먼 얼굴의 입 속에서 얼굴만 내민 채 발악을 하고 있는 자가 바로 브루투스라네. 저자는 시저와 절친한 사이였으나 후에 그를 배신하고 살해한 놈이지. 그리고 오른쪽 누런 얼굴에 물려 있는 자는 카시우스인데 그자 또한 브루투스를 도와 시저를 살해한 놈이라네."

단테는 그때까지 아무 말도 못하고 있었다. 아니, 아무런 할 말도 없었기에 그저 지켜보기만 했다. 베르길리우스는 제자의 심정을 이해할 수 있다는 듯 가볍게 그의 손을 쥐었다.

"단테, 이제 우리가 볼 것은 다 본 셈이네. 벌써 밤이 돌아왔으니 이제 그만 떠날 준비를 하세."

베르길리우스의 말대로 이곳에서는 더 이상 볼 것이 없었고 또 보고 싶은 것도 없었다.

"자, 한 팔을 내 허리에 두르고 꼭 매달리도록 하게."

단테는 베르길리우스가 시키는 대로 그에게 바짝 달라붙었다. 베르길리우스는 잠시 동안 적당한 기회와 장소를 살피다가 마왕이 날개를 펼쳤을 때 털이 무성한 겨드랑이에 매달렸다. 그리하여 털과 털 사이를 누비며, 산을 타고 내려가듯 루치펠로의 몸을 타고 아래로, 아래로 계속해서 내려갔다.

루치펠로의 허리를 지나 허벅지쯤에 이르렀을 때 베르길리우스는 지친 듯이 헐떡이면서 가까스로 중심을 잡았다. 그러더니 곧 물구나무를 서듯 몸을 곤두박질쳤다.

단테는 또다시 지옥으로 돌아가는 줄 알고 가슴이 덜컥 내려앉았다. 베르길리우스는 힘든 중에도 그를 안심시키기 위해 크게 외쳤다.

"꼭 매달리게!"

베르길리우스는 피곤에 지친 듯 숨을 몰아쉬고는 계속 말을 이었다.

"이와 같이 사닥다리를 거치지 않고서는 무시무시한 이 지옥에서 벗어날 길이 없다네."

이윽고 두 순례자는 루치펠로의 가랑이 사이에 있는 바위 구멍을 통해 그곳을 빠져나왔다.

베르길리우스가 제자를 내려놓았으나 다리가 후들거려 그만 그 자리에 털썩 주저앉고 말았다. 그리고 방금 지나온 루치펠로의 모습을 다시 한 번 보기 위해 눈을 크게 뜨고 동굴 속을 올려다보았다. 그러나 어이없게도 거대한 루치펠로의 두 다리가 위를 향해 뻗어 있는 것이 아닌가!

단테는 다시 한 번 놀라고 당황하여 몸을 움츠린 채 기어서 베르길리우스에게 매달렸다. 베르길리우스는 몸을 굽혀 그를 일으켜 세우며 말했다.

"자, 일어나게. 갈 길은 멀고 험한데 벌써 해가 중천을 향하고 있네."

"무슨 말씀이십니까? 조금 전 루치펠로를 보고 있을 때 스승님은 분명히 밤이 되었다고 말씀하시지 않았습니까?"

두 사람이 서 있는 곳은 조그만 동굴 속이었기에 바닥이 울퉁불퉁하고 빛도 전혀 들지 않았다. 그래서 사실 지금이 밤인지 낮인지 판단으로는 분간할 수가 없었다.

"그것은 우리가 북반구를 거슬러 남반구에 와 있기 때문이라네."

"스승님, 아무래도 저는 이해가 되지 않습니다. 제9옥 코키토스의 얼음은 어디로 사라져 버린 것이며 대마왕 루치펠로는 어찌하여 저렇게 거꾸로 서 있는 것입니까?"

베르길리우스는 헛웃음을 흘리며 차근차근 그 이유를 설명해 주었다.

"자네는 아직도 우리가 대마왕 루치펠로의 다리털을 잡고 있었던 지옥의 맨 밑바닥에 있는 걸로 착각하고 있군."

"그곳이 아니라면 대체 이곳은 어디입니까?"

단테의 의문은 꼬리에 꼬리를 물었다.

"사실 우리가 내려올 때는 그 지옥에 있었지. 그러나 아까 몸을 거꾸로 곤두박질쳤을 때 이미 우리는 중력의 핵심을 통과했다네."

단테는 그의 말을 조금씩 이해할 수 있었다.

"저쪽 메마른 땅이 펼쳐지고 예수 그리스도가 십자가에 못 박혀 돌아가신 예루살렘의 골고다(해골산) 언덕, 바로 그곳을 정점으로 해서 우리는 정반대되는 반구 밑에 와 있는 것이라네."

"아, 그랬군요. 반구를 거슬러 왔기 때문에 밤에서 낮으로 변한 것이고, 대마왕 루치펠로의 모습이 거꾸로 보였던 거로군요."

베르길리우스는 웃으며 고개를 끄덕였다.

"그렇다네. 우리가 털을 사다리 삼아 타고 온 루치펠로는 아직도 그

자리에 그 모습 그대로 있다네. 처음 루치펠로가 하늘에서 추방되어 지옥의 맨 밑바닥으로 떨어지자, 본래 여기에 솟아 있던 땅은 그가 두려워 바닷속으로 파고 들어가 북반구로 달아났다네. 지금 우리가 서 있는 남반구의 표면에 드러난 땅도 그를 피해 도망가는 도중 그 일부가 남겨진 것일지도 모르지만……."

대마왕 루치펠로가 떨어졌다는 곳으로부터 멀지 않은 지점에 눈으로는 똑똑히 보이지 않으나 바위틈으로 흘러내리는 시냇물 소리가 희미하게 들려왔다. 그 냇물은 느릿하게 경사를 이루며 굽이쳐 흐르고 있었다. 베르길리우스는 물소리가 나는 쪽을 가리키며 말했다.

"저 냇물을 레테 강이라고 부르는데 연옥 어귀까지 곧장 흘러 들어간다네. 죽은 사람의 영혼이 마시게 되면 자신의 모든 과거를 잊게 하는 망각의 강이지."

두 지옥 순례자는 밝은 세상으로 빠져나오기 위해 어둠으로 가려진 길을 잠시도 쉬지 않고 걸었다. 밝은 빛과 신선한 공기를 너무도 갈망했기에 쉬고 싶은 생각은 꿈에도 없었다.

마침내 동굴을 빠져나와 하늘에 있는 아름다운 것들을 다시 보게 되었다. 코끝에 스치는 바람이 어찌나 달던지 가슴이 뭉클할 정도였다.

이로써 베르길리우스와 단테는 지옥 순례를 모두 마치고 밖으로 나와 다시 세상에 발을 내딛게 되었고 다시금 연옥 순례의 시작이 기다리고 있었다.

제2권 단테의 연옥 여행기로 이어집니다.

편저자의 말

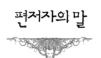

　세계 문학의 최고봉이라 불리는 단테의 《신곡》을 소설화한다는 것은 생각할 수 없는 일이었고 나 자신 역시 그럴 자격을 충분히 갖추고 있지 못하다는 것을 잘 알고 있다. 그럼에도 불구하고 이 어려운 작업을 하기로 결심할 수 있었던 이유 중에 첫째는 작품의 위대함 때문이었고, 둘째는 읽을 독자의 수가 매우 적다는 현실 때문이었다.

　어느 날 나는 평소 친분이 두텁던 분의 권유로 《신곡》을 접하게 되었다. 물론 그 전에도 작품에 대해서 간혹 들어 알고 있는 터였지만 큰 관심을 갖지는 않았다. 그러다 이번 기회에 《신곡》을 제대로 한번 읽어봐야겠다고 결심하며 읽기 시작했는데 작품에 서서히 빠져들다 보니 어려움이 한두 가지가 아니었다. 전문 1만 3,000여 행에 이르는 시구 가운데 나오는 고유명사만 해도 1,300개 이상이나 되는 이 방대한 작품을 전문지식 하나 없이 탐독한다는 것은 보통의 인내심으로는 엄두조차 낼 수 없는 일이었다.

더욱이 그리스도교, 중세 철학, 헬라 철학, 그리스 로마신화, 성서, 아리스토텔레스의 윤리학 그리고 당시까지의 중요한 역사적 사실 등에 이르기까지 생소한 내용들을 총체적으로 이해하며 작품을 읽어 내려간다는 것이 여간 어려운 일이 아니었다. 그럼에도 불구하고 내가《신곡》을 끝까지 정독할 수 있었던 가장 큰 이유는 내 지난날의 삶의 모습을 되돌아보게 하는 강렬한 그 무엇인가가 작품 곳곳에 묻어 있었기 때문이다.

'육에서 나온 것은 육이요, 영혼에서 나온 것은 영이다'라는 인간 본연의 질문을 스스로에게 던지게 된 것이다. 어떻게 사는 삶이 가장 올바른 삶인가, 인간은 죽어서 어디로 가며 또 무엇을 버리고 무엇을 가지고 가야 하는가'라는 종교적, 철학적 의문들이 꼬리를 물며 나의 가슴에 비수가 되어 날카롭게 꽂혔다. 뿐만 아니라 오늘날과 같이 정신보다 물질을 중시하는 시대에 인간의 도덕적 양심과 신앙의 문제들을 과연 어떻게 바라봐야 하는가에 대해 가톨릭 신앙인으로서 영성적 묵상에 이은 반성의 시간을 갖지 않을 수 없었다. 그만큼《신곡》은 단순히 과거의 역사와 문학, 철학, 종교 등을 이해하는 데 머물지 않고 나에게 현실적 비판과 아울러 미래에 대한 희망을 안겨 주었다.

나는 그야말로 비장한 각오를 가지고 각종 참고 서적을 찾아가며 많은 시간적 투자와 정신적 노력을 아끼지 않았다. 그 결과 몇 개월이 지나서야 겨우《신곡》의 마지막 부분을 읽을 수 있었다. 그때 나는 무언가 새로운 것을 발견했을 때의 어린아이처럼, 가슴 벅차고 참다운 삶을 향한 진실한 사랑과 희망의 영원성에 잠을 이룰 수 없었다. 그러나 그 같은 감동의 여운도 잠시 나는 시간이 지날수록 묘한 아쉬움에 휩싸였다. 프랑스의 소설가이자 극작가인 볼테르의 말이 계속해서 나의 귓전을 맴돌았기 때문이다.

'단테의 명성은 더욱 높아질 것이다. 왜냐하면 시간이 지날수록 사람들은 그의 작품을 거의 읽지 않게 될 것이기 때문이다.'

이때 나는 어떻게 하면《신곡》의 그 진한 감동을 보다 많은 사람들과 함께 공유할 수 있을까 하는 고민에 봉착했다. 그래서 주변 사람들의 다양한 조언과 출판사 내 편집기획 회의를 거쳐《신곡》을 소설화시키는 데 의견을 모았다.

사실 생각이 하나로 모아지기까지는 많은 이견異見들이 있었다. '원작의 명성에 손상이 가지 않는 범위 내에서 과연 얼마만큼 완성도 있게 옮길 수 있을까'가 가장 큰 어려움이었고, 또 하나는 소설화한다는 것 자체가 무리일 뿐만 아니라 원작을 왜곡시킬 수 있다는 지적이었다. 그러나 소수만이 읽고 자족하는 글이 되기보다는, 아예 읽지도 않고 책장에 꽂아 두는 책이 되기보다는 비록 그것이 원작에는 미치지 못할지언정 나름대로 의의가 있지 않겠느냐는 데 뜻을 모았다.

이번 3부작은 글의 형태나 구조상으로는 분명 소설이지만 개인의 순수한 창작물이라고 말하기는 어렵다. 그 이유는《신곡》과 관련한 각종 자료들을 참고하여 보다 이해하기 쉽게 옮겨 놓은 글이기 때문이다. 혹자들은 이 같은 작업에 상당한 비판과 아울러 의문을 달지도 모른다.

'과연《소설 신곡》이 단테의《신곡》에 얼마나 부합할 수 있겠는가? 그리고 과연 독자들의 반응을 기대할 수 있겠느냐?' 하는 부분에서 말이다. 그런 의미에서도 분명히 밝혀 둘 것은, 결코 이 소설은 원작이 갖고 있는 기본 내용을 부정하거나 왜곡시켜서 쓰지 않았으며 능력이 닿는 한 원작에 충실하려 최선을 다했다는 점이다.

다만 독자들이 반드시 이해하고 넘어가야 할 부분이 있다면 이 소설은 현대적 관점에서 썼기 때문에 14세기 당시의 신학적인 용어나 문학적인 표현과는 어느 정도 차이가 있다는 점이다. 그래야만 단테의《신곡》과《소설 신곡》사이에서 발생할 수 있는 오해의 폭을 다소나마 줄일 수 있으리라 본다.

그 어떤 위대한 문학 작품이라 할지라도 어느 정도 모순된 부분들이 발견되기 마련이다. 반드시 그런 의미에서가 아니더라도 이 소설을 읽고 난 후 많은 독자들이 질책을 가할 것이다. 그것은 무엇보다《소설 신곡》이 많은 부족한 점을 안고 독자들에게 다가갈 것임을 나 자신이 잘 알고 있기 때문이다.

그러나 단지 양서良書를 보다 많은 독자들과 공유하고자 하는 소박한 꿈을 지닌 한 사람으로서 독자들이 이 책을 통해서 열 가지 중에 하나만이라도 받아들일 수 있다면, 읽지 않고 열을 모두 잃는 것보다 낫지 않겠는가. 그렇기에 나는《소설 신곡》이 호평을 받든 혹평을 받든 그 평가에 대해서는 연연하고 싶은 생각이 없다. 단지 본래 전달하고자 했던 나의 의도가 왜곡 없이 고스란히 전달되어 처음 단테의《신곡》을 접하는 독자들에게 다소나마 도움이 될 수 있다면 그것만으로도 내 작은 노력이 헛되지 않은 것이라 믿는다.

《소설 신곡》이 완성되기까지 수고를 아끼지 않았던 분들과 이 책을 읽어주실 독자 여러분들께 심심한 감사의 마음을 전한다.

편저자 최승

단테의 생애

알리기에리 단테^{Alighieri Dante : 1265~1321년}는 호메로스, 셰익스피어, 괴테와 더불어 세계 4대 시성 중 한 사람으로 이탈리아가 낳은 당대 최고의 시인이다. 뿐만 아니라 위대한 사상가였고 활동적인 정치가였으며 종교적 명상가이기도 했다.

그는 영원불멸의 거작이자 인간이 만든 가장 위대한 시가^{詩歌}들 중 하나인 《신곡 Divina Commedia(1308~1321년으로 추정)》을 자신의 조국 이탈리아에 바침으로써 중세의 정신을 종합하여 문예 부흥의 선구자 역할을 했다. 또한 오늘날 인류 문화가 지향해야 할 하나의 보편적 목표를 제시해 주었다.

정확한 날짜는 알 수 없지만 단테는 1256년 5월경 피렌체에서 출생했다. 당시 피렌체는 베네치아와 더불어 유럽의 경제권을 장악했고, 금융·통계술 등이 발달하여 도시가 상당한 부를 누릴 만큼 중세 말 서구세계에서 가장 번창한 도시 국가 중에 하나였다.

그러나 그러한 물질적인 풍요로움과는 대조적으로 인간의 도덕성은 땅에 떨어졌고 부정부패의 역비례 현상이 피렌체 곳곳에 번져갔다. 아마도 이러한 시대적 상황은 앞으로 우리가 단테의 생애와 작품 세계를 이해하는 데 중요한 요소로 작용하리라 본다.

사실 단테라는 한 개인에 관한 기록은 거의 없는 편이다. 그는 자신의 인생에 대한 직접적인 기록을 거의 남기지 않았기 때문에 우리가 그에 관해서 안다는 것은 지극히 부분적이고 제한적일 수밖에 없다. 단지 보카치오의 《단테의 삶》과 빌라니의 《연대기》 정도가 그의 생애에 대한 간접적인 사실들을 기록해두고 있을 뿐이다. 여기서는 그것을 토대로 하여 그의 발자취를 더듬어 보고자 한다.

그는 겔프당(교황파)을 지지한 피렌체의 귀족 가문 출신으로, 아버지는 알리기에로 디 벨린치오네Alighiero di Bellincione이고 어머니는 벨라Bella라고 하나 그 이상은 알려진 것이 없다. 그러나 고조부 카치아구이다Cacciaguida는 쿠라도Currado 3세 치하에 기사로 신성 로마 제국 황제를 섬겨 십자군 전쟁에 참가하여 전사했다고 언급되어 있다.

단테는 가정에서 라틴어 교육을 받다가 산타 크로체Santa Croce 수도원에서 문법·논리학·수사학의 3학과와 수학·음악·기하학·천문학의 4학예를 배웠다. 특히 그는 수사학에 남다른 관심을 보여 브루네토 라티니Brunetto Latini에게서 사사하기도 했다.

또한 라틴어 외에도 프랑스어, 프로방스어에 탁월한 능력을 보였으며 음악·춤·노래·그림·법률 등 모든 분야에서 조예가 깊었고, 특히 18세가 되었을 때에는 구이토네 다레초Guittone d'Arezzo의 영향을 받아 최초로 시를 쓰기도 했다.

한편 단테는 동급생인 G. 카발칸티와 두터운 우정을 맺었고 고전 연구를 끊임없이 계속하여 V. 베르길리우스의 작품을 섭렵했다. 또한 구이도 구이니첼리Guido Guinizeli의 새로운 시작법詩作法에도 특별한 관심을 가졌다. 그 외에도 단테는 시칠리아파와 토스카나의 귀토네파 서정시에서 받은 영감을 바탕으로 베아트리체를 향한 마음을 노래하기도 했고, 그 후에 청신체파淸新體派시인으로서 시작 경험을 쌓기도 했다.

단테에게 있어서 영원한 여인 베아트리체는 그의 젊은 날을 그린 서정시집《신생(1292년)》에서도 생동감 있고 아름답게 묘사되어 있다. 단테의 나이 겨우 9세 때 마치 천사처럼 순결한 베아트리체를 처음 만나 연모의 정을 느꼈고, 18세 때 다시 만나 그리움으로 애태웠다고 한다. 그러나 그녀는 시모네 디 바르디와 결혼했고 1290년, 젊음과 아름다움의 절정기에 그만 짧은 생을 마감하고 말았다.

그 후 단테가 평소 찬미하던 여성의 이상화가 급속도로 진전되었고 시집《신생》의 후미에 의하면 베아트리체를 위해 대작을 준비하겠다는 소신을 피력했다.《신생》은《신곡》의 중추가 되는 종교적·시적 사상의 싹틈을 엿볼 수 있는 작품으로 단테의 문학과 철학에 대한 깊이와 연구가 본격적으로 시작되는 중요한 시기에 쓰였다.

한편 단테는 베아트리체가 죽을 무렵 아레초의 기벨린당원들과 캄팔디노에서 혈전을 벌인 다음 피사에 대항하여 싸우는 전쟁에 참가하고 있었다.

그러던 중 그녀의 부고訃告를 받고 깊은 고뇌에 빠져 있다가 아리스토텔레스, 키케로, 보에티우스, 토마스 아퀴나스 등을 깊이 연구하며 윤리학·철학·신학에 심취하기 시작했다. 또한 G. 카발칸티와는 더욱더 돈독한 우의를 다지며 자신의 고뇌와 방황에서 벗어나려는 노력을 끊임없이 해나갔다.

1298년경, 피렌체의 도나티 가문의 딸 젬마와 결혼하여 세 아들을 두었다. 그중 둘째 피에트로는 아버지 단테의 문학을 깊이 연구하여 학자가 되었다.

그 후 단테는 정치활동에도 본격적으로 가담하기 시작했다. 당시 피렌체는 겔프당(중산층 옹호)과 기벨린당(상류층 대변자) 사이에 피비린내 나는 투쟁이 벌어지고 있었다. 단테는 겔프당에 속해 있었다. 그는 정치적이나 철학적인 면에서 해박한 지식을 갖추고 있었기 때문에 당시 정계에서 중추적인 역할을 담당했다.

1300년, 당시의 교황이었던 보니파티우스 8세의 간섭을 벗어나기 위한 방편으로 이웃나라 산 지미니아노에의 특파 대사를 거쳐 마침내 통령의 한 사람으로 선출되기에 이른다. 또한 그 해에 피렌체를 다스리던 6인의 행정위원 중 한 명이 되기도 했다.

그러나 사회는 더욱더 윤리적인 쇠퇴기에 접어들었고 급기야는 또다시 당쟁의 소용돌이 속에서 헤어나지 못하고 있었다. 겔프당이 흑당과 백당으로 나뉘어져 두 파벌은 권력 확보를 향한 싸움을 끊임없이 전개해 나갔다. 단테는 당시 교황청과 단지오 왕가의 간섭에서 벗어나 피렌체의 독립을 주장했던 백당을 지지했다. 때문에 단테는 교황의 분노를 사게 되어 할 수 없이 흑당에 의해 피렌체에서 추방되었고, 1302년에는 독직 죄로 고소당하면서 벌금 납부와 2년간의 유형을 선고받았으며 공민권을 박탈당했다. 그러나 단테가 이에 응하지 않자 다시 2개월 후에는 추방 명령과 재산 몰수령이 내려졌고, 시 정부에 체포될 경우에는 화형에 처한다는 통고를 받았다. 이때부터 정치적 이유에 의해 강요된 단테의 유랑생활이 끝없이 이어진다. 절망에 빠진 채 단테는 베로나에 가서 바르톨로메오 델라 스칼라의 외교사절이 되기도 하고 마라스피나의

식객이 되기도 했다. 그 뒤 트레비소, 파도파, 루카, 파리 등지를 배회하며 처참한 삶을 영위했다.

당시 그가 생각한 '부당한 단죄에 대한 유일한 대항'이란 백당의 잔당에 가담하여 피렌체를 탈환하는 일뿐이었다. 그러나 백당은 1303년과 그 이듬해에도 패배했고 그러는 동안 단테의 꿈은 점차 수포로 돌아가 결국 일인 일당으로 남게 되었다.

그동안 단테의 눈에 비친 세상은 온통 탐욕과 악으로 가득 찬 것이었다. 그러나 그의 절망은 오래가지 않았고 인류 구원의 길을 가르치려는 사람은 먼저 지옥에 가서 인간이 범한 죄의 실체와 이에 대한 하느님의 판결을 보아야 한다고 결심한다. 그리하여 그 고난과 실의에 빠진 유랑 생활에서도 인간 사회의 모습을 빠짐없이 관찰하여 그 가운데에서 멸하는 것과 영원히 사는 것을 지켜보았다.

《신곡》의 서곡에서 '어두운 숲을 헤매다'라고 표현한 것은 단테가 35세 때인 1300년, 유랑생활을 시작하기 바로 직전에 그의 양심, 예지, 신앙이 심각하게 흔들리고 있음을 간접적으로 보여주는 상징적 문구로 이해할 수 있다. 그 후 단테는 《향연(1306~1308년)》을 썼다. 그 무렵 《신곡》의 구상을 구체화하고 있었다. 《향연》의 내용은 아리스토텔레스 철학과 스콜라 철학을 중심으로 주로 윤리 문제를 다룬 미완의 작품이다.

또한 《리메》, 《칸토니에레》는 대부분 청신체로 베아트리체를 읊었다. 한편 1304~1307년에 걸쳐 《속어론》을 썼는데, 이것 역시 미완의 작품으로 라틴어의 언어 문제와 시작詩作에 관한 내용을 담고 있는 논문이다.

그러던 중 1310년, 단테에게 희망 섞인 소식이 들려 왔다. 다름 아닌 로마 제국의 재건을 위해 독일계 황제 하인리히 7세가 이탈리아에 내려왔다는 것이었다. 그때 단테는 하인리히 7세가 이탈리아를 구하고 다시 부흥시킬 수 있는 적격자라고 생각했다. 그는 하인리히 7세에게 피렌체를 비난하는 포문을 열면서 탄원서를 보냈다. 여기서 단테는 하인리히 7세를 평화의 사도이며 자유의 수호자로 칭송하고 그에게 토스카나 지방을 공략하라고 권유했다.

이때 추방당한 자들에 대한 일차적인 대대적 사면령이 있었지만 단테만은 제외되었다. 그 후 피렌체를 비롯한 이탈리아의 모든 겔프당의 도시는 맹렬히 하인리히 7세에게 대항하며 나섰다. 게다가 1313년, 갑작스런 하인리히 7세의 죽음으로 인하여 단테의 피렌체 귀환은 다시 한 번 물거품이 되고 말았다.

그동안 단테는《제왕론》을 썼다. 그는 여기서 정의와 평화의 확립, 제국은 각 시민이 선출한 정부에 의해서 통치되어야 하고 이는 신의 가호로써 가능하다고 주장했다. 또한 교황과 황제를 분리하여 교황은 정신계를, 황제는 물질계를 다스려야 한다고 강력히 피력했다. 이 무렵, 피렌체 정부는 다시 한 차례의 사면령을 감행했다.

단테에게도 '자신의 죄를 인정한다고 공식적으로 선언하면 피렌체로 돌아갈 수 있다'는 명령이 내려졌으나 그는 영예롭지 못한 행동이라며 도리어 그것을 반박했다. 이에 격분한 흑당은 단테와 그의 아들에게 사형을 선고하는 궐석재판을 단행했고, 그 후 단테는 라벤나의 영주 폴렌타의 비호를 받으며《신곡》의 마지막 부분을 완성했다.

최대의 걸작인《신곡》은 단테의 문학적·종교적 사상의 결정체로《지옥 편》은 1304~1308년에,《연옥 편》은 1308~1313년에,《천국 편》은 1314~1321년에 각각 완성되었다. 또한 그의《농경시》는 친구인 G. 데르 비르지리오에게 보낸 목가牧歌이고, 1302년에 베로나에서《수륙론》을 강의하기도 했다.

단테는 1321년 9월 14일, 56세의 나이로 라벤나의 영주 폴렌타의 외교사절로 베네치아에 다녀오는 도중에 숨을 거두고 말았다. 그는 오랜 염원이었던 피렌체로의 귀환을 끝내 실현하지 못한 채 덧없이 라벤나의 한 성당 모퉁이에 외롭게 묻혔다.

피렌체에 '단테의 집'이라는 곳이 있기는 하지만 그곳에서는 단테의 흔적이라곤 종이 한 장 찾아볼 수 없을 만큼 초라하기 그지없다. 그가 죽고 오랜 시간이 흘러서야 단테의 무덤을 돌려줄 것을 요구하는 피렌체에게 지금 그는 무덤에서 과연 무슨 말을 할지……. 끝까지 자신을 받아들이지 않고 박해를 가한 피렌체를 원망할는지 아니면 그래도 자신의 조국 피렌체를 아직도 사랑하고 있다고 말할는지 아무도 모른다.

작품 해설

1307년경부터 쓰기 시작하여 몰년歿年 1321년에 완성된《신곡》은 밀턴의《실락원》이나 버니언의《천로역정》과 더불어 제1급에 속하는 그리스도교 문학의 최고봉이다.

《지옥 편》,《연옥 편》,《천국 편》3부로 이루어진《신곡》은 각 편이 모두 33곡으로 되어 있다. 그러나 지옥 편에는 작품 전체에 대한 서곡이 있으니 34곡이라고 해야 보다 정확할 것이다. 모두 합하면 100곡이 된다. 그리고《신곡》은 각 행이 11음절Endecasillabi로 구성되어 있고 3운 구법Terza rima을 취한다. 각 곡의 길이는 일정하지 않으나 대략 140행 전후이다. 따라서 작품 전체의 총 행수는 1만 4233행에 이른다.

이것은《신곡》이 삼위일체三位一體를 상징하면서 정연한 구성을 이루며 설계되고 창작되었음을 뜻하는 것이다. 이처럼 이 작품에서 '3'이라는 숫자는 매우 중요한 의미를 갖고 있다. 한편 10이나 그의 배수 역시 작품 속에서 의미 있게 다뤄진다. 이는 완전함을 뜻하는 것이다.

　지옥에서 벌을 받는 영혼들은 아리스토텔레스의 윤리학을 기반으로 절제, 폭력, 사기의 세 가지 순서에 따라 각기 다른 죄의 형벌을 받고 있다. 연옥 편의 영혼들 역시 선과 악의 개념을 바탕으로 불완전한 영혼들, 활동적인 영혼들, 명상적인 영혼들의 세 단계로 나뉘어져 있다.

　지옥의 옥들 역시 3의 배수인 아홉 개로 되어 있으며 지옥의 문지기들도 아홉 명, 연옥의 천사들도 아홉 명, 천국에 있는 천사들의 품급도 아홉 가지이다. 그뿐만이 아니다. 지옥 입구에서 단테를 가로막는 짐승들도 세 마리, 단테를 인도하는 시인도 베르길리우스, 소르델로, 스타티우스 세 명이다. 이와 같이 《신곡》에서는 3과 9 그리고 10과 100의 숫자가 끊임없이 작용하고 있다. 이는 단테의 의식적인 치밀한 구성에 의한 것으로 보인다.

　이 작품의 원제목은 Commedia, 즉 희곡喜曲 또는 희극喜劇이다. 비참한 인상을 주는 《지옥 편》을 제외한 나머지 《연옥 편》, 《천국 편》은 매우 쾌적하고 즐거운 내용을 다루고 있기 때문에 슬픈 시작에서 행복한 결말에 이른다고 하여 그와 같은 제목이 붙여진 것이다.

　그런데 보카치오가 Commedia에 형용사 Divina를 덧붙여 부름으로써 오늘날 이 작품이 단순한 희곡의 차원을 넘어 숭고하고 성스러운 뜻을 가진 Divina Commedia(신성한 희곡)라고 불리게 된 것이다.

　표면에 나타난 《신곡》은 사후 세계를 중심으로 한 단테의 여행담이라고 볼 수 있다. 그러나 무엇보다도 베아트리체를 향한 순수한 사랑, 정치적 이유로 겪어야 했던 고뇌에 찬 오랜 유랑생활 등 폭넓은 인생체험을 통하여 단테 자신의 성장과정을 보여 주고 있는 작품이라고 할 수 있다. 또한 망명 이후 심각한 정치적, 윤리적, 종교적 문제들로 계속 고민해야 했던 단테가 자신의 양심과 고민 속에서 그 해결 방법을 찾아내기까지의 이야기라고도 볼 수 있다.

《신곡》은 단테가 33살이 되던 해의 성聖 금요일 전날 밤 길을 잃고 어두운 숲 속을 헤매며 번민의 하룻밤을 보내면서 시작된다. 다음날 단테가 빛이 비치는 언덕 위로 다가가려 하는데 갑자기 세 마리의 야수가 나타나 그의 길을 가로막는다. 그때 베르길리우스가 나타나 단테를 구해 주고 길을 인도한다.

그는 먼저 단테를 지옥으로, 다음에는 연옥의 산으로 안내하고는 꼭대기에서 사라져 버린다. 그곳에서 베아트리체를 만난 단테는 천국의 가장 높은 지고천至高天까지 이르게 되고, 거기에서 한순간이지만 하느님의 모습을 우러러보게 된다.

이처럼 《신곡》은 단테 자신의 개인적인 체험을 기록한 것이라고 할 수 있다. 때문에 여기서 단테는 인류 영원의 대표자로 상징된다. 그리고 단테를 인도하는 베르길리우스는 인간의 이성과 철학을 상징한다. 그러나 천국을 천력踐歷하기 위해서는 이러한 인간적 능력은 큰 도움이 되지 못한다. 따라서 연옥까지 안내를 맡은 베르길리우스는 단테에게 독립된 행동을 할 수 있는 자유의지를 허락했고, 지도자로서의 자격을 포기한 채 단테를 영원한 연인 베아트리체에게 맡긴다. 여기서 베아트리체는 신앙의 지식과 신학 및 종교적 상념을 상징한다.

한편 《신곡》에서의 골짜기는 지옥, 언덕은 연옥, 하늘은 천국을 각각 상징한다. 아홉 개의 구역으로 분류된 지옥은 영원한 슬픔과 괴로움의 세계를 나타내고, 일곱 개의 구역으로 구성된 연옥은 구원받은 영혼이 천국에 들어가기 전에 우선 그 죄를 깨끗하게 하는 곳이다.

또한 열 개의 구역으로 되어 있는 천국은 인간들이 하느님에게로 이르는 길을 제시하고 있으며 그 결말은 기쁨으로 끝이 난다.

이 작품이 포함하는 영역의 광대함과 그 속에 감춰진 메시지를 보다 깊게 이해하기 위해서는 이 시에 사용된 상징적 대요를 설명한《제정론》을 살펴볼 필요가 있다.

그 책에 의하면 인간은 신이 정했다고 하는 자연계에서의 목적과 초자연계에서의 목적을 향해 살아간다고 역설하고 있다. 현세에 있어서의 행복, 즉 지상낙원을 건설하기 위해서는 윤리적·지적 미덕이 명하는 바에 따라 살아가야 하며 제2의 목적, 즉 영원의 행복을 얻는 길은 하느님의 은총에 힘입으면서 그리스도교의 믿음·소망·사랑에 따라 세상을 살아가는 것이라고 한다. 그리고 인류를 현세의 행복으로 안내하는 것은 황제의 의무이고, 영원의 행복으로 인도하는 것은 교황의 의무라고 말한다.

이것은《신곡》의 중요한 장면에 나오는 이미지와 매우 흡사하다. 따라서 단테의 상상 속에서 나온 우의적寓意的 여행담은, 실제에 있어서는 구체적인 체험에서 얻은 진실을 의식적으로 표현했다고 볼 수 있다.

방탕한 생활, 이성과 덕이 부재한 생활을 나타내는 '어두운 숲'은 세 마리의 짐승에 의해 지배되고 있다. 여기서 세 마리의 짐승은 각각 표범, 사자, 늑대로 표범은 정욕을, 사자는 교만을, 늑대는 탐욕을 상징하고 있다. 그러나 베르길리우스에 의해 인도된 단테는 결국 이 숲 속에서 벗어나 지상 낙원에 이르게 된다. 이렇듯 탄탄한 구조와 내용 설정은《신곡》의 난해함에도 불구하고 독자들에게 상당한 지적 호기심과 풍부한 감정을 유발시키는 힘을 갖는다.

즉, 신곡이 최고의 걸작으로 뽑히는 여러 이유 중 하나가 바로 이 빈틈없는 구성에 있다. 롱펠로는 이 장엄한 서사시를 완벽한 건축물에 비유했다. 이유는 이 작품에 형용사가 극도로 적고 묘사가 전부 동사로 되어 있기 때문이다. '단테는 그림을 그리지 않는다. 그는 조각 한다'라는 평도 바로 그와 같은 맥락이다.

또한 이탈리아어로 쓰인 이 책에 대해 당시 학자들은 이 서사시가 라틴어로 쓰였더라면 더 높은 평가를 받았으리라고 아쉬워했지만 그가 사용한《신곡》의 용어는 후에 이탈리아어의 기초가 되었다. 뿐만 아니라《신곡》은 문체상으로 보다 특별한 성취를 이루었다고 볼 수 있다. 이는 다름 아닌 지적 혁신으로 날카로운 인물 묘사를 들 수 있다. 또한 추상적인 사상들을 엄격한 운율의 형태 안에서 우아하고 신중하게 표현한 그만의 독창성도 빼놓을 수 없다.

그러나 무엇보다도 특수한 장면들을 은유나 비유, 혹은 직접 묘사 등으로 그려냄으로써 얻을 수 있는 지속적인 생동감이다. 이러한 생생한 표현기법으로 단테는 저승세계를 실제로 보는 것처럼 묘사했다. 또한 그 등장인물들의 운명에 비장감과 비애를 더해 주어 주제의 중후함을 손상하지 않고 독자들의 낭만적인 기대감을 충분히 만족시켜 주었다. 한마디로《신곡》은 단테의 시적 성취뿐만 아니라 그의 사상에 관한 작품이라고 할 수 있겠다.

《신곡》은 프톨레마이오스의 우주관, 토마스 아퀴나스의 신학, 스콜라 철학, 그리스 로마신화, 성서, 신비주의 등 폭넓은 내용을 담고 있다. 뿐만 아니라 중세 르네상스 문화의 선구적 요소라고 할 수 있는 낭만주의와 인간적 신뢰, 사랑을 바탕으로 한 이지적 비판의식 등이 나타나 있다.

또한 단테 자신의 말에서도 알 수 있듯이《신곡》은 현실 세계의 사물을 빌려 하느님의 존엄과 심판 그리고 사랑과 구원의 진리를 투영하고 있다. 특히 그 알레고리로써 현세의 인간들에게 하느님에게로 이르는 길을 제시해 주고 있다.

그러나 무엇보다《신곡》이 오늘날 여느 작품들과 차별될 수 있는 위대함은 이 작품이 단순히 인간의 죄에 대한 신의 처벌과 구원의 문제만을 다룬 것이 아니라 현세를 날카롭게 직시하는 사회 개혁적 내용을 저변에 깔고 있기 때문일 것이다.

바로 이런 점들이《신곡》을 오늘날까지 세계 문학의 최고봉으로 우뚝서게 한 중요한 요소가 아닌가 생각한다.